シェイクスピアの喜劇における両義性

赤羽美鳥
Akahane Midori

翰林書房

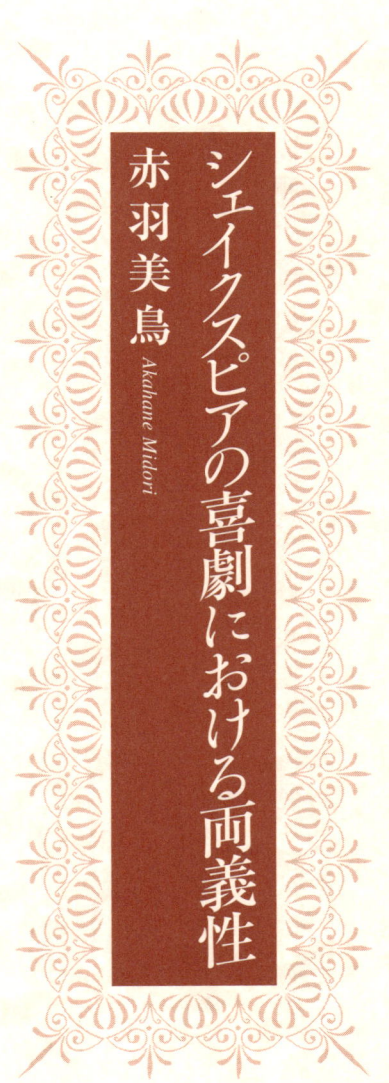

テクストを読む

梅田倍男

赤羽美鳥さん（岡山大学大学院修士）は一九九九年四月に安田女子大学大学院博士課程に入学した。研究テーマは「シェイクスピアの喜劇研究」であった。

特定の研究方法に偏ることなく、何よりもまず、シェイクスピアのテクストを正確に細かく読むことを目指した。

ある時お茶を飲みながら漱石の『夢十夜』に出る運慶が仁王を刻む話が話題に出たことがある。

「能くああ無造作に鑿を使って、思ふ様な眉や鼻が出きるものだな」と自分はあんまり感心したから独言の様に言った。するとさっきの男が、

「なに、あれは眉や鼻を鑿で作るんぢゃない。あの通りの眉や鼻が木の中に埋まっているのを鑿と木槌の力で掘りだす迄だ。丸で土の中から石を掘りだす様なものだから決して間違ふ筈はない」と言った。

シェイクスピアのテクストの中に埋まっているものをそのまま掘り出すとすれば、研究者は己れを殺し無私となってテクストの言葉をappreciate（良さをしみじみ感じる）しなくてはならないと話し合っ

た。

二〇〇一年六月、長崎外国語大学で催された全国表現学会で赤羽さんは『夏の夜の夢』のオクシモロン（矛盾語法）について発表した。劇に頻出するオクシモロンが劇の主題・構造・人物に深く関わることを実証したものであり、司会者や聴衆から好評を得た。本人も自信を深めたに違いない。私も聞き手の一人であったが、終わって会場を出た時、学舎に沿って幾株もの濃紫の紫陽花がたわわに咲いていた。この発表の原稿はまもなく学会誌に掲載された。

これに弾みを得て、「左右の目が別々のものを見て、もの皆が二重に見える」というハーミアの複眼こそがシェイクスピアに特質的な眼であり、劇の特質を生むと確信しながら、主に初期と中期の喜劇を丹念に読み進めて学位論文『シェイクスピアの喜劇における両義性』をまとめ二〇〇五年三月に博士（文学）の学位を得た。

このたびの出版はこの学位論文をもとにしたものである。この処女出版をスプリングボードとして今後益々シェイクスピアの研究に精進されんことを望んでやまない。

Bon voyage!

シェイクスピアの喜劇における両義性◎目次

序章

『夏の夜の夢』（*A Midsummer Night's Dream*）の大団円も迫った場面、混乱の一夜から目覚めた恋人たちは、森での不思議な体験を次々と語りだす。

Demetrius. These things seem small and undistinguishable,
　Like far-off mountains turned into clouds.
Hermia. Methinks I see these things with parted eye,
　When every thing seems double.
Helena.　　　　　　　　　So methinks;
And I have found Demetrius like a jewel,
Mine own, and not mine own.
Demetrius.　　　　　　　　Are you sure
　That we are awake? It seems to me
　That yet we sleep, we dream.
　　　　　　　　　　　　　　　　（IV.i. 187-94）

恋人たちの目には、妖精の魔法の世界と、人間の理性の世界とが、二重に映し出されている。無論、彼らが妖精の存在を知る由もなく、昨晩の夢のような出来事は、デミートリアス（Demetrius）が「遠くの山々が雲間に紛れるように、小さくぼんやりと見える」と形容するごとく、本当にあったことなのかどうか、不明瞭にぼかされている。このことをハーミア（Hermia）は、「左右の目が別々のものを見ているようだ、もの皆が二重に見える」と表現する。人は日常的に、二つの目で一つの対象物を見ている（両眼視）が、それぞれの目が別々のものを見るという"parted eye"（複視）[1]には、相反するものが同時に視野に入り、それが溶け合って見えている。

ヘレナ（Helena）も、一度はハーミアに心変わりしたデミートリアスを「私のものであって、私のものでない」という矛盾した言い方をする。このようにAとno A（非A）、具体的には"mine own"と"not mine own"を、無理やりandで結びつける手法は、オクシモロンと呼ばれるレトリックである。彼女はAとno Aの両極の中心にいて、どちらの価値にも傾かない立場をとっている。A and no Aで表されるヘレナの逆説も、正反対のものどうしが同時に成立しているという点において、ハーミアの"parted eye"から見た言語表現である。

ヘレナのオクシモロンは、メルロ＝ポンティ（M. Merleau-Ponty）の両義性（ambiguïté）の概念「Aでもあり非Aでもある、Aでもなく非Aでもないという、二面を包含し交融させている現象構造」（『岩波哲学・思想事典』一九九八）と通ずるものである。この両義性は『マクベス』（*Macbeth*）にも、魔女の"Fair is foul, and foul is fair,"（I.i. 11）という不可解な呪文に見られる。この呪文を耳にしたものは、"fair"

と"foul"という常識的には相容れない価値が一つに溶け合い、二つの区別がつかない曖昧な世界へと導かれる。

　この曖昧な世界は、デミートリアスの「夢を見ているようで、目覚めているのか、眠っているのか分からない」という台詞にも現れている。彼にとって、夕べの夢のような体験と、そこから目覚めて我に返った状態との区別がつかず、遠くの山が霞んで見えるように、曖昧模糊とした心境なのである。観客は、この曖昧には、デミートリアスが喩えた「霞」のごとく「ぼんやりとしていて、他との区別がはっきりしない」という表面的な意味を越えた奥の深さがあることに気づいている。メルロ＝ポンティによると、曖昧は両義性を受動的に受け取っただけのものである。(2) これを踏まえるならば、登場人物にとって曖昧にしか受け取られないものが、観客には両義性として能動的に捉えられるのである。曖昧（ambiguity）について、ことばや文章の解釈レヴェルで論じたエンプソン（William Empson）は、「一つの表現に対していくつかの可能な反応の余地があるとき、言葉のもつそのようなニュアンスを、それがどんなに微かなものであろうと、すべてわたしは曖昧とよぼうと思う」と述べている。(3) このような曖昧さ、つまり両義性は、シェイクスピア劇の言語を特長づけるものである。しかしデミートリアスの曖昧模糊とした心理状態が表すように、シェイクスピア劇における両義性は、その言語表現のみにとどまらず、主題、場面、登場人物などにも広く関わる重要なテーマである。

　A and no Aというオクシモロンは、『十二夜』（*Twelfth Night*）の大団円においても効果的に使われている。寵愛していた小姓ヴァイオラ（Viola）に、一卵性双生児の兄がいることを知らない公爵は、一度に二人のヴァイオラが目前に現れ、驚きの声を上げる。その時、発せられたのが以下の台詞である。

Duke. One face, one voice, one habit, and two persons,
A natural perspective, that is and is not!" (V.i. 216-17)

この中で公爵は、区別がつかない二人を前にして「一つの顔、一つの声、一つの服、二つのからだ」と表現する。それを、"A natural perspective" (自然の覗き眼鏡) と言い換えている。シェイクスピア作品における "perspective" とは、蒲池美鶴氏の定義によると、「アナモルフォーズの絵画」(正面から見てもその図柄がはっきりわからないが、ある特定の斜めの一点から見たり、特殊な光学器具を使ったりすることで初めて正しい像が見えてくるように描かれた絵画 (あるいはその画法) を示すことば)、あるいは「覗き眼鏡」の齎す視覚の魔術のことである。(4) 公爵の台詞に見られる "perspective" は、後者の意味を持ち、自然が作り出した「覗き眼鏡」だと解釈できる。彼は、「覗き眼鏡」という玩具を通して見たように、一つの対象物が、全く同じ二つのものに分かれて見えるというのである。二つに分かれて見えるものは、"that is and is not" (あって、ない) と表現されるごとく、虚像のようであって、またそうでないようにも見える。この「あって、ない」というパラドックスも、前述のオクシモロンというレトリックである。舞台上の登場人物にとっては、ヴァイオラと兄セバスチャン (Sebastian) の二人が、一人の人物が二つに分かれて見えるかのように、どちらが本物で、どちらが幻影なのか区別がつかない。それを公爵は、「あって、ない」というオクシモロンで言い表そうとしている。

セバスチャンを難破から救ったアントーニオ（Antonio）も、“How have you made division of yourself? / An apple, cleft in two, is not more twin / Than these two creatures. Which is Sebastian?”（V.i. 222-24）と、一人が二人に分裂するという、有り得ない事態に驚きを隠せない。兄と顔も声も瓜二つのヴァイオラは、服装も真似て、イリリア（Illyria）で生活をするようになる。このことによって、彼女が意識する、しないに関わらず、セバスチャンの存在は、周囲に強く印象づけられていたことになる。そこへ、セバスチャン本人の登場によって、ヴァイオラあるいはセバスチャンという一人の人間が、二つに分かれたかのような出来事が起こったのである。このような「覗き眼鏡」を通して見たような視覚の魔術も、ハーミアの“parted eye”あるいは、“every thing seems double”ということばと、根本的には同じものを示しているのではないだろうか。双子を取り囲んでいる登場人物たちの一人、オリヴィア（Olivia）は“Most wonderful!”（V.i. 225）と、目の前で起きている魔法のような不思議な出来事に驚嘆している。一方、観客は全知の視点から、生き別れた双子の再会、ヴァイオラ、セバスチャンを中心としたカップルの誕生という喜劇的瞬間に立ち会うことになる。

『夏の夜の夢』にもどるが、観客と近い立場にある妖精パック（Puck）は、恋人たちが魔法の媚薬に翻弄させられる光景を笑い、“what fools these mortals be!”（III.ii. 115）と言いながら見物している。混乱の渦中にいる彼らは、必死の形相で互いを追いかけているが、それを眺めているパックは、彼らの言動が滑稽でならない。さらに、その光景を実際の観客が、舞台の下から面白がって見ているという状況が成立し、俯瞰的な視点がポリフォニックに重なり合う。しかし、芝居の傍観者であるはずの観客も、何処か離れた場所から見られているかもしれず、そうなると、一人の人間が、「対象を笑う存在」と「笑われる対象そのもの」とに分かれるという状況が生み出される。つまり登場人物から観客に至るまで、両義的な立場に置かれることになる。舞台の上に放り出された人物は、限られた時空の中で、右往左往を余儀なくされ、混乱の只中に晒される。しかし、その姿は、パックと観客の客観的視点からは、"fool"そのものに見える。悲劇の場合、観客は主人公たちの苦悩に満ちた独白に共感し、彼らの心の痛みを追体験する。観客が主人公の心情に寄り添うことによって、主人公と観客との芝居体験が重なり合う。これに対して、登場人物と観客との距離、あるいは視点の違いが重要となるのが喜劇である。ハーミアは妖精の世界にどっぷりと浸りこんでいた時点では、決して"parted eye"を持ち得ることはなかった。妖精の魔法から解き放たれ、人間の日常世界の入り口に立ってはじめて、彼女は「複眼的視点[5]」で昨晩の夢を振り返ることができたのである。ハーミアの"parted eye"は、巨視的にはシェイクスピアの目そのものである。したがって、シェイクスピア劇全体に通低する両義性は、作品を読み解く上で鍵となる重要なものであろう。

そこで本書では、シェイクスピアの習作期から円熟期に至るまでの喜劇、『間違いの喜劇』(*The Comedy of Errors*)、『じゃじゃ馬ならし』(*The Taming of the Shrew*)、『夏の夜の夢』、『お気に召すまま』(*As You Like It*)、『十二夜』の5作品を取り上げ、ハーミアの"parted eye"に象徴される両極の融合、すなわち両義性という切り口から論を展開していく。

注

（1） M・メルロ＝ポンティ『知覚の現象学』2　竹内芳郎、木田元、宮本忠雄訳（一九七四、みすず書房、一九八八）、42。
（2） メルロ＝ポンティ『眼と精神』滝浦静雄、木田元訳（一九六六、みすず書房、一九七三）、199。
（3） ウイリアム・エンプソン『曖昧の七つの型』上　岩崎宗治訳（岩波文庫、二〇〇六）、29。
（4） 蒲池美鶴『シェイクスピアのアナモルフォーズ』（研究社、一九九九）、13。
（5） 玉泉八州男『楕円の思想』『ユリイカ』11（一九七五）、147。

第一章……『間違いの喜劇』

1 『間違いの喜劇』の位置づけ

i

『間違いの喜劇』が、シェイクスピア喜劇の第一作であるかどうかという問題にはまだ結論が出ていないが、『ヴェローナの二紳士』(*The Two Gentlemen of Verona*) や『じゃじゃ馬ならし』と共に、初期の喜劇であることは間違いない。またこの作品は、古典劇の影響が色濃く見られ、三一致の法則も厳密に守られていることから、シェイクスピアの独自性が希薄な習作として位置づけられることが多い。例えば、難破や双子の兄弟の生き別れというテーマを持つ『十二夜』と比較してみると、この作品には登場人物の性格描写に深みが見られず、人違いがもたらす可笑しさという外的な現象にのみ集中した、単なる「ドタバタ喜劇」と評されることもしばしばである。このような理由で、『間違いの喜劇』が、笑劇《ファース》か喜劇かという議論も絶えることはない。

しかし、劇自体を細かく検討してみると、ローマ喜劇の『メナエクムス兄弟』(*Menaechmi*) を模してはいるものの、古典劇にはないロマンス的要素や、キリスト教的側面が見られることが分かる。勿論、劇中に含まれるロマンスや宗教的性質も、彼の創作ではなく、それぞれに材源が存在することは確かである。このようにシェイクスピアは、複数の材源を融合させながらも、種本にはない独自性を発揮するという作劇のスタイルを、初期の喜劇の段階で、すでに確立させている。『間違いの喜劇』は、『ヴェローナの二紳士』や『じゃじゃ馬ならし』の後か先かという問題はあるが、劇中に盛り込まれたさまざまな要素が、大きくロマンス劇をも含むシェイクスピア喜劇の原点とも言える作品ではないだろうか。そこで本節では、種本『メナエクムス兄弟』と比較することによって、『間違いの喜劇』の中に見られる、シェイクスピア喜劇の多様性の萌芽とも言える要素について検討してみたい。

ii

まず、『間違いの喜劇』の材源について検討してみる。前述のとおり、この劇の主たる種本は、プラウトゥス（Plautus, 254-184B.C.頃）の『メナエクムス兄弟』である。双子をもう一組増やすというアイディアは、同じくプラウトゥスの『アンピトルオ』（*Amphitruo*）から得たと推測されている。また、家族の生き別れと再会というロマンス仕立ての主題は、14世紀末に書かれたジョン・ガワー（John Gower）の「タイアのアポローニアス」（'Apollonius of Tyre'）[(1)]から来ており、これはのちに『ペリクリーズ』（*Pericles*）の主な材源となる。このように『間違いの喜劇』は、ローマ喜劇に倣っていながらも、古典劇にはない中世ロマンスの要素が加わった作品だと言える。さらに劇中には、キリスト教的側面から、夫に対する妻のあり方の問題が提起され、それが聖書の「使徒行伝」（*Acts*）19章のアリュージョンの中に見られる。劇の舞台であるエフェサス（Ephesus）も、聖書の「エペソ人への手紙」（*Ephesians*）からきていると考えられている。また、ギャスコイン（George Gascoigne）の『取り違え』（*Supposes*, 1566）も、シェイクスピアの念頭にあったのではないかと思われる。

次に、『間違いの喜劇』についての評価を概観しておくことにする。この劇は19世紀まであまり注目されることはなく、コールリッジ（S.T. Coleridge）は笑劇《ファース》と呼んだ。[2] その後20世紀の性格批評の流れを汲む批評家たちの時代まで、この作品は長い間、低い評価に甘んじていた。

しかし、エリオット（G.R. Elliott）は「『間違いの喜劇』における気味悪さ」（'Weirdness in *The Comedy of Errors*', 1939）[3] の中で、二組の双子がそれぞれ人違いされる可笑しさの中に「気味悪さ」が潜んでいると論じ、それがアイデンティティーの喪失という深刻な事態を招くことを分析した。

さらにブルックス（Harold Brooks）も、'Themes and Structure in *The Comedy of Errors*'（1961）[4] の中で、アイデンティティーの喪失の問題を、劇の構造を通して考え、自分自身のアイデンティティーは他者との関係にあることを詳細に論じている。作中に喜劇の普遍的パターンを読みとったフライ（Northrop Frye）は、*A Natural Perspective*（1965）[5] において、シェイクスピア喜劇の構造を、プラウトゥスやテレンス（Terence, ?190-?159B.C.）のニューコメディーの変形であるとした。例えば、喜劇のはじまりにはいつも「反喜劇的要因」（anticomic society）[6] が存在し、『間違いの喜劇』ではイジーオン（Egeon）がエフェサスで死刑の宣告を受けたことがそれに当てはまる。さらに、劇のアクションを経験する観客の立場を考えたのがエヴァンズ（Bertrand Evans）であった。彼は、*Shakespeare's Comedies*（1960）[7] の中で、喜劇における登場人物相互間の情報量の差、また登場人物と観客のあいだのそれを分析することによって、シェイクスピア喜劇の意味を取り出そうとした。

構造主義の時代を経て、それぞれの作品の持っている共通項よりも、多様性に着目されるようになる。サリンガー（Leo Salingar）は、*Shakespeare and the Traditions of Comedy*（1974）[8]の中で、フライやバーバー（C.L. Barber）の批評の、一般的な原理では個々の劇が論じきれないとした。彼は、シェイクスピア喜劇に影響を及ぼしたと見られる西欧の喜劇の伝統を歴史的に論じている。さらに、キニー（A.F. Kinney）は、'Shakespeare's *The Comedy of Errors* and the Nature of Kinds'（1988）[9]という論文の中で、『間違いの喜劇』は、ローマ喜劇とキリスト教信仰が溶け合った、新しい種類の神聖喜劇であるという観点から論じている。

このように批評の大きな流れを見ていくと、『間違いの喜劇』は独自の価値が見直されるにしたがって、笑劇という括りだけで論じきれない、多様性を持った作品であると見なされるようになったことが分かる。

iii

『間違いの喜劇』の種本『メナエクムス兄弟』は、ウォーナー（William Warner）により英訳され、一五九四年に出版登録されている。シェイクスピアがこの本を読んで、『間違いの喜劇』を書いたか否かは、議論の分かれるところである。さまざまな可能性が示唆されているが、シェイクスピアが子供の頃通っていたグラマースクールで、プラウトゥスをすでに読んでいたのではないかという推測もできる。このように、シェイクスピアが『メナエクムス兄弟』といつの時点で出会ったかは、憶測の域を出ない。確かなことは、『間違いの喜劇』において、『メナエクムス兄弟』のプロットの大枠がそっくりそのまま使われていることから、シェイクスピアが瓜二つの人物が人違いされるという「取り違い劇」(Comedite de Qui pro Qui)の喜劇的効果に大いに注目したということである。このことは、劇作家である彼がもう一組双子を増やして、混乱をさらに大きくしようとしたことからも分かる。人違いの喜劇的効果を十分認識していたシェイクスピアは、双子の主題を『十二夜』で再度使っている。また、双子ではないが、よく似た人物どうしの取り違えは、『夏の夜の夢』において、四人の恋人たちが森の中で大混乱に陥ることにも見られる。

次に、『間違いの喜劇』と『メナエクムス兄弟』との違いを見ていくことにする。シェイクスピアは劇の舞台を、種本のエピダムナム(Epidamnum)からエフェサスへと変えている。エフェサスは、前述のとおり、聖書の「エペソ人への手紙」からとったものである。また、『ペリクリーズ』にもエフェサスが登場する。彼がわざわざ舞台をエフェサスに変更したのには、大団円でイジーオンの妻で双子の母エミリア(Aemilia)を登場させることと関係している。エミリアとエフェサスとの関連について詳しくは、後で述べることにする。

劇のプロットは、シラキュース(Syracuse)の商人イジーオンが、息子アンティフォラス(Antipholus)の後を追って、エフェサスにやって来たところから始まる。シラキュースとエフェサスは敵対関係にあり、無謀にもエフェサスを訪れたイジーオンは、法によって身代金を払うか死刑のどちらかが科せられることになっていた。作品の冒頭では、難破による一家離散や、その後の息子（シラキュースのアンティフォラス）との別れなどの、イジーオンの悲しみに満ちた身の上話が語られる。種本の場合、家族離散のエピソードは、劇のアクションには盛り込まれておらず、「概要」（The Argument）の部分で説明されるのみである。

『間違いの喜劇』において、イジーオンは開口一番、公爵に敵国を訪れたという罪で、自分を死刑にしてくれと次のように懇願している。

Egeon. Proceed, Solinus, to procure my fall,
And by the doom of death end woes and all.（I.i. 1-2）

頭韻と脚韻を含むこの台詞は、技巧的な韻文である。また固い法律用語（"Proceed," "the doom of death"）は、この劇が秩序から始まることを物語っている。シャイロック（Shylock）の住むヴェニス（Venice）同様、エフェサスは厳然たる法の下に統治された国である。やはり、法律用語が多く現れ、秩序正しい宮廷が描かれているのが、『夏の夜の夢』である。しかし、父親の言いつけに背くなら、娘に死刑を宣告してもかまわないとするアテネ（Athens）の宮廷でさえ、『間違いの喜劇』の冒頭のような深刻さはない。このように『間違いの喜劇』は、イジーオンの、おそらくは免れえないであろう死から始まっていると言うことができる。台詞中の「罪によって死刑になれば、この身に降りかかっている悲しみやあらゆることに終止符が打てる」という表現は、到底「ドタバタ喜劇」のはじまりとは思われない。この場では、悲しみを表す語が、“woes”（2回）,“woe”,“griefs”,“sorrow”（2回）,“sorrowest”,“sad”と、ことばを変えながら繰り返し使われている。また“death”は5回、“die”が2回、“dies”が1回と、死を表す語も多く見られる。

　イジーオンの悲惨な身の上に同情した公爵は、情状酌量として、彼のために身代金を払ってくれる知り合いを探すことができるよう、刑の執行を夕暮れまで延ばすことにする。このようなプロット展開の時間制限が、『間違いの喜劇』を緊張感あるものにしている。『メナエクムス兄弟』も、古典劇の特徴である三一致を守っているが、『間違いの喜劇』ほど、時間意識が際立ってはいない。さらに、『間違いの喜劇』が『メナエクムス兄弟』と大きく異なる点は、『間違いの喜劇』がイジーオンの命のカウントダウンを劇全体の枠としていることである。一幕一場を締めくくることば“Hopeless and helpless doth Egeon wend, / But to procrastinate his liveless end.”（I.i. 157-58）には、イジーオンの死を覚悟した絶望感が表されている。彼は自分自身を“Egeon”と第三者的に呼びながら、“Hopeless”,“helpless”,“liveless”と、“-less”という欠性辞（privative）の語を繰り返すことによって、「希望が無い」「助けが無い」「命が無い」といういないづくしの状況を、客観的かつ冷静に受け止めようとしている。また、台詞中の“procrastinate”は、アーデン版の編者[10]とニュー・ペンギン・シェイクスピアの編者[11]によって、‘postpone’（引き伸ばす）という意味に解釈されている。この語はラテン語‘*procrastin-are*’[pro+*crastin-us* belonging to tomorrow (f. *cras* to-morrow)]（*OED*）を語源にしており、もともと‘to put off till the morrow" という意味である。*OED* によると、シェイクスピアの時代、"procrastinate" という語は "to postpone till another day" という意味を含んでいた。[12] シュミット（Alexander Schmidt）は、この例を引用し "to delay to the morrow" と注をしている。[13] この語に、単に「引き伸ばす」という意味の他に、期限を区切る意味を加えることによって、よりいっそう切迫した時間感覚を読み取ることはできまいか。

一方、『メナエクムス兄弟』の場合、イジーオンの身の上話しといった前置きは存在せず、劇冒頭でいきなりアクションが始まる。はじめに登場するのが、エピダムナムのメナエクムス（以後、メナエクムスE）の居候ペニクルス（Peniculus）である。『間違いの喜劇』が、身分の高い公爵とイジーオンとの間に交わされる、格調の高い韻文であるのに対して、『メナエクムス兄弟』は、メナエクムスEの家の前で、仕事もせずぶらぶらしているペニクルスが、何とかして食べ物にありつきたいと語る卑近な台詞で始まる。ペニクルスということばは、食べ物をあらいざらいたいらげるという「刷毛」の意味であり、名前そのものが卑猥なものを想像させる。この人物は、『間違いの喜劇』には登場していないが、彼の愚者ぶりは、双子の召使ドローミオ（Dromio）に似ている。しかし、彼の愚かさは、ドローミオのような dry fool 的（dry fool については、第五章で述べる）なものではなく、むしろご馳走にありつけなかった腹いせに、主人に仕返しをするという悪漢の性質を持っている。『メナエクムス兄弟』の一幕一場は、彼の長台詞だけで終わりとなる。そこへ主人公の一人である、メナエクムスEが登場してくる。彼は妻を欺いて、足しげく娼婦エロティウム（Erotium）のもとへ通っている。種本において、夫を中心とした妻（名前は与えられていない）と娼婦との三角関係は、夫が窮地に陥ることで、人違いによって齎される外面的な混乱を、より滑稽にする役割を果たしている。

これに対して、『間違いの喜劇』に出てくる娼婦には名前がなく、彼女とエフェサスのアンティフォラス（以後、アンティフォラスE）との関係は曖昧化されている。種本とは異なり、妻エイドリナーナ（Adriana）の存在は大きい。彼女は、夫の眼差しを通してしか、自分のアイデンティティーを確認することができない女性である。アイデンティティーの自己認識の問題は、第二章で述べるように、第三者の言動、さらに言えば広く社会から個人に向けられた視線が、大きな意味を持つと考えられる。自分が一体何者かという疑問は、自分自身の内なる声に問われるだけでなく、他者の反応という鏡に映し出されるものでもある。したがって、夫に「知らん顔」（II.ii. 110）をされると、"I am not Adriana, nor thy wife."（II.ii. 112）という台詞に見られるように、エイドリアーナの内部で自己同一性の崩壊の危機が起こってしまうのである。このように、『間違いの喜劇』においては、個人のアイデンティティーの認識と、それに対する第三者の発言や振る舞いとの相互関係について、種本にはない考察がなされている。

『間違いの喜劇』のアクションは、一幕二場でシラキュースのアンティフォラス（以後、アンティフォラスS）が、兄を探してエフェサスにやって来たところから始まる。場の冒頭で、シラキュースの商人（父イジーオンのことであるが、アンティフォラスは知らない）が捕らえられて、夕暮れ時には死刑になることが語られる。ここで、前の場の重苦しさを僅かに引きずるものの、シラキュースのドローミオ（以後、ドローミオS）が現れると、雰囲気は一変する。アンティフォラスSは、召使であるドローミオSを、逆説的な表現"a trusty villain"（I.ii. 19）と呼ぶ。無論これは、親愛の情を表す呼び方ではあるが、すぐに起こる人違いの混乱の中では、また違う意味を持つようになる。

アンティフォラスSは、知人との別れ際に、エフェサスの町を見物しようと"I will go lose myself, / And wander up and down to view the city."（I.ii. 30-31）と言う。この再帰用法の"lose oneself"は、『メナエクムス兄弟』でも、メナエクムスSの召使メッセーニオ（Messenio）の台詞"we quite lose ourselves"（II.i.）[14]に見られる。これは、このままエピダムナムで双子の兄弟探しを続ければ、旅費が底をつき「路頭に迷う」という表現である。『間違いの喜劇』において"lose oneself"は、「道に迷う」という表面的な意味を脱し、主人公の心の奥深くの「アイデンティティーの喪失」を描写する意味にまで深化を遂げる。（これについては、第二節で詳述する。）この点が『メナエクムス兄弟』と異なり、『間違いの喜劇』が単なる「ドタバタ喜劇」ではないと評される所以でもある。

この二つの劇には、人違いのドタバタをより面白くするために、いくつかの小道具が使われている。『間違いの喜劇』には「お金」「ネックレス」が、『メナエクムス兄弟』には「マント」「ネックレス」がそれぞれ出てくる。アンティフォラスSは、ドローミオSを信用して、お金を預けるが、すぐ後にやってきたエフェサスのドローミオ（以後、ドローミオE）は、知らないと言う。また、メナエクムスEが、家から持ち出した妻のマントが、何も知らないメナエクムスSの手元に渡る。このような小道具を使うことによって、混乱をより助長するという手法は、両者ともあまり違いはない。この二つの劇が大きく違う点は、先ほどの"lose oneself"の例と同様に、『間違いの喜劇』が、小道具などによってより混乱が深められると、主人公たちのアイデンティティーまでも崩れて、自分自身を見失うようになるということである。『メナエクムス兄弟』でも、相手に人違いをされることによって、自分が狂っているのか相手が狂っているのか分からなくなる事態に至るが、『間違いの喜劇』ほど深く、登場人物の自己認識の問題にまでメスが入れられることはない。『メナエクムス兄弟』で起こる人違いによる混乱は、機械的な笑いしか齎さないのである。

iv

『メナエクムス兄弟』において、人違いが起き始めるとすぐに"mad"という語が現れる。これに対して『間違いの喜劇』では、人違いによる混乱がまだ表面上に留まっている段階では、"mad"ではなく、"jest"が使われている。"mad"の初出は、主人を取り違えたドローミオEが、エイドリアーナに、「ご主人様は気が狂った」("sure he is stark mad")(II.i. 59)と慌てて報告する場面である。

第五章でも触れるように、シェイクスピア喜劇において、"mad"と形容される有名な登場人物は、『十二夜』のマルヴォーリオ(Malvolio)である。彼の狂気は「自己愛」であるが、彼自身、まったくそのことには気づいてはいない。マルヴォーリオの横柄な振る舞いに腹を立てたサー・トービー(Sir Toby)らは、仕返しとして彼を本物の「狂人」に仕立て上げようと一計を案ずる。サー・トービーをはじめとする仲間たちが、祭りの余興として計画する「マルヴォーリオいじめ」は、『十二夜』という芝居の観点から見ると、「劇中劇」の性質を持つ。この場合、マルヴォーリオの狂人ぶりを見物している彼らの視点と、『メナエクムス兄弟』と『間違いの喜劇』のアクションを目撃する観客の視点とが、ほぼ一致すると考えられる。なぜなら、これら三作品の“mad”は、観客に滑稽な笑いを起こさせる芝居の仕掛けの一つだからである。しかし、『メナエクムス兄弟』における“mad”は、人違いの混乱に右往左往する登場人物が、互いに「狂人」と呼び合う姿を、笑い飛ばすというレヴェルに留まっているのに対して、『間違いの喜劇』と『十二夜』のそれは、登場人物たちの内面深くにまで影響を及ぼす恐ろしさを孕んでいる。

繰り返すが、『メナエクムス兄弟』の“mad”は、芝居を見ている観客に、滑稽な笑いを提供する道具というレヴェルを逸脱することはない。その証拠にメナエクムスSは、周囲の人々が自分を狂人扱いするのを逆手にとり、“they say now I am mad, the best way for me is to faine my selfe mad indeed, so I shall be rid of them.”（V）と言う。彼は気が違ったふりをして、相手を驚かせようというのである。メナエクムスSには、頭がおかしくなったのは相手の方で、自分が狂っているという自覚はまったくない。『十二夜』の中で、マルヴォーリオの狂人ぶりを目の当たりにしたオリヴィアが、彼の姿を鏡として、自分自身の狂気を自覚するように、『間違いの喜劇』においても、アンティフォラスSの狂気への自己認識が見られる。アンティフォラスSの台詞“Am I in earth, in heaven, or in hell? / Sleeping or waking, mad or well-advis'd?”（II.ii. 212-13）には、自分が絶対的に正気であるとは言い切れない不安が読み取れる。このように『メナエクムス兄弟』において頻出する“mad”は、そのまま

『間違いの喜劇』をはじめとするシェイクスピア劇にも数多く見られる語の一つとなっている。しかし、古典劇である『メナエクムス兄弟』の“mad”は、日常的レヴェルをはみ出すことはなく、「取り違い劇」をより滑稽にする劇的効果を担った、芝居の仕掛けとしてのみ扱われている。一方、『間違いの喜劇』の主人公たちは、何か不思議な力によって誑かされ、「狂人に変えられてしまった」(“I am transformed” (II.ii. 195))と、自分自身が二つに引き裂かれるかのような恐怖を体験する。ニーヴォ (Ruth Nevo) は、このことを“ontological uncertainty”(人間存在の不確実性)と表現し、ごく普通の市民であった主人公たちが、容赦なく直面させられる mistaken identity の危機を論じている。(15)

V

『メナエクムス兄弟』の舞台であるエピダムナムは、劇中の台詞に“this Towne Epidamnum, is a place of outragious expences, exceeding in all ryot and lasciviousnesse: and (I heare) as full of Ribaulds, Parasites, Drunkards, Catchpoles, Cony-catchers, and Sycophants, ...” (II) とあるように、「詐欺師やペテン師が住むいかがわしい場所」として描かれている。メナエクムスSの召使メッセーニオのことばにも、「エピダムナムを訪れた者は、必ず呪われる (“sine damno”)」(Epidamnum と damno「呪われた」とをもじった洒落) とある。メナエクムスSにとって、エピダムナムで起こる奇怪な出来事は、「詐欺師のようないかがわしい者」に誑かされた結果として解釈される。シェイクスピアも無論、『間違いの喜劇』の中に、いわゆる「騙し」を取り入れているが、このことは単に模倣には留まらず、劇のアクションに大きな影響を及ぼす要素にまで拡大されている。彼は、舞台を「ラップランドの魔術師の住処」であるエフェサスに変更しただけでなく、シラキュースのアンティフォラスとドローミオに「エフェサスには魔法使いが住んでいる」と繰り返させている。

このように、劇の舞台そのものに、魔法のような不思議な力を与える手法は、例えば『ヴェニスの商人』のベルモント（Belmont）、『お気に召すまま』のアーデン（Arden）の森、『十二夜』のイリリア、『テンペスト』のプロスペロー（Prospero）が住む岩屋などに見られ、喜劇だけではなく、ロマンス劇にも引き継がれている。難破をテーマとするこの芝居が、『テンペスト』の"sea-change"と関係があることは、しばしば論じられるように、イジーオンの妻エミリアの存在も、ロマンス劇との共通点を語る上で重要である。シェイクスピアはエミリアを尼僧という聖職者として登場させている。エフェサスは、シェイクスピアが『新約聖書』の「エペソ人への手紙」から着想を得たと考えられているが、「使徒行伝」（19：19）にも「パウロが奇跡を行って、病人を癒し、悪霊を追い払った[16]」とあり、呪いが流行っていたエフェサスでは、「魔術を行った人々の多くが、書物をもってきて、みなの前でやいた」と記されている。安西徹雄氏が「聖なるもの[17]」と呼ぶ、エフェサスにおける人知を超えた不思議な力は、エミリアという「聖なる人物」の中に存在している。このようなアンティフォラス兄弟の母親を通しての「聖なるもの」の力は、『メナエクムス兄弟』には、決して見られないものである。

また、エミリアはエイドリアーナに対して、彼女の狂おしい嫉妬が夫の正気を奪ったのだと諭している。このことは、シェイクスピアが「エペソ人への手紙」の、「妻よ、主にしたがうように、自分の夫にしたがえ」というくだりを参考にしたのではないかと見られている。また、このような聖書的視点から見た「夫に対する妻のあるべきすがた」の強調は、エイドリアーナと妹ルシアーナ（Luciana）とのやり取りにも見られる。エイドリアーナは、家を空けてばかりいる夫について、妹に「なぜ男の自由は女の自由より大きいの?」（II.i. 20）と愚痴を言う。するとルシアーナは、「男が女の主人であり、支配者でもある」（II.i. 24）と教訓めいた答えをする。シェイクスピアは、このような宗教的立場からの、夫婦の理想像を扱ったテーマを、『じゃじゃ馬ならし』でも、効果的に扱っている。

vi

『間違いの喜劇』におけるロマンス的要素は、「聖なるもの」の力だけではなく、「海の変容」（"sea-change"）という表現に象徴される超自然と深く関係している。『メナエクムス兄弟』においても、メナエクムスSが行方不明となった双子の兄弟を探して、エピダムナムにやってくる。しかし、メナエクムスEが行方知れずになった原因は、難破ではなく、人さらいである。メナエクムスSは、船でエピダムナムに到着するが、『メナエクムス兄弟』が、深淵なテーマである「海の変容」（"sea-change"）の力で、再会を果たすとは思われない。これに対して『間違いの喜劇』には、"a drop of water"（I.ii. 35）ということばを含むくだりがある。第二節でも述べるように、自分のアイデンティティーを「一滴の水」に喩えたこの台詞は、作品全体を覆うほどの影響力を持つ。「一滴の水が大海に落ちる」という描写は、主人公のアイデンティティーの喪失のみではなく、イジーオン家族の難破による一家離散という、破滅的な経験をも含んでいる。
イジーオンとアンティフォラスSはそれぞれ、ばらばらになった家族を探して、諸国を放浪してエフェサスにたどり着く。その地で待っていたのが、父イジーオンの死刑の宣告と、アンティフォラス兄弟の mistaken identity による混乱であった。しかし、母親エミリアの登場で人違いの混乱は収まり、イジーオンの死は回避される。このような"sea-change"で表される象徴的な死を通しての再生は、ロマンス劇だけにとどまらず、『十二夜』『ハムレット』(*Hamlet*) などにも見られるテーマである。この再生という概念は、キリスト教の rebirth をも意味し、先述の『新約聖書』からのアリュージョンと共に、『間違いの喜劇』におけるキリスト教的要素と考えることもできる。

あらためて言うが、この作品は「時間」「場所」「プロット」が一つとなる三一致がほぼ守られた、古典劇をベースとしている。この劇は、一日という時間制限があり、エフェサスという狭く仕切られた空間の中で展開する「取り違い劇」であるという点においては、『メナエクムス兄弟』と変わりはない。しかし、シェイクスピアは、この古典的な法則を巧みに利用しながらも、例えばイジーオンの死へのカウントダウンの緊迫感を高め、魔術師が住むというエフェサスの不思議な空間性を、より鮮明に打ち出そうとしている。このことによって、人違いの混乱のテーマを、機械的な笑いの世界にのみ押し込めることなく、自分は果たして何者かという「人間存在の不確実性」の問題にまで発展させている。

大団円において、混乱に巻き込まれた人々が集う中、ドローミオEは、"Methinks you are my glass,

and not my brother. / I see by you I am a sweet -fac’d youth.”（V.i. 418-19）と言う。この台詞は、二つに引き裂かれそうになっていた彼のアイデンティティーが回復する瞬間を表すものである。彼は、双子の片割れの姿を鏡として、今にも失われかけていた自己を再び取り戻すことができた。この台詞に先立ち、アンティフォラス兄弟の母エミリアは、家族再会の喜びを次のように表現している。

Abbess. And all that are assembled in this place
　That by this sympathized one day’s error
　Have suffer’d wrong, go keep us company,
　And we shall make full satisfaction.
　Thirty-three years have I but gone in travail
　Of you, my sons, and till this present hour
　My heavy burthen ne’er delivered.（V.i. 397-403）

エミリアの言う、難破による一家離散から、三十三年もの長い月日が、たった一日に起こった出来事によって、すべてが解決するというプロットは、まさに遠くはロマンス劇に至る壮大なテーマである。難産の末に産み落とされたかのような家族再会は、この瞬間、舞台上すべての登場人物たちによって共有される。安西徹雄氏は、家族の再会という「主人公たちの間の関係性の回復（発見）」の問題に着目し、「主人公の発見は、副主人公たち、脇役たち、さらには「その他大勢」の人物たちによって共有されることを通じて、初めて劇世界全体に拡大され、位置づけられて、主人公の「発見」に始まった秩序と意味の回復は、まさしく劇世界全体にとっての事件となる」[18]と説明している。つまり、主人公の自己喪失の痛みと、自己発見の歓喜は、個人のレヴェルにとどまらず、エフェサスの社会全体に溢れ出し、さらには、それを目撃する観客にまで広がり、普遍化されていくのである。

以上のように、『間違いの喜劇』の劇としてのアクションそのものは、古典劇『メナエクムス兄弟』の模倣であると言える。しかし、シェイクスピアは複数の材源を組み合わせることによって、単なる物真似を脱し、彼の独自性の見られる「能動的模倣」[19]を試みているのではないだろうか。『間違いの喜劇』の材源の多さについては、前述のとおりであるが、そのためにこの作品が、素朴でありながら、円熟期の喜劇、ひいてはロマンス劇をも視野に入れたテーマの出発点となっていると考えられる。

注

（1）「タイアのアポローニアス」は、ガワーの代表作『恋人の告解』（*Confessio Amantis* 全8巻、一三八五年頃着手、九〇年頃ほぼ完成）の中の一つである。

（2）『間違いの喜劇』が「喜劇」か「笑劇《ファース》」かという議論については、バートン（Anne Barton）が *The Riverside Shakespeare* の解説の中で、コールリッジ（Samuel Taylor Coleridge）が、「笑劇《ファース》」として扱ったという批評を紹介し、また *OED* の "farce" の定義なども確認しながら、分析する。彼女は、大団円における一家の再会は、観客に歓喜の笑いを引き起こさせるが、その「笑い」は、“farce”の笑いとは異なると結論づける。

Anne Barton, in the introduction to *The Comedy of Errors*, in *The Riverside Shakespeare*, 2nd edition, 1997, 111-14.

(3) G.R. Elliott, “Weirdness in *The Comedy of Errors*,” *University of Toronto Quarterly*, IX, No.1 (1939) 95.

(4) Harold Brooks, “Themes and Structure in *The Comedy of Errors*,” *Early Shakespeare*, eds., J.R. Brown and B. Harris (London: Arnold, 1961), 57.

(5) Northrop Frye, *A Natural Perspective* (1965; New York: Columbia UP, 1967).

(6) Frye, 143.

(7) Bertrand Evans, *Shakespeare’s Comedies* (Oxford: Oxford at the Clarendon Press, 1960), 3.

(8) Leo Salingar, *Shakespeare and the Traditions of Comedy* (Cambridge: Cambridge UP, 1974), 128.

(9) Arthur F. Kinney, “Shakespeare’s *The Comedy of Errors* and the Nature of Kinds,” *Studies in Philology*, 85 (1988) 32.

(10) R.A. Foakes, ed., *The Comedy of Errors* (The Arden Shakespeare, 1962), 11.

(11) Stanley Wells, ed., *The Comedy of Errors*, The New Penguin Shakespeare, (Penguin Books, 1972), 126.

(12) *OED* 1.

(13) Alexander Schmidt, *Shakespeare Lexicon and Quotation Dictionary* (New York: Dover Publications, 1971), sv procrastinate.

(14) Geoffrey Bullough, ed., *Narrative and Dramatic Sources of Shakespeare*, Vol. I, (1957; New York: Columbia UP, 1964).

(15) 「人間存在の不確実性」という日本語訳は、川口清訳『シェイクスピアの新喜劇』（ありえす書房、一九八四）によった。

Ruth Nevo, *Comic Transformations in Shakespeare* (London and New York: Methuen, 1980), 22.

(16) 聖書からの引用の日本語訳については、バルバローデル・コル訳（ドン・ボスコ社、一九六四）によった。以下、聖書からの引用の日本語訳は同書による。

また、シェイクスピアが読んだと思われる、*Geneva Bible* からの引用を挙げておく。

Many also of them which used curious artes, broght their bokes, and burned them before all men, and they counted the price of them, and founde it fiftie thousand (pieces) of silver. (*Acts* 19.19.)

Luther A. Weigle ed.. *The New Testament OCTAPLA* (New York: Thomas Nelson & Sons, 1946).

(17) 安西徹雄『彼方からの声―演劇・祭祀・宇宙』（筑摩書房、二〇〇四）、67。

(18) 安西、63。

(19) 太田耕人「古典とロマンスの伝統―『間違いの喜劇』における模倣と独創―」『シェイクスピアを学ぶ人のために』今西雅章、尾崎寄春、齋藤衞編（世界思想社、二〇〇〇）、307。

2　秩序と混乱のアンビギュイティー

i

『間違いの喜劇』は、そのタイトルが示すように、二組の双子が知らない間に入れ替わることで、誰が誰だか、また何が何だか分からなくなり、問答無用の暴力や、見知らぬ妻の存在や、いわれの無い借金などの大混乱が巻き起こる笑劇的な喜劇である。しかし、この「ドタバタ喜劇」ともいえるプロットは、それとは対照的な「秩序」「深い悲しみ」「死」などを大枠として展開している。劇冒頭では、双子の父でシラキュースの商人イジーオンが、エフェサスの公爵に死刑を宣告され、刑の執行がその日の夕方に迫っていることが分かる。この作品には、刻一刻と死へと向かう厳然たる時間軸が、まっすぐに劇の終わりまで伸びているのである。

しかし同時に、エフェサスという地名はアルテミス神殿のある魔法の土地で、「ラップランドの魔法使い」("Lapland sorcerers"（IV.iii. 11））の住処でもある。そこを訪れたシラキュースのアンティフォラスもドローミオも、自分自身が新しく「作り変えられてしまう」("I am transformed"（II.ii. 195））という経験をする。また、彼らが町を歩くだけで、もともとの住人たちも混乱に陥り、我を忘れてしまう。

シェイクスピアが混乱をさらに面白くするために、種本にはない双子の召使を付け加えたことは周知のことである。しかし、dry fool 的なドローミオ兄弟の存在は、「秩序」と「混乱」の落差を強調しただけでなく、「狂気」と「正気」、「遊び」と「まじめ」、「笑い」と「深刻」のような、矛盾する価値の衝突と融合に影響を及ぼしているように思われる。登場人物たちは、これら二項対立の価値の間を往復させられ、次第に自分自身をも見失ってしまう。『間違いの喜劇』は、『メナエクムス兄弟』のように、いわゆる「人違いによる混乱」が抱腹絶倒の笑いを齎すというレヴェルを越え、今まで正しいと信じていた自己認識でさえ、もろくも崩れ去るという危うさが潜んだ作品である。そこで本節では、「秩序」や「混乱」のような、一見対極に位置すると思われる価値が、互いにぶつかり合うことによって、どのように融合していくかということを考えてみたい。

ii

劇は、「混乱」のテーマとは程遠い、厳然たる法律と秩序を表現した以下の台詞で始まる。

Egeon. Proceed, Solinus, to procure my fall,
　And by the doom of death end woes and all.（I.i. 1-2)

この中で語られるイジーオンの犯した罪とは、シラキュースの敵国エフェサスに足を踏み入れたことだった。彼は、二国間の争いを承知の上で、難破によって生き別れとなった家族を捜して、エフェサスにやってきていた。彼の深い悲しみが表現されたこの台詞は、頭韻や脚韻を含む、技巧的で整った韻文体である。また、『間違いの喜劇』という軽妙なタイトルには、およそ不似合いな重々しささえ感じられる。この後公爵の求めに従い、イジーオンは難破による一家離散や、息子との別れなどの、悲惨な身の上を語りはじめる。前節でも触れたように、一幕一場では「悲しみ」を表す語（具体的には"woe(s)"、"griefs"、"sorrow"、"sorrowest"、"sad"）や「死」を表す語（"death"、"die(s)"）が繰り返し使われ、劇冒頭の陰鬱なトーンを醸し出す効果を担っている。一方公爵も、確固たる法の厳しさと、イジーオンの身の上に対する哀れみの感情の間で心が揺れ動いている。このように『間違いの喜劇』全体を覆う、法の秩序や家族の生き別れのエピソードは、『メナエクムス兄弟』には存在していないものである。さらにこの場では、公爵のことば"I'll limit thee this day..."（I.i. 150）に見られるように、劇のプロットが一日に時間限定された緊迫感がある。このような直線的な時間意識は、実際に人違いによる混乱が生じたあとでも、しばしば再確認されることとなる。

我々観客は、ロマンス劇を髣髴とさせる難破による一家離散物語を、イジーオンの長台詞から知ることができる。難破は、のちに『ヴェニスの商人』、『十二夜』、『テンペスト』など、シェイクスピア劇に繰り返し使われる重要な主題である。とくに離散した家族の主題は、シェイクスピア後期のロマンス劇に見られ、『テンペスト』の中で"sea-change"として、大きく取り上げられている。この"sea-change"とは、一見破滅的と思われる難破が、「海の変容」を受けることで、ばらばらになっていた家族を再会させるというものである。『間違いの喜劇』の海に関する比喩で、際立っているのがアンティフォラスSの"a drop of water"の台詞である。この台詞の詳細は後で述べることにするが、"a drop of water"を自分自身のアイデンティティーと同一視しているかのような比喩は、アンティフォラスEの妻エイドリアーナの台詞にも、まるでエコーのように使われている。このように、シェイクスピア円熟期の喜劇や後期ロマンス劇に見られる、難破という象徴的な死を通してのクリエイティヴな再生の主題が、ごく初期の喜劇ですでに取り上げられ、今後の発展の萌芽となっているのは注目すべきことである。(1)

一幕一場のほとんどは、イジーオンと公爵のやり取りに終始し、プロット展開は見られない。彼の語りの中で、過去から現在までの長年に及ぶ経緯が説明され、観客は彼の回想を通してさまざまな情報を得ることができる。このような劇の筋が動き出す前の情報提示は、種本ではコーラスという形をとっており、芝居の中でそれほど大きな位置を占めるものではない。これに対して、『間違いの喜劇』においては、実際の芝居のアクションの中に盛り込まれ、劇の外枠を形成するものとして重要視されている。(2) またこの場は、『間違いの喜劇』が単なる笑劇ではないとする評価の論拠にもなっている。第一節でも触れたが、場を締めくくるイジーオンの台詞"Hopeless and helpless doth Egeon wend, / But to procrastinate his liveless end."(I.i. 156-57)は、「希望も、助けも、命もない」絶体絶命の崖っぷちに立たされた緊迫感を余韻として、次の場に残している。

iii

実際にプロットが動き出すのは、イジーオンと公爵が舞台を退き、アンティフォラスSがエフェサスに足を踏み入れた直後である。前の場とは対照的に、シラキュースのアンティフォラスとドローミオの軽妙なやり取りで幕が開く。この場では、主人であるアンティフォラスSは親愛の情を込めて召使いドローミオを“A trusty villain”と呼び、“When I am dull with care and melancholy, / Lightens my humor with his merry jests.”（I.ii. 19-21）と言うように、ドローミオSの単純で愚かな dry fool 的性質は、今後のプロット展開に大きく影響すると思われる。台詞中に見られる“trusty”や“Lightens my humor with his merry jests”は、後の混乱時になると皮肉にさえ聞こえる。アンティフォラスSは、無意識のうちに、これから経験するであろうアイデンティティーの喪失を感じ取っているかのようである。その証拠に、ドローミオSと別れた直後、有名な水滴の台詞を漏らす。

Antipholus of Syracuse.
　Farewell till then. I will go lose myself,
And wander up and down to view the city.
. . .
I to the world am like a drop of water,

That in the ocean seeks another drop,
Who, falling there to find his fellow forth
Unseen, inquisitive, confounds himself.
So I, to find a mother and a brother,
In quest of them unhappy, ah, lose myself. (I.ii.30-40)

（以下、*Antipholus of Syracuse* は *S. Ant.*）

（引用中の下線は筆者、以下同じ）

この中には、アンティフォラスSが自分自身を「もう一滴を捜そうと大海に落ちた一滴の水」に喩えたsimileが見られる。ここに見られる“a drop of water”や“the ocean”は、一幕一場で語られた難破や「海の変容」のイメージと重なり合う。劇冒頭でイジーオンは、アンティフォラスSと同様に、失った家族を求めて、各地を転々とする表現として、海と関係の深いことばを使っている。

Egeon. Five summers have I spent in farthest Greece,
Roaming clean through the bounds of Asia,
And coasting homeward, came to Ephesus;
Hopeless to find, yet loath to leave unsought

Or that, or any place that harbors men. (I.i. 132-36)

下線部"coasting","habors"は、彼が海岸沿いに港を巡りながら、家族探しの旅をしていたことを示す表現である。この箇所も"sea-change"との繋がりが感じられ、ロマンス劇的な難破による一家離散と再会のプロセスの暗示のように思われる。(3)

前述のアンティフォラスSの水滴の比喩も、"sea-change"との接点をもちながら、離れ離れになった家族を捜してこの地にたどり着いたものの、反対に自らのアイデンティティーを失いそうになるという逆説表現である。このことは、先に挙げた台詞の"So I, to find a mother and a brother, / In quest of them unhappy, ah, lose myself."というくだりの中で、"find"「見つける」"quest"「求める」と"lose"「失う」という正反対の意味が、同じコンテキストの中に同時に存在することによっても分かる。アンティフォラスSは、彼自身の分身とも言える双子の片割れや、実の母親を見つけ出そうとして、自分が誰だか分からなくなるという認識に至る。

この場面では、下線部に見られるように"lose myself"という表現が、僅か10行の間に二度使われている。アンティフォラスSは、一度目の"lose myself"を、それほど深い意味ではなく、「道に迷いながら、エフェサスの町を見物しよう」という程度のつもりで用いたと思われる。この再帰用法の"lose onself"の意味は、*OED*の"to lose one's way, go astray"という定義に当てはまる。(4) しかし、二回目に出てくるそれは、「自分自身を見失う」という恐ろしさまでも含んだ表現に発展しているとは考えられないだろうか。*OED* によると、"lose oneself" の「自分のアイデンティティーを失う」（"to lose one's identity"）という意味の初例は一六〇四年であり、この台詞が書かれた時期は僅かに早いと思われる。(5) だが、二度目の "lose myself" に、「自分自身を見失う」という意味を内包させるならば、この表現がドラマティックアイロニーとして、劇的に機能し始めはしないだろうか。アーデン版の編者フォークス（R.A. Foakes）は、「水滴」の台詞について、ブルックスの指摘を例に挙げ、(6) "...images of water or melting connected with dissolution of reality or loss of identity recur in Shakespeare's work and seem to spring from deep feelings." と注釈している。(7) フォークスによると、シェイクスピア作品の中に繰り返される「水」や「溶解」のイメージが、登場人物のアイデンティティーの消失と関連している例が、『ヴェローナの二紳士』『リチャード二世』（*Richard II*）『ハムレット』『アントニーとクレオパトラ』（*Antony and Cleopatra*）にも見られる。以上の作品の中でも、『ハムレット』の "O that this too too sallied flesh would melt, / Thaw, and resolve itself into a dew!"（I.ii. 129-30）という台詞は有名である。ハムレットの自己嫌悪や自己否定の過程が "melt," "thaw," "resolve" という「溶ける」と関係する語で表され、その行き着く先が、"a dew" で表される「水滴」と類似したイメージで表現されている。このように『間違いの喜劇』や『ハムレット』を含め、前記いずれの作品にも、水のような液体となって溶けるイメージと、自分自身のアイデンティティーの消失とが重ねあわされている。このように考えると、"a drop of water" を比喩とした、「見つけようとして、見失う」というパラドックスは、作品全体に流れる「海の変容」のテーマとあいまって、後の「見失いかけて、見つけ出される」という価値の逆転につながっていくように思われるのである。この台詞は、直後に始まる人違いによる混乱が引き起こすmistaken identityの予兆ともとれるものとなる。

　アンティフォラスSが、自分自身を見失う不安を語った直後に、ドローミオEが登場し、いよいよ芝居のテーマである、人違いによるドタバタが始まる。ドローミオEは主人の妻エイドリアーナに頼まれ、アンティフォラスEを昼食に連れ戻そうとしていた。彼はてっきり自分の主人だと思い込んで、アンティフォラスSに話しかけた。水滴の台詞からも分かるように、決して明るい気分ではなかったアンティフォラスSは、召使とのかみ合わないやり取りに困惑を隠せない。先ほど「ドローミオの冗談（"jests"）は、気持ちを明るくしてくれる」という台詞を紹介したが、ここではその「冗談」ということばが、互いの意識のずれを露呈させる一種の道具になっていると思われる。具体例を挙げると、次のとおりである。

Dromio of Ephesus. I pray you jest, sir, as you sit at dinner.（I.ii. 62）

S. Ant. Come, Dromio, come, these jests are out of season,
Reserve them till a merrier hour than this:（I.ii. 68-69）

この2例からも分かるように、それぞれ自分は大真面目で、冗談を言っているのは相手の方である。

アンティフォラスSにとって、「メランコリックな気分を明るくしてくれる」はずの召使の「冗談」が、この時ばかりは常軌を逸したものとなる。このように、互いの視点の違いによって、「遊び」と「まじめ」というさかさまの価値が同時に成立しているのである。[8]

さらに、シラキュースのアンティフォラスとドローミオの「冗談」と「まじめ」のアンビギュイティーが見られる箇所がある。

Dromio of Syracuse.
Hold, sir, for God's sake! Now your jest is earnest,
Upon what bargain do you give it me?
S. Ant. Because that I familiarly sometimes
Do use you for my fool, and chat with you,
Your sauciness will jest upon my love,
And make a common of my serious hours.
When the sun shines, let foolish gnats make sport,
But creep in crannies, when he hides his beams:
If you will jest with me, know my aspect,
And fashion your demeanor to my looks,

Or I will beat this method in your sconce.（II.ii. 24-34)

（以下、*Dromio of Syracuse* は *S. Dro.*）

二人のやり取りの中で、下線で示したように、"jest"が立て続けに3例見られる。この直前にも2例（II.ii. 21, 23）があり、"jest"という語が連続して使われている。また同時に、その合間を縫うように、「まじめ」を表す語"earnest", "serious"が置かれている。アンティフォラスSにとって、心の慰めとしての道化（"fool"）ドローミオが、一転して「まじめな時間」を「馬鹿にする」生意気な召使に変化している。この「変化する」（"transform"）ということが、後述するように、この芝居を語る上で重要な鍵語であることは言うまでもない[9]。

アンティフォラスSは、訳の分からないことばかり口走る召使を目の当たりにして、次のように言う。

S. Ant. They say this town is full of cozenage:
As nimble jugglers that deceive the eye,
Dark-working sorcerers that change the mind,
Soul-killing witches that deform the body,
Disguised cheaters, prating mountebanks,

And many such-like liberties of sin:（I.ii.97-102)

この中でアンティフォラスSは、人違いされ、また自分も人違いしているとは気づかずに、エフェサスには"cozenage"（詐欺）、"jugglers"（ペテン師）、"sorcerers"（魔術師）、"witches"（魔女）、"cheaters"（ペテン師）などのいかにも怪しげな存在があると言う。つまり彼は、自分の混乱した精神状態を、前述のようにいわゆる「魔術的な力」によって騙された結果であると見なしている。このように、プロットが展開する場所そのものに「魔術的な力」を与えたのは、シェイクスピアのオリジナルだと考えられている。彼は作品の舞台を、種本とは異なるエフェサスに変え、その魔術に満ちた空間性を、より劇的に生かそうとしたに違いない。台詞中の下線部の語句はそれぞれ、人間の感覚器官や精神を表しており、エフェサスはそれらを「欺いたり、惑わしたり、殺したり、損なったり」する得体の知れなさが漂った空間である。アンティフォラスSにとってのエフェサスは、今まで信じて疑わなかった、自分の感覚や認識が通用しない場所だと言える。[10] さらに、"change"（変化させる）、"deform"（形を歪める）という語も注目すべきである。この場面では、彼の心の「変化」は、他者の働きかけによるものであり、自分に責任があるわけではない。しかし、それが次第に相手が狂っているのか、自分が狂っているのか、区別できなくなるという mistaken identity に「変化」していく。

iv

『間違いの喜劇』におけるmistaken identityの過程を細かく見ていくと、⑴自分の分身ともいえる家族の喪失　⑵人違いによって齎される表面的混乱　⑶それぞれの登場人物たちの深部におこるアイデンティティーの混乱、の三段階に分けられるであろう。今まで述べてきたのが⑴、⑵の段階である。⑶の段階を自覚しはじめたのは、アンティフォラスEの妻エイドリアーナである。アンティフォラスSを夫と勘違いして、彼女は次のように発言する。

Adriana. Ay, ay, Antipholus, look strange and frown,
Some other mistress hath thy sweet aspects:
I am not Adriana, nor thy wife.　(II.ii. 110-12)

この中で彼女は、妻である自分に対して「知らん顔」（"strange"）をするアンティフォラスSに、「自分はエイドリアーナではないのか、妻ではないのか」と迫っている。夫だと思い込んでいる相手のよそよそしい態度が、「自分が自分でないかもしれない」という、彼女の切迫した危機感をあおっている。エイドリアーナは、夫を通してしか自分のアイデンティティーを確認することができない。そのため、夫が他人のように「知らん顔」をすると、彼女の存在自体が危うくなってしまうのだ。"strange"という語は、『テンペスト』の中で、魔法のような超自然の力によって成し遂げられた「不思議」という意味で用いられているように、後に離散した家族の再会の場で使われるとき、その奇跡的な不思議さを表わす意味に変化していく。

エイドリアーナもまた、奇しくもアイデンティティーを、"a drop of water"になぞらえて次のように語る。

Adriana. Ah, do not tear away thyself from me;
For know, my love, as easy mayst thou fall
A drop of water in the breaking gulf,
And take unmingled thence that drop again,
Without addition or diminishing,
As take from me thyself and not me too. (II.ii. 124-29)

彼女にとって、"a drop of water"で表されるアイデンティティーは、海に落ちてしまえば、荒れ狂う波と溶け合い、見失われてしまう。それと同じように、一心同体とも言える夫から引き離されることは、彼女自身の存在自体が否定されることになる。

また、エイドリアーナに夫と呼ばれたアンティフォラスSも、身に覚えのない結婚について、

“What, was I married to her in my dream? / Or sleep I now and think I hear all this? / What error drives our eyes and ears amiss? / Until I know this sure uncertainty, / I'll entertain the offer'd fallacy.”（II.ii. 182-86）と続ける。この台詞は『十二夜』の中で、セバスチャンが、初対面のオリヴィアから求婚されて当惑して言った台詞“If it be thus to dream, still let me sleep!”（IV.i. 63）を思い起こさせる。二人とも、相手は自分を知っているらしいが、自分は相手を知らないという状況を、「夢」や「眠り」という現実的な感覚から遊離したものに喩えている。アンティフォラスSの台詞には、“error”という劇のタイトルに含まれる語も使われている。前述の「エフェサスには、人間の感覚を狂わせる詐欺師やペテン師が住んでいる」という台詞と同様に、この場面に見られる何らかの“error”は、自分が正しいと信じていた「目」や「耳」などの感覚器官を惑わせるものである。また「正気なのは自分か相手なのか、どちらか分からない」という彼の自己矛盾が、“sure uncertainty”（確かなる不確か）というオクシモロンで表現されている（オクシモロンについて詳しくは第三章で述べる）。彼は、自分のアイデンティティーの揺らぎを感じ、「確かなる不確か」を確かめるべく、“fallacy”（ラテン語を語源とし「詐欺」の意）の領域にあえて身を投じようとする。それはまるで、大海に身を投げた“a drop of water”のようである。

　このように、それぞれの登場人物の mistaken identity が始まった劇中盤の二幕二場は、次のアンティフォラスSの告白で幕を閉じる。

S. Ant. Am I in earth, in heaven, or in hell?
Sleeping or waking, mad or well-advis'd?
Known unto these, and to myself disguis'd?
I'll say as they say, and persever so,
And in this mist at all adventures go.（II.ii. 212-16）

下線部は、正反対の価値のものどうしを"or"でつなげた、"A or no A"という表現である。"A or no A"という二項対立は、理性的判断あるいは理屈で考えられるべきものである。しかし、アンティフォラスSの場合、自分が眠っているのか目覚めていのか、狂っているのか正気なのかという"A or no A"の判断がまったくできないでいる。当初彼は、人違いによる混乱の原因が、一方的に他者にあると決め付けていたが、「周りの人は知っているのに、自分には隠されている」と、次第に自分の狂気によるものではないかと疑い始める。このような疑心暗鬼を、彼は"mist"という、やはり「水」と関連があることばで表現する。アンティフォラスSが経験している五里霧中の状況は、自分自身が水に溶けるイメージを背後に持ちながら、彼の心の深部で起きた「アイデンティティーの消失」を表そうとしているのではなかろうか。

V

ドローミオSは、理性的判断のつかない空間エフェサスを、あたかも『夏の夜の夢』の森のように、“This is the fairy land.”（II.ii. 189）と呼ぶが、その「妖精の国」で、アンティフォラスSも召使とともに、何か不思議な力によって、自分が「変えられる」という経験をする。前にも、“transform”について少し触れたが、この語は作品中で次の3例が見られる。

S. Dro. I am transformed, master, am not I?（II.ii. 195）

S. Ant. Are you a god? Would you create me new?
Transform me then, and to your pow'r I'll yield.（III.ii. 39-40）

S. Dro. She had transform'd me to a curtal dog, and made me turn i' th' wheel.（III.ii. 146）

ドローミオの台詞の2例は、知らない間に結婚していたことへの驚きを語ったものである。これらの台詞からは、自分が自分とまったく違うものに変えられてしまったという恐怖さえ感じられる。特に2例目は、“a curtal dog”と、彼が人間以下の「犬」という次元の低いものに変えられた嘆きを表すものである。一方、アンティフォラスの用例は、エイドリアーナの妹ルシアーナに一目ぼれをした自分を、「新しく作り変えてほしい」という願望である。彼の場合、召使とは逆方向に次元の高いものへの格上げを示している。この違いは、ドローミオが作品中で「滑稽な笑い」を生み出すdry fool的な役割を担っていることと、アンティフォラスが女性を神のように崇める宮廷風恋愛を展開することによって齎される。しかし、どちらにせよ二人とも「アイデンティティーの消失」を経験していることには変わりない。

一方、兄だと信じて疑わないアンティフォラスSに、「自分を作り変えてほしい」と言い寄られたルシアーナは、彼が狂ってしまったと思い込み、思わず"What, are you mad, that you do reason so?"（III.ii. 53）と発する。ここで"mad"と"reason"が、対照的に使われていることに注目したい。無論"reason"は、"talk"と解釈でき、意味上は"mad"と対極的に使われているわけではない。しかし、台詞を聞くものの耳には、「狂気」と「理性」の響きが残ると言っても過言ではないだろう。彼女のことばに対してアンティフォラスSは、"Not mad, but mated—how, I do not know."（54）と答える。この中で、彼らの認識のずれが、"mad"（狂っている）と"mated"（「当惑する」と「パートナーになる」との洒落）という表現の違いになって現れている。(11) アンティフォラスSはルシアーナに、真剣に愛を語っているが、その姿は彼女の目には"mad"に映っている。しかし"mated"という語に、「パートナーになる」という意味が含まれていることを考えると、アンティフォラスSがルシアーナに恋をすることで、「自分が新しく作り変えられる」という自己発見のドラマッティクアイロニーとなっている。

“mad”は『間違いの喜劇』の中で23例と、頻出する語の一つである。これは、他の喜劇作品と比べても、高い頻度数である。この語は、特に人違いによる混乱が佳境に入った、劇後半に多く見られる。シェイクスピアは種本にもあるように、混乱をさらに助長するために「金の首飾り」や「保釈金」のような小道具を巧みに利用している。アンティフォラスSは、見知らぬ国エフェサスの街中をぶらぶらと歩いている（“wander”）と、道行く人々からいかにも親しげに話しかけられ、挨拶されたり金品を気前よく渡されるという不思議な体験をする。このことに困惑して彼は、“Sure these are but imaginary wiles, / And Lapland sorcerers inhabit here.”（IV.iii. 10-11）と言う。「自分は知らないのに、相手は知っている」という事態は、彼にとってラップランドの魔術師に、幻を見せられているとしか考えられない。

アンティフォラスSの台詞中の“imaginary”という語と「狂気」とを結び付けて考えるとき、やはり『夏の夜の夢』のシーシュースの台詞“The lunatic, the lover, and the poet / Are of imagination all compact.”（V.i. 7-8）を忘れてはならない。彼は「狂人」「恋人」「詩人」を、「イマジネーション」の塊と表現する。「イマジネーション」は、彼自身“...imagination bodies forth / The forms of things unknown, ...”（V.i. 14-15）と語るとおり、「形のないものに形を与える」こと、つまり無から有を生み出すことである。アンティフォラスSにとって、エフェサスを訪れてからの出来事は、狂人や恋人が夢想する幻のように実体のないものが、現出したように思われた。

この作品には、アンティフォラスSのルシアーナへの一方的な恋愛も盛り込まれているが、彼の宮廷風で大げさな求愛は、当然"mad"と形容されている。"mad"に陥ったのは、アンティフォラスSだけではなく、ドローミオも同じであった。彼は、気が狂ったように振舞う召使に対して、

S. Ant. The fellow is distract, and so am I,
And here we wander in illusions:
Some blessed power deliver us from hence! (IV.iii. 42-44)

と言う。下線部の"distract"とは、理性を引き出され頭が空っぽになってしまった状態を意味している。彼はドローミオSの姿を鏡として、自分自身の狂気をも映し出しているのではないか。このことは、『十二夜』の中で、気違いじみた格好でニヤニヤ笑っているマルヴォーリオに、オリヴィアが自分の恋の狂気を重ね合わせた台詞、"I am as mad as he, / If sad and merry madness equal be."(III.iv. 14-15)を思い出させる。今までは、狂っているのが自分なのか、周りの人々なのかが曖昧であったアンティフォラスSであったが、この場面では明らかに、自分が"illusions"の中を「さまよっている」と認めているのである。このような狂気の自己認識は、mistaken identity の過程における最終段階だと考えられる。

ラップランドにも似たエフェサスでは、二組の双子が入り乱れ、"error"による大混乱の真っ只中で

ある。"error" の語源は、ラテン語の "erraré" (to wander) であり、タイトルの *The Comedy of Errors* は「さ迷いの喜劇」、さらには「mistaken identity の喜劇」をも意味している。このことを踏まえるならば、アンティフォラスSが、エフェサスに到着して間もなくの台詞 "I will go lose myself, / And wander up and down to view the city." が、あらためて違った意味を帯びてくるのが分かる。[12] 狂気の世界の深みにはまり込んだ彼は、なんとかして出口を見出そうと模索するが、どうすることもできない。彼は、この "illusions" の世界から脱出できるよう、"Some blessed power" (天の力) に助けを求めるしかなくなっているのである。これは、アンティフォラス兄弟の母親で尼僧のエミリアが、後に彼らを狂気の世界から救い出すことの伏線であるとも考えられる。

vi

芝居も大詰めを迎え、さらに混乱に拍車がかかる。二人のアンティフォラスは、エフェサスの人々から完全に「狂人」と見なされ、追い回される。舞台上には、娼婦、いかさま教師のピンチ、金細工師、警吏などが加わり、笑劇さながらの様相を呈してくる。ピンチはアンティフォラスEと召使が、悪魔にとり憑かれたと大騒ぎをして、二人を "dark room" (IV.iv. 94) に幽閉しようとする。治療と称して「狂人」を "dark room" に閉じ込める場面は、『十二夜』の中にも見られ、マルヴォーリオがその被害にあう。マルヴォーリオ同様に、アンティフォラスEの「狂人」ぶりに、舞台は抱腹絶倒の渦となる。さらに、エフェサスのアンティフォラスとドローミオと、他の人々との間で、「狂っている」、「狂っていない」という押し問答が繰り返され、次々と畳み掛けるように、双子による人違いの混乱が勃発する。彼らが、ピンチによって捕らえられるやいなや、もう一方のアンティフォラスが、剣を振りかざして登場する。それを見て仰天したのは、エフェサスの人々であった。アンティフォラスSは、人々が剣に怯んだのを見て、"I see these witches are afraid of swords."（IV.iv. 147）と叫ぶ。アンティフォラスSもまた、彼の兄弟と同様に、エフェサスの住人たちとの間で互いに、"Sathan"（IV.iv. 54）、"witches"と罵りあっている。第三者の視点を持つ観客以外、何が起きているのか理解できないため、舞台の上では大混乱となり、互いが「悪魔」であったり「魔法使い」であったりする。このように、神出鬼没のアンティフォラス、ドローミオ兄弟の影響で、外的状況の混乱はエフェサス全体を支配し、挙句はエフェサスに住む人々の内面の mistaken identity にまで及ぶ。

エフェサスの住人たちに追われ、行き場のなくなったシラキュースの二人は、どうしようもなくなり、尼僧院に逃げ込む。そこは、偶然にも生き別れとなった母親がいる場所であった。エミリアが "He took this place for sanctuary, / And it shall privilege him from your hands / Till I have brought him to his wits again, / Or lose my labor in assaying it."（V.i. 94-97）と言うように、尼僧院は "sanctuary"（聖域）であり、「魔法使い」の住処といわれるエフェサスとは、一線を画した場所である。エイドリアーナは夫を取り戻し、自分の力で正気にもどしてみせると、エミリアに掛け合うが、「聖域」を理由にきっぱりと断られる。このように、尼僧院主となっていたエミリアの登場で、ある種「神がかり」のように強引なやり方で、芝居は一気に大団円へと向かう。芝居において、彼女は deus ex machina（不自然で強引な解決をもたらす人）である。彼女は、イプセンのような近代リアリズム劇には決して見られない人物である。シェイクスピアの喜劇では、『お気に召すまま』の中で、結婚の女神のハイメンなどがそうであるように、魔法の不思議な力で、プロットを無理やり解決へと導く強引な手法が取られる。また、『冬物語』『テンペスト』などの後期ロマンス劇において、魔法のような奇跡によって、離散家族の再会が果たされるのも周知のことである。

vii

エミリアとエイドリアーナとの間で、アンティフォラスの狂気をどちらが治すかという悶着が起きている間に、イジーオンの処刑の時間がやってくる。エフェサスを「悪魔」「魔法使い」「狂気」などが覆いつくしている渦中に公爵が現れ、秩序と規則正しい時間意識を思い出させる。以下の台詞からも分かるように、舞台には「ドタバタ喜劇」から一変し、劇冒頭の陰鬱さが戻ってくる。

Second Merchant of Ephesus.
By this I think the dial points at five.
Anon I'm sure the Duke himself in person
Comes this way to the melancholy vale,
The place of death and sorry execution,

Behind the ditches of the abbey here.（V.i. 118-22）

この中には、一幕一場と同じように、"melancholy"、"death"、"sorry" などの、暗く憂鬱なイメージを持つ語が反復されている。この場で再び登場した公爵を前に、人々はエフェサスのアンティフォラスとドローミオの狂気ぶりを訴え始める。公爵は、彼らの辻褄の合わない話しを聞き、"Why, this is strange. Go call the Abbess hither. / I think you are all mated, or stark mad."（V.i. 281-82）と困惑する。前にも触れたとおり "mate" は、「当惑させる」という意味であるが、C.T. アニアンズ（Onions）はこの語を、もう一歩踏み込んで、"to stupefy, confound"（感覚が麻痺する、ものとものとが区別できない）と解釈している。[13]『夏の夜の夢』の中で、妖精の魔法に翻弄された四人の恋人たちが、翌朝目覚めたときの「半分起きて、半分眠った」状態にも似て、エフェサスの人々全員の感覚が麻痺してしまったか、あるいは完全に狂ってしまったとしか思われない。この台詞には、法と秩序の象徴である公爵と、彼らが口々に訴える「不思議な」（"strange"）出来事との対比が見られる。この "strange" という語は、プロットを魔法のような奇跡的な力によって、解決へと導くシェイクスピアの強引さと深い関係があるように思われる。

"strange" は、『夏の夜の夢』の大団円でも、次のように使われている。

Hippolyta. 'Tis strange, my Theseus, that these lovers speak of.

Theseus. More strange than true. I never may believe
These antic fables, nor these fairy toys.

…

Hippolyta. But all the story of the night told over,
And all their minds transfigur'd so together,
More witnesseth than fancy's images,
And grows to something of great constancy;
But howsoever, strange and admirable.（V.i. 1-27）

『夏の夢』のプロットも『間違いの喜劇』と同様に、二組のカップルが妖精の魔法で入れ替わることで、誰が誰だか分からなくなり、大混乱になるというものである。シーシュースとヒポリタは、恋人たちの信じられないような話に、“strange”を連発している。しかし、下線部3例の“strange”は、すべて同じ意味ではないと思われる。前の2例は、C.T.アニアンズが“most freq. in sense ‘surprising, odd’”と注釈しているように、理性的な考えの及ばない「不思議」な話に対する、驚きの気持ちが込められたことばである。[14] 一方、ヒポリタの言う3例目は、“and”で“admirable”と結ばれていることからも分かるように、単なる驚きだけでなく、奇跡的な出来事に対する賞賛の意味をも含むと考えられる。劇中においてヒポリタは、最も醒めた登場人物と言われ、この台詞に見られるような、彼女の第三者的視点は重要である。『間違いの喜劇』の公爵のごとく、劇のプロットの外枠に属するヒポリタは、恋人たちの絵空事のような話にも、確実に“something of great constancy”(首尾一貫性)を見出している。エフェサスの公爵の言う“strange”も、ヒポリタのそれと同じように、単なる「不思議」という意味を超え、「人間の理性の及ばない奇跡」の領域にまで達する表現ではないだろうか。この語は、冷静な目を持った公爵が発することによって、「混乱」と「秩序」とが溶け合うという、劇的機能を果たすようになると思われる。

“strange”という語を論ずるとき、やはりロマンス劇の一つ『テンペスト』を忘れてはならない。この語は、『間違いの喜劇』『夏の夜の夢』と同様に、『テンペスト』の大団円においても、頻出している。劇も終盤、ナポリ(Naples)王のアロンゾー(Alonso)は、“This is as strange a maze as e'er men trod, / And there is in this business more than nature / Was ever conduct of.”(V.i. 242-43)と言う。この表現は、奇しくも先に挙げた『間違いの喜劇』の公爵や、ヒポリタの台詞と類似していることに注目したい。魔術を身に着けたプロスペローは、ナポリ王とその息子ファーディナンド(Ferdinand)を乗せた船を難破させ、彼と娘ミランダ(Miranda)の住む島へと漂着させる。このことは、ミランダとファーディナンドを出会わせ、自分の子孫を将来のナポリ王にするという、プロスペローの綿密な計画であった。『間違いの喜劇』において、このような“sea-change”で表される、象徴的な死を通しての再生の筋書きと、種本『メナエクムス兄弟』の中に見出される「笑劇的」なドタバタとの融合は、「深刻」と「笑い」のアンビヴァレンスを生み出している。

大団円におけるエミリアの役割は、尼僧として、息子やその召使の「狂気」を「正気」に戻すというものだけにとどまらず、エフェサス全体を覆った mistaken identity の危機を、アンティフォラスSのことばを借りるならば、"Some blessed power" によって救うというものであろう。死刑の執行を受けるべく舞台に登場したイジーオンは、目の前に生き別れとなった息子とその召使を見つけて、"Is not your name, sir, call'd Antipholus? / And is not that your bondman, Dromio?"（V.i. 287-88）と問いただす。しかし、父親の顔を覚えていない、エフェサスのアンティフォラスとドローミオは、「知らない」（"strange"）としか言うことができない。長い年月、家族捜しの放浪の旅で、すっかり昔の容貌を失ってしまったイジーオンは、血を分けた息子から "strange" と言われ、アイデンティティーの一部まで失いかけたかのようである。しかし、「知らない」という意味の "strange" を、奇跡的なという意味をも含む「不思議」に「変化」させる人物が、エミリアなのである。彼女の存在は、イジーオンを死の淵から救い、夫のアイデンティティーの回復を助け、彼らが皆家族であることを証明するものでもあったのだ。海を渡ってやって来た離散家族が、「魔法使いの住処」エフェサスに集まったことで、一時的に人違いによる混乱が起き、それが主人公をはじめとする登場人物たちの mistaken identity にまで波及するが、「海の変容」の力を借り、人々はそれぞれ、失いかけたアイデンティティーを再び取り戻すことができた。特に、アンティフォラス、ドローミオ兄弟は、「秩序」「混乱」、「正気」「狂気」、「まじめ」「遊び」、「深刻」「笑い」などの二項対立の間で右往左往させられ、大海に落ちた "a drop of water" のように、相手と自分自身との区別がつかない「狂気」を体験する。しかし、作品の根底に流れる

"Some blessed power" によって、あたかも大海から「一滴の水」がすくい出されるかのように、離ればなれの家族が奇跡の再会を果たすのである。

注

（1）安西徹雄氏は、象徴的な死から復活へと向かう、登場人物たちの内的プロセスを、「identity の喪失＝変身＝象徴的な死＝再生」と図式化する。

安西、「*The Comedy of Errors* の構造—*A Midsummer Night's Dream* との関連を中心に—」『英文学研究』第54巻1、2合併号（一九七七）25。

（2）エヴァンズは、作品のプロットに、イジーオンが語る悲劇的な身の上話のような外枠を設定することは、シェイクスピアの dramaturgy であると説明している。

Evans, 8.

（3）ブルックスは、このプロセスを、父と息子が偶然にも、自分の命やアイデンティティーを失うリスクを犯してまで挑んだ家族探しが、やがては新しいアイデンティティーを生むことになると説明する。

Brooks, 60.

（4）*OED* 10.a.

（5）*OED* 10.b.

（6）Brooks, 58.

（7）Foakes, 14.

（8） マーフッド（M.M. Mahood）著 *Shakespeare's Wordplay* の冒頭の一節、"Wordplay was a game the Elizabethans played seriously." は有名である。

M.M. Mahood, *Shakespeare's Wordplay* (1957, London and New York: Methuen, 1979), 9.

（9） ブルックスは、『間違いの喜劇』における「変化」には、恐ろしさが付きまとうということを、"the hazard of metamorphosis" と表現している。

Brooks, 65.

（10） レガット（Alexander Leggatt）は、エフェサスの住人と、外からの来訪者（"outsiders"）との視点の違いによって、エフェサスという国の空間性が異なると説明する。

Alexander Leggatt, *Shakespeare's Comedy of Love* (London: Methuen, 1974), 10.

（11） Foakes, 53.

（12） 大島久雄「『間違いの喜劇』における祝祭的な言葉遊び」『シェイクスピアを学ぶ人のために』今西雅章、尾崎奇春、齋藤衞編（世界思想社、二〇〇〇）、321。

（13） C. T. Onions, *A Shakespeare Glossary* (1911; Oxford: Oxford UP, 1941), sv mate.

（14） Onions, sv strange.

第二章……『じゃじゃ馬ならし』

1　キャタリーナの変容と自己発見のプロセス

i

『じゃじゃ馬ならし』（以下、『じゃじゃ馬』）において、キャタリーナ（Katherina）が大団円で見せた、ドラマティックな変身は、さまざまなレヴェルで論じられ、幅の広い解釈を可能にしている。例えば、バーナード・ショー（George Bernard Shaw）の、キャタリーナの妻としての貞淑さを語った、最後の長台詞には嫌悪感を覚えるという評論はよく知られている。[1] また、作中の人物を実在人物と見なした「性格批評」の流れの中では、キャタリーナやペトルーチオ（Petruchio）は、分かりにくいキャラクターとして捉えられている。[2]

一方、ブラウン（J.R. Brown）は、ペトルーチオのキャタリーナへの求婚は、彼女の莫大な持参金が目当てであったが、二人は次第に心から愛し合うようになると言う。彼によると、大団円でのキャタリーナの「夫に対する妻の従順」を説いた台詞は、彼女の自発的な意思によるもので、決して屈辱的なものではないとする。[3] バートンは、キャタリーナは、実際には妹ビアンカ（Bianca）よりも貞淑な女性であり、ペトルーチオだけがそれをはじめから見抜いていたと論じている。バートンによると、彼女はペトルーチオの巧妙な手段によって、今まで演じていたじゃじゃ馬という役柄から解放される。(4)ニーヴォは、キャタリーナの精神的変化に着目し、彼女の人間成長のテーマが、重要な意味を持つと説明する。(5)

これらに対して、キャタリーナは徹頭徹尾、まったく変わっておらず、最後の台詞は、夫を操るための、彼女の演技にすぎないという見方も存在する。(6) さらには、彼女が従順を語るその雄弁さが、当時の女性の美徳とされた「寡黙」という価値を打ち破り、彼女の女性としての勝利を表すという、フェミニズムの立場からの評価もなされている。(7) このように、『じゃじゃ馬』におけるキャタリーナの目を見張る変貌ぶりは、注目の的であり、それぞれの批評家の立場から、異なった解釈が試みられている。

このようなキャタリーナの変容と並んで重要となるのが、スライ（Sly）のプロットの存在である。『じゃじゃ馬』は、スライのプロットの登場人物たちが、この劇の本筋を見物するという趣向のため、芝居という観点が強く意識させられる作品となっている。観客は、スライのプロットの登場人物たちと共に、芝居を見物している。あたり構わず毒舌を吐き、暴力を振るうキャタリーナの言動を笑い、ペトルーチオが型破りなやり方で、手のつけられないじゃじゃ馬をいかに御していくかは、観客の興味を引き付ける。このことから、『じゃじゃ馬』が笑劇的であるという議論も存在する。(8) シェイクスピアは、キャタリーナの劇的な変貌や、ペトルーチオの視覚的にも滑稽な花婿衣装などの劇的効果を十分に計算し、芝居をよりダイナミックに見せる仕掛けとして大いに活用しているのである。

このように、キャタリーナとペトルーチオの対決は、どちらが勝利して、どちらが屈服させられたかという議論よりも、水と油にも思える二人がぶつかり合うことによって、新たな関係が生まれるということにあるのではないか。キャタリーナは、周囲の人々が、妹ビアンカと比較して、「じゃじゃ馬」と呼び続けることによって、自分がそうであるとの錯覚を起こしているにすぎないのかもしれない。[9]彼女はペトルーチオによって、「淑女」に変身させられるというよりもむしろ、潜在的に持っていた「本来の自分」が引き出されることによって、表面上は彼女が変貌を遂げたように見えるだけなのではないか。[10]そこで本節では、作中人物と観客の認識の違いを視野に入れながら、キャタリーナの変容と自己発見の過程を検証していきたいと思う。

ii

『じゃじゃ馬』というタイトルが示すとおり、この作品の女主人公キャタリーナは、観客の期待どおりの“shrew”として登場する。劇冒頭において、まず表面化してくるのが、キャタリーナと父親バプティスタ（Baptista）、妹ビアンカとの関係である。特にキャタリーナとビアンカは、対照的な姉妹として登場する。バプティスタが、キャタリーナの毒舌に手を焼き、四苦八苦している様子を、パデュア（Padua）の町を訪れたルーセンショー（Lucentio）と召使トラーニオ（Tranio）が目撃し、次のように発言する。

Tranio. That wench is stark mad or wonderful froward.

Lucentio. But in the other's silence do I see
　Maid's mild behavior and sobriety. (I.i. 69-71)

トラーニオは、キャタリーナを“wench”と見下したように呼び、“stark mad”(完全に狂っている)、あるいは“wonderful froward”(驚くべきでしゃばり女)だと決め付けている。一方、ルーセンショーによって“maid”と形容されたビアンカは、もの静かで穏やかな気性だと想像できる。イタリア語で「白」という意味であり、そのことから金髪で色白だと想像されるビアンカは、家父長制度において、女性が求められていた美徳、具体的には「寡黙」「従順」「貞節」を兼ね備えた、理想的な娘であると言える(11)。父親に反抗し、口汚く罵るキャタリーナは、当時の価値観の枠から逸脱した存在である。

二人の父親バプティスタは、姉娘を遠ざけ、ビアンカだけを溺愛している。彼の偏った愛情が、ますますキャタリーナの妹への嫉妬心を煽る結果となっていることは確かである。

Baptista. And let it not displease thee, good Bianca,
　For I will love thee ne'er the less, my girl.
Katherina. A pretty peat! it is best
　Put finger in the eye, and she knew why. (I.i. 76-79)
　　　(以下、*Katherina* は *Kath*)

姉に夫が見つかるまで、ビアンカを屋敷に閉じ込めておくと宣言したバプティスタは、彼女を不憫に思い、「お前を愛していることに変わりないのだから」と声を掛ける。これに対してキャタリーナは、妹を“A pretty peat”と、皮肉たっぷりに呼ぶ。“peat”は、“pet, daring”という意味であり、C.T. アニアンズは、この箇所を例に挙げ、“Common from about 1570–1640”と注釈している。[12] キャタリーナは、ビアンカがまるで父親の愛玩動物のようだと言いたいのである。

キャタリーナとビアンカの対決は、場を追うごとに激しさを増す。キャタリーナが妹に殴りかかったのを、止めに入ったバプティスタは、次のように怒りをぶちまける。

Baptista. Why, how now, dame, whence grows this insolence?
Bianca, stand aside. Poor girl, she weeps.
Go ply thy needle, meddle not with her.
For shame, thou hilding of a devilish spirit,
Why dost thou wrong her that did ne’er wrong thee?
When did she cross thee with a bitter word? (II.i. 23-28)

この台詞においても、ビアンカが“Poor girl”と表現される一方で、キャタリーナは“thou hilding of a devilish spirit”(悪魔のような心を持つ女)と、非難されている。妹ばかりをかばうバプティスタは、“Go “ply thy needle”と、彼女を姉から引き離そうとする。上野美子氏が、「広義の針仕事は、「女らしさ」の表象として、シェイクスピア劇にしばしば用いられている」と説明するように、静かにひたすら針仕事に励む姿は、貞淑な女性の典型であったのだろう。[13] この場面において、バプティスタの目には“Why dost thou wrong her that did ne'er wrong thee?”と、姉が「悪」で妹が「善」という、二元論的な価値しか映っていない。しかし、「お前に何もしない妹をいじめるのか」ということばは、ものごとの表面しか見ていないバプティスタの、認識不足だと解釈することはできまいか。なぜなら父親は、“a bitter word”（気にさわるようなことば）を投げつけることが“wrong”であると考えているが、キャタリーナにとっては、妹の“silence”（II.i. 29）こそが、彼女を傷つける道具となっているのだ。

キャタリーナは、妹の肩ばかりもつ父親に対して、次のような捨て台詞を吐いて、その場を後にする。

> *Kath.* What, will you not suffer me? Nay, now I see
> She is your treasure, she must have a husband;
> I must dance barefoot on her wedding-day,
> And for your love to her lead apes in hell.
> Talk not to me, I will go sit and weep,
> Till I can find occasion of revenge.（II.i. 31-36）

下線部の二行は、結婚できない女性を卑下した、ことわざ的な表現である。アーデン版の編者によると、「妹の結婚式に未婚の姉が、裸足で踊る」という習慣は、少なくとも一八七一年頃まで、ドーセット地方で残っていた。[14] また、*OED* は“to leap apes in hell”を、『じゃじゃ馬』のこの箇所を例に挙げ、“the fancied consequence of dying an old maid”と説明している。[15] キャタリーナは、父親が妹ばかりをかわいがるので、自分は未婚のまま死んでいくと、世間でよく言われる言い回しを用いて、彼女の置かれた立場を表現している。彼女の使ったことわざ的な表現は、自分自身に対する社会的な視点を意識したものだと言える。このような、キャタリーナ、ビアンカ姉妹の自己認識について、今西雅章氏が「他人の眼差しや言説や態度によって暗示され、感化されて形成されていく自己像または自己評価」と説明しているように、彼女らは無意識のうちに、他者の言動や反応の中に、自分のアイデンティティーを映し出していると言ってもよい。[16]

キャタリーナは、劇前半の結婚式を挙げる場面までは、例えば“devil (s)”,“devilish spirit”,“devil's dam”,“curst”,“shrewd”,“froward”,“ill-favor'd”,“rotten apple”,“wild-cat”,“soldier”,“lusty wench”などと、実にさまざまなことばで、酷評され続けている。殊に、彼女の毒舌は評判が悪く、“Her name is Katherina Minola, / Renown'd in Padua for her scolding tongue.”（I.ii. 99-100）,“I know she is an irksome brawling scold.”（I.ii. 187）,“The one as famous for a scolding tongue,”（I.ii. 252）と繰り返し、口の悪さが取りざたされる。キャタリーナ自身も、周囲の期待どおり、口汚く罵り、乱暴な振る舞いをする。[17] 今西氏が言うように、「周囲の人々の暗示」は、彼女の自己認識に大きな影響を与えているの

は確かである。(18)

iii

次にキャタリーナとペトルーチオの対立について考えてみる。劇冒頭において、ペトルーチオは金持ちの野心家として描かれている。彼は、持参金のたっぷりある妻を捜していると、公言してはばからなかった。そこへ、友人ホーテンショー(Hortensio)から、大金持ちの娘がいると知らされる。彼がキャタリーナについて始めて聞かされた情報が、"a shrewd ill-favor'd wife" (I.ii. 60) というものだった。キャタリーナの毒舌と乱暴さに、誰もが尻尾を巻いて逃げ出すというのに、彼は彼女に十分な財産さえあれば、どんなに悪妻であっても構わないと豪語する。

Petruchio. Whe'er she is as rough
As are the swelling Adriatic seas,
I come to wive it wealthily in Padua;
If wealthily, then happily in Padua. (I.ii. 73-76)
(以下、*Petruchio* は *Pet*)

この中でペトルーチオは、"wealthily" という語を反復させている。それを "happily" とかけていることから、金持ちの妻をめとって、運を切り開きたいという彼の大胆な冒険心が窺える。また、キャタリーナの気性が、荒れ狂うアドリア海に喩えられていて、彼女との結婚が、商人が利益のためなら、運命を賭けてでも、船を大海に乗り出すのと同じであるかのような表現がなされている。『ヴェニスの商人』にも見られるように、シェイクスピア当時の結婚の契約には、親の財産や持参金という現実的な問題は、切っても切り離せないものであったと考えられる。しかし、誰もがじゃじゃ馬と認めるキャタリーナを、会ってもいない時点で妻にすると決めてしまったペトルーチオは、あまりに無謀であると言わざるを得ない。

このように、キャタリーナは、さんざん悪魔呼ばわりされ、父親バプティスタもそのことを "Was ever gentleman thus griev'd as I?" (II.i. 37) と嘆いているところに、ペトルーチオが現れる。彼は、バプティスタに対して開口一番、"Pray have you not a daughter / Call'd Katherina, fair and virtuous?" (II.i. 42-43) と言う。彼女が作品中で、"fair and virtuous" などと形容されたのは初めてのことである。父親が戸惑っていることなどお構いなしで、彼は次々とキャタリーナを賞賛することばを浴びせる。

Pet. I am a gentleman of Verona, sir,
That hearing of her beauty and her wit,
Her affability and bashful modesty,
Her wondrous qualities and mild behavior,

Am bold to show myself a forward guest
Within your house, to make mine eye the witness
Of that report which I so oft have heard.（II.i. 47-53）

ペトルーチオは台詞中で、キャタリーナについて世間の評判とは、正反対の価値をあげている。ここに掲げられた褒めことばは、むしろ妹ビアンカに捧げられているかのようである。無論、キャタリーナの性質に対する、彼のさかさまの視点は、喜劇としての滑稽さを引き出す機能を有しているが、後に見られる彼女の劇的な変貌ぶりの dramatic irony となっていることは言うまでもない。

ペトルーチオの、「彼女が毒づけば、ナイチンゲールが歌うようにいい声だと言ってやろう」（II.i. 170-71）という天の邪鬼な求婚作戦は、結果としてキャタリーナの意外性をつくことになった。また、ペトルーチオが、彼女の乱暴な言動に対して、世間とは逆の反応を見せ始めた頃から、周囲の人々によるキャタリーナ バッシングのことばが、減ってきていることも注目に値する。

彼女はこれまで、「キャタリーナ」や「ケイト」のような名前で呼ばれるよりもむしろ、"the devil's dam"（I.i. 105）, "a devil"（I.i. 121, 123）などと、軽蔑的に形容されることの方が多かった。しかし、ペトルーチオは「ケイト」と何度も呼びかけながら、次のようにことば遊びを展開していく。

Pet. And bonny Kate, and sometimes Kate the curst;

But Kate, the prettiest Kate in Christendom,
Kate of Kate-Hall, my super-dainty Kate,
For dainties are all Kates, and therefore, Kate,
Take this of me, Kate of my consolation—
Hearing thy mildness prais'd in every town,
Thy virtues spoke of, and thy beauty sounded,
Yet not so deeply as to thee belongs,
Myself am mov'd to woo thee for my wife.（II.i. 186-94）

上記の台詞の中で、“Kate(s)”という語は、10回を数える。下線部の語は、キャタリーナがかつて言われたことのない表現ばかりである。彼の気の利いた求婚のことばを切っ掛けとして、『じゃじゃ馬』の見せ場でもある、二人の機知合戦がはじまる。キャタリーナは、ペトルーチオの“mov'd”という語を受けて、“Mov'd! in good time! Let him that mov'd you hither / Remove you hence. I knew you at the first / You were a movable.”（II.i. 195 -97）と切り返し、彼を追い払おうとする。“a movable”（「家具」と「気が変わり易い」との洒落）と言われたペトルーチオは、気を悪くするどころか、“Thou hast hit it;”（II.i. 198）と、彼女の機転の早さに感心する。彼女の台詞の多くは、他者に対する辛辣な罵りことばであったが、前記のペトルーチオの台詞を契機として、二人の間でウィットに富んだことば遊びが展開するようになる。調子にのったキャタリーナは、しばらくの間ペトルーチオと、知恵の応酬をし合う。その一部分を挙げてみよう。

Pet. Come, come, you wasp, i' faith you are too angry.
Kath. If I be waspish, best beware my sting.
Pet. My remedy is then to pluck it out.
Kath. Ay, if the fool could find it where it lies.
Pet. Who knows not where a wasp does wear his sting?
In his tail.
Kath. In his tongue.
Pet. Whose tongue?
Kath. Yours, if you talk of tales, and so farewell.
Pet. What, with my tongue in your tail? Nay, come again,
Good Kate; I'm a gentleman—
Kath. That I'll try.（II.i. 209-19）

このやり取りに先立ち、"should be"（II.i. 205）という表現から、「スズメ蜂」"wasp"という語が導き出されている。さらに“wasp”から、“angry”や“waspish”へと膨らんでいき、「蜂の針」へと発展する。「蜂の針がどこにある」という問いから、今度は“tail”へと語彙が飛躍し、互いの口からは競って“t”で始まる語が繰り出される。二人の「ああ言えば、こう言う」といった機知合戦は、意気もぴったりのように見える。このようなことば遊びの応酬は、『お気に召すまま』の中で、ロザリンド（Rosalind）とシーリア（Celia）のやり取りにも見られ、彼女らが仲の良い従姉妹であることの象徴として扱われている。

キャタリーナとペトルーチオの場合、「喧嘩するほど仲がいい」という言い方があるように、未来の二人の関係を暗示しているかのようである。実際のところ、彼女はことばでペトルーチオをやり込めるだけでは飽きたらず、彼に殴りかかっている。キャタリーナは経験上、暴力を振るえば、周囲の人々は恐れをなし、彼女を“rough”（I.i. 55）と呼ぶばかりだと思っていた。しかし、彼女の期待を裏切って、ペトルーチオは違う行動に出る。

Pet. No, not a whit, I find you passing gentle:
'Twas told me you were rough and coy and sullen,
And now I find report a very liar;
For thou art pleasant, gamesome, passing courteous,
But slow in speech, yet sweet as spring-time flowers. （II.i.242-46）

ここで重要なのは、“I find report a very liar” という表現である。彼女はこれまで、「じゃじゃ馬で有名」という言い方ばかりされてきたが、彼はそれが皆「偽り」であると発言する。彼に言わせると、父親や世間が、キャタリーナに対して間違った見方をしていると言うのである。下線で示したとおり、彼女はペトルーチオとの機知合戦を、存分に楽しんだように見える。[19] 彼女を「悪魔」や「じゃじゃ馬」と呼ぶ人々に対して、キャタリーナはただ罵るだけであったが、ペトルーチオとのことば遊びを通して、彼女の明るさや機転の早さが発見されると言ってもよい。

さらに、ペトルーチオの “If she be curst, it is for policy, / For she's not froward, but modest as the dove;” (II.i. 292-93) という台詞において、今まで彼女を形容してきたことば “curst”, “froward” が否定されている。この中には、彼女の「じゃじゃ馬」のレッテルは、世間を渡るための知恵であるとの洞察が見られる。キャタリーナに関して、彼女の劇的な変容ぶりが取りざたされることが多いが、バートンは、彼女が変わったのではなく、周囲の社会的視点が変化したのだと述べる。さらに、ペトルーチオによって、「彼女の元来の性質」(“her own genuine nature”) が見出されたとも論じている。[20]

ペトルーチオとキャタリーナの結婚は、あっという間に決まり、父親や周りの人物たちを驚かせる。バプティスタは、この唐突な婚約の成立に、“now I play a merchant's part, / And venture madly on a desperate mart.” (II.i. 326-27) と述べる。この中で、二人の結婚は、商売上の危険な投機に喩えられている。バプティスタは、一か八かの取引に挑む「商人の役」を演じているかのようだと告白している。彼の台詞で重要なのは、“madly” ということばである。この作品の中で、「狂気」を演じているのは、バプティスタだけでなく、むしろ主人公であるキャタリーナとペトルーチオである。彼らの「狂気」については後述する。

iv

ペトルーチオとキャタリーナの早過ぎる結婚は、周囲を驚かせるが、さらに結婚式当日の、彼の型破りなやり方に、皆仰天させられる。彼はおよそ花婿とはかけ離れた、奇想天外ないでたちで、結婚式に現れる。ペトルーチオの意表を突いた格好は、彼がキャタリーナに対して、世間一般とは正反対の意見を述べたことと、共通するものがあるように思われる。彼はいつも、さかさまの視点からものごとを捉えているようだ。教会での、彼の常軌を逸した振る舞いは、キャタリーナのじゃじゃ馬ぶりを霞ませてしまうほどである。その証拠に、彼のひどいガミガミぶりは、"Curster than she? why, 'tis impossible."（III.ii. 154）と、キャタリーナとの比較級であらわされてる。彼に比べると、彼女などおとなしい子羊や鳩のような存在に見えるというのである。ペトルーチオの言動は、キャタリーナという人物を別の視点から見るということにおいて、重要な役割を果たすと思われる。バートンの言うように、このことはペトルーチオの作戦の一つでもあったのだ。(21)

彼は、厳かであるはずの結婚式で、神父を殴り倒すという暴挙にでる。神父が聖書ともどもひっくり返るくだりが、"This mad-brain'd bridegroom took him such a cuff / That down fell priest and book, and book and priest."（III.ii. 163-64）と滑稽に表現されている。ペトルーチオはキャタリーナを、「じゃじゃ馬」から「従順な妻」へと飼い馴らし、大団円で彼女に「夫に対する妻の従順」を語らせて、得意顔である。幕が閉じる直前の、彼女の長台詞は、『間違いの喜劇』にもあるように、聖書の「エペソ人への手紙」を手本とした、宗教的色彩の濃いものである。しかし、上記の「神父」と「聖書」、「聖書」と「神父」がことばの上でもあべこべになるさまは、ペトルーチオ自ら、キャタリーナの長台詞の価値を、さかさまにひっくり返しているかのようである。また、芝居において、役者の身につける衣装は、重要な意味を持つと考えられる。奇妙奇天烈な花婿衣装で登場したペトルーチオは、台詞中で"mad-brain'd bridegroom"と形容されるように、故意に何かの目的を持って「頭の狂った花婿」役を演じているとも言える。

ペトルーチオは、「夫は妻の主人である」という聖書の教えにもあるとばかり、祝宴の席で"I will be master of what is mine own. / She is my goods, my chattels, she is my house, / My household stuff, my field, my barn, / My horse, my ox, my ass, my any thing;" (III.ii. 229-32) と嘯く。彼は「人を人とも思わない」ような発言をしたかと思えば、キャタリーナを守る騎士のごとく、"Fear not, sweet wench, they shall not touch thee, Kate! / I'll buckler thee against a million." (III.ii. 238-39) と言ってのける。これまでキャタリーナを軽蔑してきた人々には、夫としての妻への所有権を断固として主張し、彼女に対しては、"sweet"と呼びかけながら、彼女を見下していた悪者から、守りぬくと宣言する。彼は、周囲の人々への接し方と、キャタリーナに対する接し方とを巧みに変えている。ペトルーチオは、力ずくの略奪とも言える方法で、キャタリーナを祝宴の席から連れ去る。妹ビアンカの結婚の障害物とばかり、邪魔もの扱いされ続けていた彼女にとって、ペトルーチオのとった行動は、意表をついたものとなった。

　およそロマンティックとは言えない二人の結婚について、トラーニオは“Of all mad matches never was the like.”（III.ii. 242）と表現する。あっけにとられたビアンカも、“That being mad herself, she's madly mated.”（III.ii. 244）と続けざまに言う。これらの台詞には、“mad”（2回）、“madly”と、「狂気」に関することばが連続して使われている。また“mad matches,”“madly mated”（『間違いの喜劇』の中にも見られる）という「駄洒落」にも似たことば遊びは、二人の結婚が、第三者の視点からは、「気違いじみた結婚」と揶揄されていることを表している。彼の「狂気の沙汰」の言動に、ビアンカの求婚者の一人グリーミオ（Gremio）は、“Petruchio is Kated.”（III.ii. 245）と発言する。“is Kated”という表現は、「名詞」から「動詞」への conversion（品詞転換）で表され、「ペトルーチオがケイト病に罹った」という意味となる。[22] これまで、キャタリーナがペトルーチオによって、変身させられる過程を述べてきたが、この台詞に見られるように、二人は互いに影響しあっていると言うことができよう。当初、ペトルーチオは妻になる女性は、金持ちでありさえすれば、どんなガミガミでも構わないと宣言していたが、彼女が生来持っている陽気さや、頭の回転の早さなどに刺激され、キャタリーナが潜在的に持っている、本来のアイデンティティーを引き出すことに、喜びを見出しているように見える。

　ペトルーチオは、決してキャタリーナをけなしたり、暴力を振るったりすることなく、“This is a way to kill a wife with kindness, / And thus I'll curb her mad and headstrong humor.”（IV.i. 208-09）と

いう台詞にもあるように、"kindness"でもって、彼女を理想的な妻へと変身させようとしている。その甲斐あって、彼女のことば使いは、"Patience, I pray you,"（IV.i. 156）, "I pray you, husband, be not so disquiet."（IV.i. 168）と、罵りことばから一変する。また、ペトルーチオの召使グルーミオ（Grumio）は、キャタリーナを、まるで彼女からいじめられたビアンカのように、"poor soul"（IV.i. 184）と呼ぶようになる。このように、舞台がペトルーチオの故郷ヴェローナ（Verona）に移ると、彼女自身のことば使いも変化を見せ、彼女を形容する第三者のことばも違ってくる。

ペトルーチオは妻の目の前で、召使たちの不手際を叱り付け、わざと仕立て屋に、理不尽な言い掛かりをつける。"He kills her in her own humor."（IV.i. 180）という表現どおり、彼は、キャタリーナが今までしてきたような傍若無人ぶりを、逆に自分がやって見せているのである。(23) 彼女は、ペトルーチオの言動を鏡として、かつての自分を映し出しているかのような体験をする。レガットが「逆説的振舞い」と表現するペトルーチオの言動から、キャタリーナは、今まで隠れて見えなかったアイデンティティーに気づかされる。(24) 安西徹雄氏は、このような主人公の経験する自己発見について、「見えざるものの顕現」と呼んでいる。(25)

V

キャタリーナのドラマティックな変化は、大団円を直前に控えた、パデュア（Padua）までの道中に起こる。ペトルーチオとキャタリーナは、妹ビアンカの結婚の祝宴に出席すべく、ヴェローナを出発した。夫ペトルーチオは妻を試すかのように、太陽を月だと言い張る。先を急ぎたいキャタリーナは、彼に向かって次のように言う。

Kath. Forward, I pray, since we have come so far,
And be it moon, or sun, or what you please;
And if you please to call it a rush-candle,
Henceforth I vow it shall be so for me.（IV.v. 12-15）

前に、キャタリーナのことば使いの変化について述べたが、ここでも、"I pray", "what you please", "if you please" と、夫に逆らわない、従順な妻らしき表現がなされている。この場面における二人の態度を比較すると、ペトルーチオが子供のように駄々をこねている（勿論、彼の計画である）のに対して、キャタリーナは、一歩引いた立場から、それをなだめる母親のように振舞っている。

この場面を、シェイクスピアの芝居という視点から俯瞰すると、「太陽」と「月」という両極端のものが、簡単にひっくり返されるという事態は、彼の芝居手法として、しばしば起こり得ることである。また、舞台装置が簡素で、青天井の舞台という当時の状況を考えると、芝居の約束事として、役者が「太陽が眩しい」と言えば、場面は昼を表し、「月が美しい」と言えば夜を表すことになっている。しかし、シェイクスピアは意図的に、ペトルーチオにあべこべのことを言わせて、芝居のコンヴェンシヨンそのものを、さかさまにしようとしているのかもしれない。このように、ペトルーチオという人物の目を通して、舞台の上では「逆さの世界」が展開している。
　さらに、ペトルーチオは自分の「じゃじゃ馬ならし作戦」の成功を確認するために、偶然出会った老人ヴィンセンショー（Vincentio）に、次のように話しかける。

Pet. Good morrow, gentle mistress, where away?
Tell me, sweet Kate, and tell me truly too,
Hast thou beheld a fresher gentlewoman?
Such war of white and red within her cheeks!
What stars do spangle heaven with such beauty,
As those two eyes become that heavenly face?
Fair lovely maid, once more good day to thee.
Sweet Kate, embrace her for her beauty's sake.（IV.v. 27-35）

すると、キャタリーナも夫に調子を合わせて、以下のように答える。

Kath. Young budding virgin, fair, and fresh, and sweet,

Whither away, or where is thy abode?
Happy the parents of so fair a child!
Happier the man whom favorable stars
Allots thee for his lovely bedfellow! （IV.v. 37-41）

二人の台詞を照らし合わせると、キャタリーナはペトルーチオに無理強いされているというよりむしろ、自ら「逆さの世界」を楽しんでいるように思われる。彼女は、機知合戦でも見せたように、機転を利かせ、夫の使ったことばを巧みに利用しながら、架空の「美しいお嬢さん」を仕立て上げる。具体例を挙げると、彼の“a fresher gentlewoman”（初々しいお嬢さん）ということばを受けて、キャタリーナは、“Young budding virgin, fair, and fresh, and sweet,”（新緑の芽を吹くような美しいうら若いお嬢さん）と、オリジナリティー溢れる脚色をしている。また、ペトルーチオが「乙女の輝く二つの目」を、“stars”に喩えたと思えば、負けじと「星」を使って「幸運の星」と言い換えている。

この光景を見ていた友人ホーテンショーは、“A will make the man mad, to make a woman of him.”（IV.v. 36）と言い、“mad”という語を用いて、その驚きを表現する。唐突に「美しいお嬢さん」と呼びかけられたヴィンセンショーは、たとえ一瞬であっても、アイデンティティーの混乱を経験させられたことになる。この場面では“mad”が、“Why, how now, Kate, I hope thou art not mad.”（IV.i. 42）, “Pardon, I pray thee, for my mad mistaking.”（IV.i. 49）と、わずかの行間に3回繰り返されている。

ここでも、「男」と「女」、「老人」と「乙女」という、かけ離れた価値が一つに融合している。このように、矛盾するものどうしの融合は、「狂気」の目をとおしてでなければ、見えないものである。面食らったヴィンセンショーは、二人に“Fair sir, and you my merry mistress, / That with your strange encounter much amaz'd me,”（IV.v. 53-54）と挨拶する。彼の「陽気な奥さん」という表現からは、キャタリーナの「男」と「女」の“mad mistaking”は、自発的なものであり、彼女がその「間違い」を楽しんでいることが窺える。また、第一章でも述べたように、「不思議なことに対する驚き」を表す語、“strange”,“amaz'd”は、ロマンス劇をも視野に入れた響きを持っている。一旦、振子が「狂気に満ちた混乱」に大きく振れることによって、二人の融合が齎されるのではないか。前述のヴィンセンショーの台詞は、大団円でキャタリーナの劇的な変身ぶりに、パデュアの人々が驚嘆する予兆としても解釈できる。

思い通りビアンカを妻にしたルーセンショーと、彼女の争奪戦に負け、未亡人と結婚したホーテンショーは、ペトルーチオと、誰の妻が一番従順かという「賭け」をする。しかし、夫の言いつけどおりに、姿を現したのはキャタリーナだけであった。変貌した彼女を目の当たりにして、ルーセンショーとホーテンショーは、その驚きを次のように口にする。

Lucentio. Here is a wonder, if you talk of a wonder.
Hortentio. And so it is; I wonder what it bodes.（V.ii. 106-07）

ルーセンショーは、"a wonder"（奇跡）を反復させ、ホーテンショーも"so it is"とあいづちを打って、彼女の劇的な変化が、何の予兆なのか「不思議」（"wonder"）だと首をひねる。先ほども述べたように、"wonder"は"strange"と同様に、ロマンス劇に特徴的な語である。

　このように、結婚の祝宴の出席者は皆、キャタリーナの「奇跡の変身」に、驚嘆の声を上げる。今まで、理想的な女性として賞賛を浴びていたビアンカは、「強情で高慢」という性質が見出されることになる。しかし、ペトルーチオとキャタリーナとの関わりの中で、彼女が生まれながらの性質を発見していく過程を一部始終目撃している観客にとって、その変貌はそれほど驚くべきことではなかった。キャタリーナ自身も、周囲の人々の眼差しや言動によって、自分が「じゃじゃ馬」であると自己規定してしまっていた。それが、ペトルーチオが齎した「逆さの世界」を経験することで、見えないけれども存在していた、バートンの言う「彼女元来の性質」を見出したのではないだろうか。

注

（1）この箇所の、ショーの評論を引用しておく。
Unfortunately, Shakespeare's own immaturity, as well as the immaturity of the art he was experimenting in, made it impossible for him to keep the play on the realistic plane to the end; and the last scene is altogether disgusting to modern sensibility."
Edwin Wilson, ed., *Shaw on Shakespeare* (London: Cassell, 1961), 180.

（2）チャールトン(H.B. Charlton)は、ペトルーチオによる荒っぽい「じゃじゃ馬ならし」を、ロマンティックなビアンカの求婚の筋を汚す"pollution"と表現し、否定的に捉えている。さらに、ペトルーチオに関して、動物を飼い馴らすに相応しい、"madcap ruffian"と酷評している。また、キャタリーナについては、"Katharine is less intelligible."と、その性質を理解しがたい人物だと述べている。

H.B. Charlton, *Shakespearian Comedy* (1938; London: Methuen, 1961), 96-97.

（3）J.R. Brown, *Shakespeare and his Comedies* (1957; London: Methuen, 1968), 60-61.

（4）Anne Barton, in the introduction to *The Taming of the Shrew*, in *The Riverside Shakespeare*, 2nd edition, (1997), 139.

（5）Nevo, 50-51.

（6）カーン(Coppélia Kahn)は、大団円で他の登場人物の賞賛を浴びたペトルーチオについて、"He has gained her outward compliance in the form of a public display, while her spirit remains mischievously free."と説明している。

Coppélia Kahn, *Man's Estate* (Berkley, Los Angels, London: Univ. of California Press, 1981), 115.

（7）Karen Newman, *Fashioning Femininity and Renaissance Drama* (Chicago and London: The Univ. of Chicago, 1991), 46-48.

（8）ニーヴォは、『じゃじゃ馬』において、喜劇の筋立てに必要な「笑劇」の要素を、シェイクスピアが初期の段階で、すでにものにしていると感心している。

Nevo, 38.

(9) 今西氏は、『じゃじゃ馬』を「認識の喜劇」と位置づけ、この作品には、「人間の認識論のテーマ、即ち、誤解、謬見、偏見、洗脳、錯覚といった普遍的なテーマ」が織り込まれていると考察する。今西雅章「認識の喜劇としてみた『じゃじゃ馬馴らし』」『オベロン』48巻（一九八五）、61。

(10) バートンによると、ペトルーチオがパデュアにおいて、彼女の「本来の姿」を見抜いた、唯一の人物であるという。Barton, 139.

(11) 今西、67。

(12) Onions, sv peat.

(13) 上野美子「刺繍とペン―エリザベス一世、スコットランド女王メアリ、ハードウィックのベス―」*Shakespeare News*, Vol.43 (2004), 4.

(14) Brian Morris, ed., *The Taming of the Shrew* (The Arden Shakespeare, 1981), 198.

(15) *OED* sv ape.

(16) 今西、61。

(17) 英国ルネサンス文学に描かれる「じゃじゃ馬」の系譜について、楠明子氏が『英国ルネサンスの女たち』で詳述している。楠明子『英国ルネサンスの女たち』（一九九九、みすず書房、二〇〇〇）、72-129。

(18) 今西、66。

(19) レガットは、二人のウィットに富んだやり取りを、“they are really playing a game.”と表現している。

Leggatt, 59.

（20）Barton, 139.

（21）バートンは、ペトルーチオの作戦について、次のように説明する。

Petruchio's strategy is perceptively designed to make her abandon a shrew's role originally adopted as a defense, not intrinsic in her nature, and to permit her to escape into freedom and love within the bonds of marriage.

Barton, 139.

（22）Morris, 238.

（23）ペトルーチオのガミガミぶりは、バートンのことばを借りると、“a masculine version of her own unreasonable and arbitrary behavior”となる。Barton, 139.

（24）Leggatt, 52.

（25）安西、『彼方からの声―演劇・祭祀・宇宙』63。金城盛紀氏も、「ペトルーキオのじゃじゃ馬ならしは……じゃじゃ馬の仮面に隠れたカタリーナ本来の姿を顕在化し確認する営為ともなる」と説明している。金城盛紀『シェイクスピアの喜劇―逆転の願い―』（英宝社、二〇〇二）、16。

2　芝居の中の芝居―脇筋を中心に―

i

前節でも触れたように、『じゃじゃ馬』を論じようとすると、酔っ払いのスライが「ご領主様」に仕立て上げられるという「序幕」の存在を無視して考えることはできない。観客は、「じゃじゃ馬」キャタリーナと、「貞淑な女性の鑑」ビアンカの立場の逆転と、ペトルーチオの勝ち誇った顔を目の当たりにした直後、ふとこの劇が、偽の「ご領主様」スライが見物した芝居であることに気づかされる。『じゃじゃ馬』が「序幕」という外枠の中にある「劇中劇」であるという事実は、曖昧模糊としたものを残している。観客が目の前で目撃した、キャタリーナのガミガミ女から従順な妻への、驚くべき変貌ぶりや、ビアンカの高慢な性質の暴露が、実はスライが見た夢のごとく、本当にあったことなのか、あるいは幻にすぎなかったのだろうか。

スライのプロットと、『じゃじゃ馬』の本筋は、合わせ鏡のように、一対の存在である。立派な着物を着せられたスライは、周囲から「ご領主様」と煽てられ、すっかりその気になる。前節でも述べたが、キャタリーナとビアンカの自己認識も、他の登場人物の言説からの影響が大きいと考えられる。

『じゃじゃ馬』の本筋を、「劇中劇」であるという視点で捉えるならば、脇筋には変装の手法が多く使われ（シェイクスピアの作品の中で最多である）、芝居的要素が随所に見られる。姉キャタリーナのせいで、屋敷に閉じ込められたビアンカに近づこうと、求婚者たちは次々と変装をする。変装は、その手法が使われている場面が、「芝居の中の芝居」として位置づけることができる。また、脇筋においては、登場人物どうしが、互いに観察し合うという状況も生まれる。このことは、舞台上の人物が、役者にもなるし、観客にもなることを意味するようになる。そこで本節では、『じゃじゃ馬』の本筋と、スライのプロットとの関わりの中で、脇筋がどのように描かれているかを考察する。

ii

まず、スライの登場する「序幕」の果たす役割について検討してみる。シェイクスピアの『じゃじゃ馬』の他に、作者不詳の『ジャジャ馬ならし』（*The Taming of a Shrew*）（以下、『ジャジャ馬』）という作品が存在することは、よく知られている。『じゃじゃ馬』と『ジャジャ馬』の関係については、いまだに不明なことが多く、どちらが先に書かれたか、あるいはこの二作品に先立つ芝居があり、それが現存していないだけであるという可能性まで示唆されている。(1)

『じゃじゃ馬』においてスライは、「序幕」と、一幕一場のほんの数行に登場するだけで、その姿を消してしまう。そのため『じゃじゃ馬』が、あたかも「未完成」であるかのような印象を与えてしまうことは否めない。これに対して『ジャジャ馬』では、最後にもう一度スライを登場させ、外枠のプロットに力点を戻した形で芝居を締めくくっている。スライの芝居に起承転結をつけるかどうかという問題は、翻って作品の本筋の位置づけにも大きく影響すると考えられる。

『じゃじゃ馬』が『ジャジャ馬』の後に執筆されたと仮定するならば、シェイクスピアが意図的に、スライのプロットのエンディングを割愛したとも推測できる。[2] あくまでも憶測の域を出ることはないが、シェイクピアは故意に、スライのプロットと『じゃじゃ馬』の本筋との間に、どちらにも重心が傾かない、アンビギュアスな関係を残したまま、芝居の幕を下ろさせたと考えてもよいのではないだろうか。

スライのプロットに見られる大きなテーマは、『間違いの喜劇』でも論じたように、「人間存在の不確実性」であろう。[3] スライの場合は、アンティフォラス、ドローミオ兄弟が周囲の誤解によって mistaken identity の混乱に至るのとは異なり、領主のほんのいたずら心から、意図的に「ご領主様」に仕立て上げられるというものである。彼は、第三者の積極的な働きかけによって、まったく別人に変えられてしまうのである。

1.*Huntsman.* My lord, I warrant you we will play our part
As he shall think by our true diligence
He is no less than what we say he is. （Ind.i. 69-71）

領主は、狩りを楽しむと同じような感覚で、スライの芝居を仕組んだと思われる。しかし、"we will play our part"という表現は、後にシェイクスピアが『お気に召すまま』で、ジェークイズ（Jaques）に言わせた"All the world's a stage, / And all the men and women merely players;"（II.vii. 139-40）という台詞にまで広がっていく可能性を秘めたことばである。そう考えると、スライの芝居が単なる「茶番劇」として片付けることのできない意味を含んでいる。"what we say he is"ということばに見られるように、スライの「ご領主様」は、第三者による洗脳の結果であるとも言える。しかし、前述のジェークイズの台詞を思い起こすと、スライを舞台の上で踊らせて喜んでいる領主や猟師たちも、実は自分という「役」を演じさせられているに過ぎないということになる。

スライは当初、自分は鋳掛け屋で酔っ払いのクリストファー・スライだと言い張っている。

Sly. What, would you make me mad? Am not
I Christopher Sly, old Sly's son of Burton-heath,
by birth a pedlar, by education a card-maker, by
transmutation a bear-herd, and now by present
profession a tinker? Ask Marian Hacket, the fat
ale-wife of Wincot, if she know me not. If she say
I am not fourteen pence on the score for sheer ale,

score me up for the lying'st knave in Christendom.
What! I am not bestraught.（Ind.ii. 17-25）

彼にとって、生まれや育ち、現在の職業は、自分のアイデンティティーを規定するための、確実な道具であると言える。それを否定されることは、自分が一体何者かという問題を、根本から問い正さなくてはいけないことになる。上記の台詞で、酒代を払っていないと、居酒屋の女将に叩き出されたくだりには、スライの現実的な生活感が漂っている。また、"Burton-heath" という地名は、シェイクスピア自身の故郷ウォリックシアを彷彿とさせている。[4] このように、地に足の着いたことばで表現される「自己認識」は、彼にとっては確かなものである。それが根底から脅かされると、自分は「気が狂った」としか考えられない。

しかし、スライは次第に、今まで信じてきた「鋳掛け屋スライ」と、周囲のでっち上げによる「ご領主様」との間で、自分は一体何者なのかというアイデンティティーの揺らぎを感じ始める。彼は、奥方までいると聞かされ、"Am I a lord, and have I such a lady? / Or do I dream? Or have I dream'd till now? / I do not sleep: I see, I hear, I speak; / I smell sweet savors, and I feel soft things. / Upon my life, I am a lord indeed, / And not a tinker, nor Christopher Sly."（Ind.ii. 68-72）と、自分は「鋳掛け屋スライ」ではなく「ご領主様」だと断言するに至る。この台詞から、文体が韻文に変化しており、彼の変容が外見だけでなく、内部にも及んでいることを表している。彼は、「ご領主様」としてのアイデンティティーを確かめるのに、五感に頼っているが、『十二夜』の中で、見知らぬ伯爵令嬢に結婚を申し込まれたセバスチャンも、狐につままれたような状況を判断するのに、同様な行動を取っている。

さらに、この台詞で思い出されるのが、『夏の夜の夢』のボトム（Bottom）である。彼もまた、妖精の女王の愛人という役を演じさせられ、"I have had a most rare vision. I have had a dream, past the wit of man to say what dream it was."（IV.i. 204-06）と告白する。彼が見た夢は、人間の知恵の及ばないレヴェルのものである。この後、彼は「人間の目が聞いたことがない、人間の耳が見たことがない」（IV.i. 211-12）と表現するように、夢の世界の出来事は、彼の五感に混乱をきたすものである。スライとボトムの台詞に見られる、夢と人間の五感で捉えられる現実は、どちらがどちらであるという区別が曖昧であり、その境界線は夢から目覚めたばかりのように、ぼんやりとしている。

スライと小姓が演じる奥方との関係は、本筋のペトルーチオとキャタリーナのパロディーであると見られている。小姓は、ものの見事に奥方の役を演じきる。彼の名演技によって、スライは「ご領主様」だと確信するといっても過言ではない。このことからすると、キャタリーナの貞淑な妻への変貌も、彼女の芝居であるという議論が成り立つのもうなずける。しかし、小姓という役自体、少年俳優が演じていたことを考えると、さらに「演技」と「現実」との間がアンビギュアスにならざるを得ない。シェイクスピアは、『夏の夜の夢』において、妖精の魔法に翻弄された一夜の出来事を、デミートリアスに "These things seem small and undistinguishable, / Like far-off mountains turned into clouds."（IV.i. 187-88）と表現させているように、芝居と現実の世界とが「遠くの山々が雲に紛れて、空と山との境界線がぼけて見える」かのように、これから始まる『じゃじゃ馬』の芝居としての存在意義をも曖昧化しているように思われる。次に、このようなスライのプロットを念頭に置きながら、『じゃじゃ馬』という作品自体を論じていくことにする。

iii

『じゃじゃ馬』の本筋が始まるとすぐ、脇筋の登場人物、具体的にはルーセンショーと召使トラーニオが、バプティスタ一家のキャタリーナを巡っての揉め事を目撃する。彼らの目の前でキャタリーナが、妹ビアンカをいじめ、父親を困らせている光景が繰り広げられる。トラーニオの台詞 "Husht, master, here's some good pastime toward;"（I.i. 68）にもあるように、彼らは芝居見物と洒落込んで、時おり合いの手を入れながら、傍観している。『じゃじゃ馬』の中で、このように、同じ舞台の上に登場する人物の間に、互いに観察したり、されたりという状況が繰り返されるのは興味深いことである。ルーセンショーらを観客に見立てるならば、キャタリーナの妹いじめの場面は、本筋の中に存在する、さらに小さな「芝居」であると位置づけられよう。[5] このシーンが、「劇中劇」に近いものだという視点に立つと、登場する役者、つまりキャタリーナ、ビアンカ、バプティスタは、それぞれ自分の役柄を演じていることになる。キャタリーナについて詳しくは、前節で述べたので、ここでは特にビアンカについて考えてみる。

求婚者が押し寄せていながら、じゃじゃ馬の姉のせいで屋敷に閉じ込められることになったビアンカは、周囲の人々からの同情を一身に集めている。この場面で、彼女が口を開くのは唯一、“Sister, content you in my discontent. / Sir, to your pleasure humbly I subscribe; / My books and instruments shall be my company, / On them to look and practice by myself.”（I.i. 80-82）という台詞だけである。しかし、敏感な観客は、妹をいじめる気が強いキャタリーナと、弱い立場の可哀想なビアンカという対立の構図は、すぐに崩れてしまうことに気がつく。数少ないビアンカの台詞は、彼女の性質を知る上で重要な情報源である。彼女は、父親に向かっていかにも従順そうに、「お父様、おことばに従います」と述べる。この台詞は、『ハムレット』の中で、オフィーリア（Ophelia）が父ポローニアス（Polonius）に言ったことば、“I shall obey, my lord.”（I.iii. 136）を思い出させる。オフィーリアは、厳格な家父長制の中で、父親の言い付けに盲従する典型的な女性として描かれている。ビアンカの場合、オフィーリアのような悲壮感はないが、“subscribe”（言い付けに従う）に、“humbly”という謙遜を表す副詞を重ねることによって、周囲に自分の従順さを印象づけようとしている。しかし、この直前の台詞、「姉が自分の辛い状況を喜んでいる」は、姉に対する痛烈な皮肉にさえ聞こえる。また、彼女の“discontent”の状態が、姉の“content”であるというパラドキシカルな表現には、ビアンカについての周囲の賞賛とは異なる「棘」が潜んでいるように思われる。さらに、「書物と楽器がわたしのお友達、一人で読書と音楽に励んで暮らすことにします」という台詞が、彼女が後に、家庭教師に変装したルーセンショーにこっそりと口説かれることの、dramatic ironyとなっている。この場面では、「気立てがよい」という評価とは裏腹に、ビアンカの中に「高慢」という異質な価値が垣間見られる。彼女は「もの静かで慎ましい」という仮面の下に、高慢さを押し隠し、「しとやかな娘」という演技をしているのではないか。

このような、バプティスタ一家のやり取りを見物していたルーセンショーは、ビアンカの慎ましやかな物腰（キャタリーナのじゃじゃ馬ぶりと比較され、余計に際立ったかもしれない）に、すっかりと魅了されてしまう。ルーセンショーは、突然かかった恋の病に戸惑いながら、以下のように告白する。

Lucentio. O Tranio, till I found it to be true,
I never thought it possible or likely.
But see, while idly I stood looking on,
I found the effect of love in idleness,　(I.i. 148-51)

下線を引いた語はすべて、人間の感覚を表す動詞である。ルーセンショーは、冷静な判断というよりむしろ、感覚的な印象でビアンカの性質を捉えている。この場面で興味深いのは、召使トラーニオが、客観的な視点で、三人の揉め事の全体像をしっかりと把握している一方で、主人の方は恋に夢中になって、周囲が全く見えなくなっているということである。上記の台詞にもあるように、ルーセンショーは、「ぼんやりと」（"idly"）ビアンカを眺めている。さらに、"love in idleness" は、『夏の夜の夢』の中で、恋人たちの目に塗られた「魔法の媚薬」（II.i. 168）として有名であるが、この場面でも、恋は感覚器官である「目」に宿り、彼の冷静な判断力を鈍らせているのである。

ルーセンショーのビアンカに対する恋愛は、『十二夜』でオーシーノー公爵がオリヴィアに抱いたような、宮廷風恋愛を思わせるものである。ルーセンショーが、"Sacred and sweet was all I saw in her." (I.i. 176) と、ビアンカの美しさを、神のごとく称えると、召使は "Nay, then 'tis time to stir him from his trance. / I pray, awake, sir; ..." (I.i. 177-78) と、主人をたしなめる。トラーニオのことば "trance" は、「我を忘れた状態」という意味である。この「我を忘れた状態」は、『間違いの喜劇』の "lose oneself" という表現の中にも見られる。『間違いの喜劇』における「我を忘れる」状況は、登場人物をアイデンティティーの消失の危機にまで追い込むが、ホーテンショーには幸いにも、冷静で客観的な目を持つ召使、トラーニオの存在が救いとなっている。また、ホーテンショーとグリーミオというライバルの存在が、ルーセンショーの恋の炎に、油を注ぐことになる。

彼らは、ビアンカを獲得するために、ルーセンショーが家庭教師に、召使トラーニオが主人役に変装するという一計を案ずる。それは、ルーセンショー自身が、彼女を直に口説き落とすという作戦であった。このように、劇の幕開き早々に、バプティスタ一家の騒動という芝居が、ルーセンショーの目前で展開した結果、彼の変装芝居がはじまり、それをスライのプロットの登場人物が見物し、さらに本物の観客が見るという具合に、芝居が入れ子式に重なった状況が生み出される。

iv

『じゃじゃ馬』において、キャタリーナを中心とした主筋と、ビアンカの脇筋とが巧みに絡み合い、それが縦糸と横糸のごとく、見事に編み込まれている。ビアンカの求婚者の一人であるホーテンショーは、姉に結婚相手が見つからなければ、彼女を獲得できないと、親友ペトルーチオに打ち明ける。ビアンカ呆けをしている求婚者たちと異なり、ペトルーチオは、キャタリーナが「ガミガミ女」であり、厄介者扱いされているという事実をすべて知った上で、彼女に結婚を申し込む。[6] 彼は、キャタリーナを口説く過程で、彼女のじゃじゃ馬ぶりの下に隠れた性質があることを見抜いているのである。一方、ビアンカの求婚者たちは、こぞって彼女の慎ましやかな物腰に魅せられてしまっている。ビアンカを妻にするルーセンショーも例外ではなく、彼女の高慢な性質に、最後まで気が付くことはできなかった。「悪魔」のような姉を引き立て役として、彼女の美徳は輝いて見えるのだ。しかし観客は、ビアンカが時おり見せる、「しとやかな娘」とは異質な性質を、彼女の言動の中から垣間見ることがある。

　ビアンカが、姉から暴力を振るわれる場面で、彼女はキャタリーナに、掴まれた手を離してもらおうと、“... what you will command me will I do, / So well I know my duty to my elders.” (II.i. 6-7) と訴える。彼女は、年上の姉を尊重している風に、「姉の言付けならなんでもする」と言いながら、「それが目上の人に対する義務だから」と、本音をちらりと見せる。“duty” ということばは、女性の美徳の一つである「従順」が、彼女の心からのものではなく、嫌々ながらのものであることを示している。また、ビアンカが珍しく自己主張する場面もある。彼女は、ラテン語の教師に扮したルーセンショーと、音楽の教師に成りすましたホーテンショーが、どちらが先に教えるかを、言い争っているところへ、

Bianca. Why, gentlemen, you do me double wrong
To strive for that which resteth in my choice.
I am no breeching scholar in the schools,
<u>I'll not be tied to hours, nor 'pointed times,</u>
<u>But learn my lessons as I please myself.</u>（III.i. 16-20）

と言う。「わたしは先生の鞭を怖がる生徒ではない」という表現は、いつも姉の乱暴な言動に怯える可哀想なビアンカ像とは、一線を画している。また、結婚に際して、彼女には選択権が全く与えられていないが、この場面における、彼女の自発的な"choice"が、今後の運命を決定付ける dramatic irony になっている。また、下線部の台詞は、一幕一場のキャタリーナの台詞、"What, shall I be appointed hours, as though belike / I knew not what to take and what to leave?"（I.i. 103-04）のエコーとも考えられる。人が決めた時間どおりに行動していたビアンカも、父親のいない場所では、「時間割に縛られ

て勉強するのは嫌だ」と、自分の意思を明言している。このように、キャタリーナとは対極にあるように見えたビアンカにも、姉と同質的な要素が潜在していたことになる。

V

ビアンカと家庭教師の場面にも、やはり「芝居の中の芝居」の性質が含まれている。変装したルーセンショーは、こっそりとビアンカを口説くことに成功するが、その光景も、音楽の教師に成りすましたホーテンショーによって観察されていた。このように、『じゃじゃ馬』という芝居において、登場人物が役者にもなるし、観客にもなるという具合に、主観と客観が、絶えず流動的である。(7)

ルーセンショー役を演じているトラーニオも、計画どおりに着々と、ビアンカの競り落としに成功していた。主人と召使らのチームワークのよい名演技に、父親や他の求婚者は、まんまと騙されてしまっていた。しかし、変装という手法で、他の登場人物たちの優位に立っていたはずのルーセンショーだったが、観客はすでに、彼がビアンカの「しとやかな娘」のふりに騙されていることに気づいている。(8) 自分たちの芝居で、騙しているつもりが実は騙されているという、「芝居の上に芝居が重なっている」という状況は、スライのプロットで、領主がスライを「ご領主様」に仕立て上げて喜んでいるものの、自分も現実の観客に見物されていることと重複して見える。

ルーセンショー役のトラーニオは、金持ちのグリーミオと争って、ビアンカを見事に競り落とす。(9)

しかし、バプティスタから、父親ヴィンセンショーの、財産を息子に譲るという保証を取り付けなければ、娘は与えないとの条件が課される。「ビアンカ獲得計画」を成功させるには、父親役を探すことが急務であった。そこへ都合よく、旅の途中の教師が現れ、彼をヴィンセンショーに変装させる。教師は首尾よく父親役を務め、ルーセンショーとビアンカの結婚がめでたく決まる。

しかし、二人の結婚はあくまでも「芝居」という虚構の上に成立したものである。ルーセンショー役はあくまでも、召使トラーニオであり、ヴィンセンショーには、見知らぬ教師が変装していた。したがって、バプティスタに与えた財産譲与の保証も、「芝居」の仕掛けが暴露されれば、すべて幻と消え去るものである。ルーセンショーは密かに、ビアンカと結婚式を挙げるが、そこへペトルーチオ一行と共に、本物のヴィンセンショーが現れる。変装の手法をテーマに持つシェイクスピア劇には必ず、変装が見破られそうになる危機がある。この危機は、「芝居」という架空の世界の限界を示しているように思われる。『じゃじゃ馬』において、ヴィンセンショーの本物と偽者とが鉢合わせをして、危うく本物のアイデンティティーが否定されそうになる。[10]そこへ、息子ルーセンショーが登場し、本当の父親に事情を話して事なきを得る。変装していた登場人物たちは皆、その衣装を脱ぎ捨て、本来の自分自身に戻る。ここで、ルーセンショーらの芝居は終わるかに見えて、実はこの光景も、ペトルーチオとキャタリーナに見られていたという落ちがついている。繰り返すが、『じゃじゃ馬』においては、幾重にも芝居が重ねられるという仕掛けが、巧妙になされているのである。

大団円では、公の場で、ビアンカの従順な妻としての化けの皮が剥がされる。夫に呼ばれても、おしゃべりに夢中で出てこなかったビアンカが、姉に連れられ姿を現す。彼女は、今までになかったような口調で、"Fie, what a foolish duty call you this?"（V.ii. 125）, "The more fool you for laying on my duty."（V.ii. 129）と発言する。下線で示した"duty"は、彼女がキャタリーナに言ったことば、"So well I know my duty to my elders."を思い起こさせる。このことからも、ビアンカの従順は演技であり、本心からのものではなかったことがうなずける。

大団円における、「じゃじゃ馬」キャタリーナと、「貞淑な女性の鑑」ビアンカとの立場の逆転は、結婚の祝宴に出席していた人々すべてを驚かせる。ルーセンショーは、大仕掛けの芝居で、やっとのことでビアンカを手に入れたものの、当てが外れてしまう。ペトルーチオとの賭けにも負けたルーセンショーは、彼の勝ち誇った顔を見せ付けられ、悔しい思いをする。しかし、観客はふと、『じゃじゃ馬』の本筋が、スライの見た芝居であるという事実を思い出す。『ジャジャ馬』においては、もう一度スライを登場させ、眠っている彼を目覚めさせ、現実に引き戻す。この場合、力点が再びスライのプロットに移り、『ジャジャ馬』の本筋が、「劇中劇」であったことを再確認する。

しかし、シェイクスピアはスライを、劇の途中で一度だけ登場させたものの、後は彼を初めとして、外枠の登場人物の姿を、全て消し去っている。観客にぼんやりと、『じゃじゃ馬』がスライの筋の「劇中劇」であったような、印象を残しているだけである。観客が最後にもう一度スライの姿を見たならば、キャタリーナの劇的な変貌ぶりの価値が、さらにひっくり返されることになる。途中でいつの間にかスライがいなくなることで、観客の目の前で長々と演じられた芝居の結末が、はかない夢のようにぼかされ、曖昧化されているのである。[11] 第一節でも触れたように、『じゃじゃ馬』は、スライのプロットがあるがために、幅の広い解釈が可能となっている。それは、シェイクスピアが、この作品全体に「起承転結」をつけることなく、未完成とも思われるようなアンビギュアスな終わり方をさせたということにあるのではないだろうか。

注

（1）杉浦氏（Yuko Sugiura）は、『じゃじゃ馬』と『ジャジャ馬』との関係を以下のようにまとめている。

1) *A Shrew* is the source play of *The Shrew*.

2) Both *A Shrew* and *The Shrew* derive from a lost play, *Ur-Shrew*.

3) *A Shrew* derives from *The Shrew*.

Yuko Sugiura, "A Reconsideration of the 'Incomplete' Sly-Framework in *The Taming of the Shrew*," *Shakespeare Studies*, Vol.40 (2002), 65.

（2）Sugiura, 66.

（3）Nevo, 22.

（4）Morris, 163.

（5）今西氏は、このような「劇中劇」の仕掛けについて、「虚構の劇空間に今一つの劇空間を組み込んで、作中人物の視点を相対化したり、撹乱すると同時に、彼等の存在自体をも相対化する劇中劇的仕掛け」と表現する。

今西、61。

（6）エヴァンズは、一般的にシェイクスピアの喜劇の世界では、騙しの手法が活用され、作中人物たちはそれぞれ、それを楽しむ。しかし『じゃじゃ馬』において、シェイクスピアは反対に、観客に対して、ペトルーチオがキャタリーナのことを全て知っていることを、強く印象づけるという手法を取っていると述べる。

Evans, 26.

（7）杉浦氏は、登場人物どうしの、「観察したり、観察されたりという関係」（"beholder-behold relation"）が見られる場面の例を全て挙げ、詳細に説明している。

Sugiura, 72.

（8）エヴァンズは、一人の人物が、騙す側と騙される側の、両方の役割を果たすと指摘する。

Evans, 28-29.

（9）レガットは、当時の社会的慣習として、結婚の契約がまるでオークションのようになされると説明する。

Leggatt, 47.

（10）ヴィンセンショーのアイデンティティーが否定されそうになる場面について今西氏は、「身分とか地位に関するアイデンティティーが揺すぶられ、脅かされる場面」と表現している。

今西、65。

（11）いかにも、「未完成」に見えるスライの物語が果たす役割について、杉浦氏は次のように指摘する。

..., the unfinished Sly-story helpfully leaves the ambiguity in the Kate-story. Just as we do not know the sequel of the Sly-story, so do we not know what will happen to Kate and Petruchio. Kate may remain to be tamed or maybe not. Petruchio may keep his dominance or maybe not. The sequence of this taming -story is left to the audience's imagination.

Sugiura, 76.

第二章……『夏の夜の夢』

1　オクシモロン（矛盾語法）について

i

一五九五年頃に執筆されたと見られる『夏の夜の夢』は、シェイクスピア喜劇の円熟期よりも早い時期の作品であるにもかかわらず、非常に優れた喜劇と評されている。カーモード（Frank Kermode）は、"The Mature Comedies"という論文の中で、"*A Midsummer Night's Dream* is Shakespeare's best comedy"と断言してはばからなかった。[1]『夏の夜の夢』は初期の喜劇に特徴的な技巧性を残しながらも、詩的表現の美しさ、イメジャリーの豊かさ、バラエティーに富んだ登場人物による豊富な言語表現などの、多種多様な要素が複雑に絡み合っている作品である。しかしながらその多様性は、決して不協和音とはならず、見事なハーモニーを醸し出している。そこでこれらの要素の中から、特に言語表現の豊かさに着目し、さらにその中でもオクシモロンというレトリックを中心に論を進めていくことにする。

まず、劇中に見られるオクシモロンの代表的な用例を、以下に挙げる。

(1) *Quince*. Marry, our play is *The most lamentable comedy and most cruel death of Pyramus and Thisbe*. (I.ii. 11-12)

(2) *Theseus*. We will, fair queen, up to the mountain's top,
And mark the musical confusion
Of hounds and echo in conjunction. (IV.i. 109-11)

(3) *Hippolyta*. I never heard
So musical a discord, such sweet thunder. (IV.i. 117-18)

(4) *Helena*. So methinks;
And I have found Demetrius like a jewel,
Mine own, and not mine own. (IV.i. 190-92)

(5) *Theseus*. "A tedious brief scene of young Pyramus
And his love Thisbe; very tragical mirth."
Merry and tragical? Tedious and brief?

That is hot ice and wondrous strange snow.
How shall we find the concord of this discord?（V.i. 56-60）

上記の用例の中から、オクシモロンとは何かということを⑷を例に挙げて説明することにしよう。

舞台は森、妖精の魔法に翻弄られ、何が何だか訳の分からなくなったヘレナは、恋人であるはずのデミートリアスを“Mine own, and not mine own.”（私のものであって、私のものでない）と表現する。このように“mine own”と“not mine own”という正反対の意味の語を、対立したまま結合させるという修辞法は、オクシモロン（矛盾語法）と呼ばれるものである。またオクシモロンは、ギリシャ語を語源とし、*Oxus*=sharp *Moros*=dull[2]と表されるように、その語自体が矛盾語法からなっている。この語法は、ヘレナの台詞が示すように、AとAでないものつまりno Aという、矛盾した概念をandによって強引に結びつけるという意味で、A and no Aというパラドックスで表すこともできる。[3]またオクシモロンは、両極が同時に存在し得るという点で、Aとno Aとを区別することのできない、アンビギュアスな言語表現である。これに対して、劇前半の宮廷の場では、Aとno Aとの間に明確な境界線を引き、そのコントラストを強調する、A or no Aという二分法（dichotomy）の論理が支配している。劇前半のAとno Aの厳密な区分である二分法は、半ばの森の混乱を経て、後半のAとno Aとをandで融合させるオクシモロンへと変化していく。このような言語表現の変化と、劇構造との密接な繋がりを感じさせるのが、大団円で公爵が発する、“the concord of this discord?”（V.i. 56）（不調和の調和）というオ

⑹
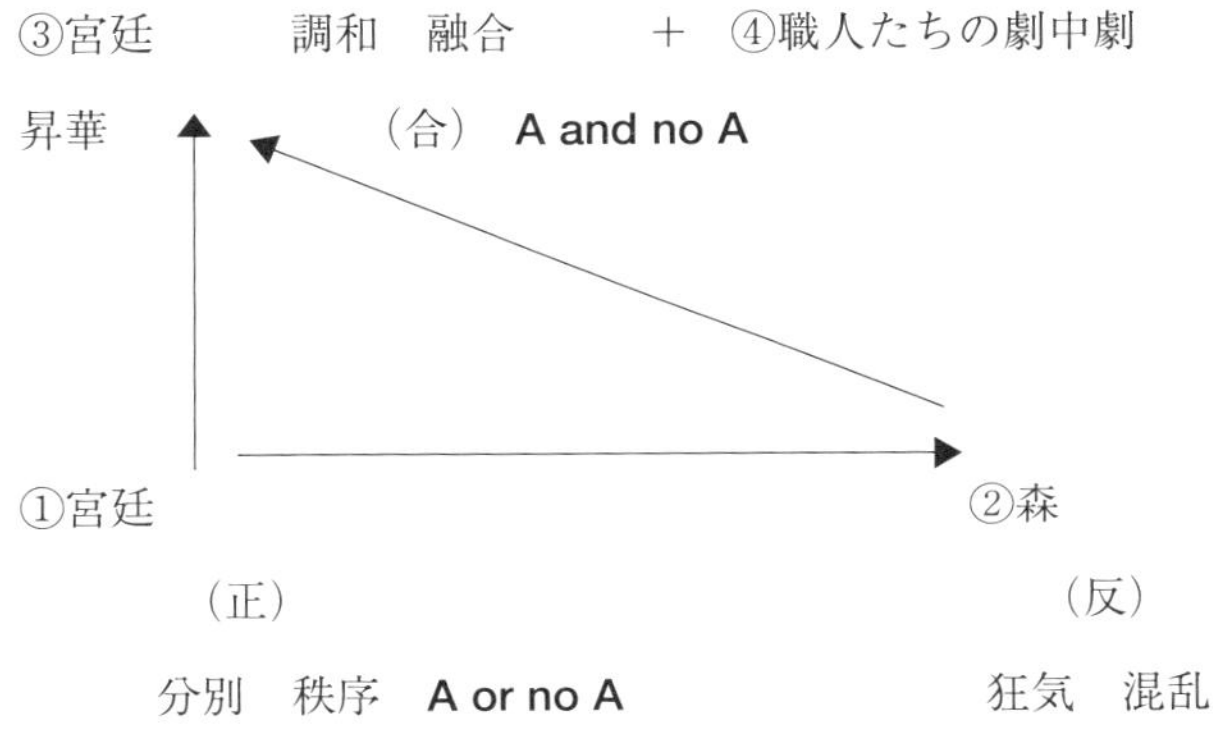

クシモロンである。本節では、このようなオクシモロンが、単なる言語表現のテクニックとしてのみ存在するのではなく、「不調和の調和」に象徴されるように、コントラストの融合、また不調和が調和に到るという作品全体の主題に関わる劇的効果を持つということを、喜劇の構造に照らし合わせながら述べることにする[4]。

ii

『夏の夜の夢』は、伝統的な喜劇の構造であるパストラルに則った作品である。パストラルの一般的な定義については、第四章で扱う『お気に召すまま』に場を譲ることにするが、ここでは劇の内容に即して、『夏の夜の夢』の構造を上記のように図式化してみる。

『夏の夜の夢』におけるパストラルとは、図⑹の①の段階で登場人物が人間社会の象徴である宮廷から、②の妖精たちの支配する森へと移動することによって、価値観の混乱や、アイデンティティーの喪失を経験した後、③の宮廷に再び戻り、新しい価値観を持って、より次元の高い社会を再構築するという三段構造から成る形式である。またこのスタイルは正、反、合の弁証法とでも言うべき性質を持っている。さらに『夏の夜の夢』は、この三段階では終らず、④の公爵とヒポリタ、そして若者たちの結婚の祝宴で演じられる、職人たちの劇中劇が付け加えられている。

まず、パストラルの第一段階は、いわば劇の導入部分である。宮廷を舞台としたこの場面では、個々の登場人物の紹介や、舞台設定などの情報提示がなされる。この劇の幕開きの台詞(7)は、観客に劇のプロットがアテネの公爵シーシュースとヒポリタの結婚を軸に展開することを知らせる重要な働きをしている。

(7) *Theseus.* Now, fair Hippolyta, our nuptial hour
Draws on apace. Four happy days bring in
Another moon; but O, methinks, how slow
This old moon wanes! She lingers my desires,
Like to a step-dame, or a dowager,
Long withering out a young man's revenue.
Hippolyta. Four days will quickly steep themselves in night;
Four nights will quickly dream away the time;

And then the moon, like to a silver bow
New bent in heaven, shall behold the night
Of our solemnities.（I.i. 1-11）

この台詞からシーシュースは、下線部“apace”（たちまち）と“slow”（ゆっくり）、“another moon”（新月）と“old moon”（月が欠けて新月となる前の月）、“a step-dame or a dowager”（継母と未亡人）と“a young man”（若者）という、それぞれ意味の上で隔たりのある語を対比的に用いていることが分かる。特に、シーシュースの台詞の最後の二行の「継母と未亡人が生き長らえることで、若者の収入が減る」という比喩は、旧世代と新世代の対立関係を表すものである。これに対してヒポリタの台詞には、“days,”“nights”という昼と夜の二者が、“steep”（浸る）という語を媒体として、互いに溶け合うイメージが描き出されている。また、これに続く「四日の晩が夢のように過ぎ去る」という表現は、森で四人の若者たちが経験する夢のような出来事に対する伏線とも言える。この後、シーシュースが饗宴係りのフィロストレイト（Philostrate）を呼び、“Stir up the Athenian youth to merriments;”（I.i. 12）と命じるが、このことばどおり、公爵とヒポリタの結婚を軸に繰り広げられる、若者たちの恋愛劇がスタートするのである。このように劇の冒頭に置かれた二人のやり取りは、対立から融合へのプロセスという劇構造のシンボリックな予兆と考えることができよう。

iii

『夏の夜の夢』には、前述の旧世代と新世代の他に、例えば「宮廷人と職人」「人間と妖精」「現実と夢」「正気と狂気」「昼と夜」などの、さまざまな対立関係が見られる。それぞれの対立関係の中で、前者は宮廷に、後者は森に属するものである。また登場人物も、アテネの宮廷人たち、町の職人たち、森の妖精たちのように、性質の異なる三つのグループに分類することができる。劇の第一段階では、それぞれのグループは独立した形で存在しており、互いに交わることはない。

この劇のアクションが実際に動き出すのは、公爵とヒポリタの結婚話の直後に、年老いた貴族のイージーアス（Egeus）が、娘ハーミアを告訴しようとする場面である。舞台にイージーアスが登場すると、前述の公爵とヒポリタの台詞に見られる叙情的な雰囲気は一転する。彼の怒りの原因は、娘が自分の望まない相手と恋に落ちていることにある。父親としてイージーアスは、娘の恋人ライサンダー（Lysander）に向かって、"With cunning hast thou filch'd my daughter's heart, / Turn'd her obedience which is due to me / To stubborn harshness."（I.i. 36-38）と言う。台詞中の"obedience"（従順）は、父権制の下で求められていた女性の美徳の一つである。『ハムレット』の中でも、オフィーリアが父親ポローニアスに"I shall obey, my lord"（I.iii. 136）ということばを最後に、父の言いなりとなる。イージーアスによると、このような娘としての従順さがライサンダーの狡猾な手管で、"stubborn harshness"に変わってしまったというのである。彼は続いて公爵に、"And, my gracious Duke, / Be it so she will not here before your Grace / Consent to marry with Demetrius, / I beg the ancient privilege of Athens: / As she is mine, I may dispose of her;”（I.i. 39-42）と訴える。“the ancient privilege of Athens”（アテネ市民が昔から持っている権利）には、父親が子に対して持つ権利、つまり父権が含まれている。その権利に則って考えると、「ハーミアは父イージーアスの所有物であり、娘の処遇は父親である自分が判断する」ということになる。理性と秩序が支配する宮廷において、ハーミアにとっての父親は、公爵のことばを借りるならば“god”（I.i. 47）のような存在である。したがって、旧世代に属するイージーアスが、ハーミアに対して父親としての権利を主張することは当然である。シェイクスピア劇に登場する父親の存在は、当時の封建社会における父権制を象徴するものである。このような父権制の視点からは、娘は「父親が作った蝋人形」“a form in wax, / By him imprinted”（I.i. 49-50）なのである。イージーアスは、神にも似た父親の権利を盾に“Which shall be either to this gentleman, / Or to her death, according to our law / Immediately provided in that case.”（I.i. 43-44）と公爵に判決を求めている。この表現が、すでに挙げた、A or no A（AかAでないもののどちらか）という二分法である。この第一段階では、二分法がこの他に4例見られる。

(8) *Theseus* ..., and within his power,
To leave the figure, **or** disfigure it.”（I.i. 50-51）

(9) **Either** to die the death, **or** to abjure
For ever the society of men. (I.i. 65-66)

(10) Take time to pause, and by the next new moon—
The sealing-day betwixt my love and me
For everlasting bond of fellowship—
Upon that day **either** prepare to die
For disobedience to your father's will,
Or else to wed Demetrius, as he would,
Or on Diana's altar to protest
For aye austerity and singe life. (I.i. 83-90)

(11) For you, fair Hermia, look you arm yourself
To fit your fancies to your father's will;
Or else the law of Athens yields you up
Which by no means we may extenuate
To death, or to a vow of single life. (I.i. 118-21)

（太字は筆者、以下同じ）

⑻は太字“or”で、⑼⑽は“either,”“or”（“or else”）の形で、文の前半にあたるAの部分と、後半のno Aの部分を接続している。また、⑾は“or else,”“or”で繋いだ形である。上記の台詞がすべて公爵のものであることから、彼がAとno Aとを明確に区別する、アテネの象徴的存在であると言うことができよう。秩序正しいアテネの法に照らして考えると、ハーミアが父親に逆らって、デミートリアスではなくライサンダーと結婚するなら、死刑か一生独身を貫くかの二者択一となる。このようにハーミアは、Aとno Aのどちらかを選択するよう、公爵と父親から強く迫られている。二分法は、ハムレットの有名な台詞、“To be, or not to be,”（III.i. 55）からハムレット型と呼ばれる論理学のことばで、オクシモロンとは対照的な言語表現である。それは明確な論理的区分の方法であって、秩序、分別、理性によって善と悪とをはっきりと区別できる思考の明晰さにあると言える。これに対して娘ハーミアの恋は、⑾に見られるように、父親の“will”（意志）と対立する形で、“fancy”（幻想）と表現され、実体のない妄想であると考えられる。[5] 次に挙げる二つの台詞は、狂気とも言える恋の情熱を表すものである。

⑿　*Lysander.*　And won her soul; and she, sweet lady, dotes,
Devoutly dotes, dotes in idolatry,

Upon this spotted and inconstant man.（I.i. 107-10）

⒀　*Egeus.* This man hath bewitch’d the bosom of my child.（I.i. 27）

⑿は、ヘレナのデミートリアスへの一方的な片思いをつづったものだが、“dotes”（溺愛する）という語の繰り返しと、“in idolatry”（盲目的崇拝の状態）という表現からは、恋というものが限りなく狂気に近い感情であることが分かる。また“dote”には、「年老いてぼける」という意味もあり、このことから恋をすると、理性に基づく適確な判断力を失ってしまうと言える。しかし、ヘレナ自身“Things base and vile, holding no quantity, / Love can transpose to form and dignity.”（I.i. 232-33）と語るとおり、愛には「卑しい、醜い、釣り合いのとれていないもの」を、「美しい品あるもの」に変える性質がある。このような“Love”の性質を、分別の目を持つ父親の視点で見ると、⒀のように恋人の魔力に“bewich’d”（惑わされた）“fancy”にすぎないのである。しかし、喜劇において、愛は価値の低いものを高次元に“transpose”する力を持っている。この宮廷の場において“Love”の変容力は、分別や理性という一方的な価値しか認めない父親に押さえつけられ、その力を発揮することはできない。この「変容」については、主に“trans-”を接頭辞とする複合語を中心として、次の第二節で述べたいと思う。パストラルの第一段階であるA or no Aの論理が支配する世界では、若者たちの恋愛（“fancy”）は成就することはない。そこで図⑹に示した①の宮廷から、②の森への若者たちの逃避行が行われる。

また、宮廷人の若者たちとは違うグループではあるが、職人たちも森へと向かうことになる。彼らは、公爵とヒポリタの結婚を祝うために、芝居を上演する計画を立てている。それは、虚構と現実とが区別されないまま混在した、ちぐはぐな芝居である。彼らは劇中において、「ライオン役の真に迫った演技で、本物と勘違いしたご婦人方が卒倒したら縛り首だ」などと本気で考えるような愚者（"ass"）として描かれている。このような職人の台詞に、はじめてオクシモロンは登場する。(1)の"The most lamentable comedy"（世にも悲しき喜劇）というオクシモロンは、単に愚者の口から飛び出したナンセンスな表現として片付けることのできない、より重要な意味を持っていると思われる。なぜなら、職人たちの『ピラマスとシスビーの世にもむごたらしき最後』と題された芝居は、二組の恋人たちが森で繰り広げる、一見ドタバタとも言える恋愛劇と対をなしていると考えられるからである。ハムレットは、芝居の目的を"to hold as 'twere the mirror up to nature"（III.ii. 21-22）（自然に対して鏡をかかげること）だと説明している。ここで言う「鏡」とは、物理的に対象物の表面を映し出すだけではなく、シセロ（Cicero）が、劇とは「人生の模倣、風習の鑑、真実の像である」[6]と言っているように、その内側にある実体をも描き出すものと考えられる。したがって、職人たちの笑いすぎて涙がでるような芝居と、恋人たちの恋の追いかけゲームには、その表面にはあらわれていない実体が隠されている。このことについては、次のパストラルの第二段階で説明したいと思う。

iv

パストラルの第二段階が繰り広げられる舞台は、いままでの order（秩序）とは正反対の disorder（混沌）、劇中のことばによると「夜の支配」（“night-rule”）（III.ii. 5）が覆いつくした森へと移る。“night-rule”は、‘disorder of the night’（*OED* sv rule *n*.13c. *Obs.*）「夜の混乱」を意味し、森（wood）は、“Thou toldst me they were stol'n unto this wood; / And here am I, and wode within this wood,”（II.i. 191-92）というデミートリアスの台詞に見られるように、「狂気」を表す“wode”と同音異義語（homonym）である。妖精の王オーベロン（Oberon）は、盲目のキューピッドの矢が当たり、赤く染まったといういわれを持つ花、“love-in-idleness”（真実ならぬつれづれの恋）の魔法で、恋人たちを混乱の渦に巻き込む。

(14) *Oberon*. It fell upon a little western flower,
　Before milk-white, now purple with love's wound,
And maidens call it love-in-idleness.
Fetch me that flow'r; the herb I showed thee once.
The juice of it on sleeping eyelids laid
Will make or man or woman madly dote
Upon the next live creature that it sees.（II.i. 166-72）

このいわゆる「惚れ薬」には、下線部"madly dote"（狂ったように恋焦がれる）にも見られるように、それを瞼に塗ると、次に目にしたものは獣であろうと何であろうと、狂ったように恋焦がれるようになる。この魔法のいたずらで、先ほどまでハーミアに向けられていた二人の男性の情熱は、あべこべにヘレナに向けられる。これは、あくまでもパックの勘違いによって齎された偶然にすぎないとも考えられるが、劇全体を俯瞰的に眺めると、人知を超えた力による必然と見なすこともできる。魔法のかかったライサンダーは、突然ヘレナに心変わりしたことを、"reason"という語を何度も繰り返しながら、「理性」の為せる技であるかのような言い方をする。かつてハーミアを愛していた自分は、未熟であったと言い放ったりもする。彼は、すっかり魔力による「狂気」と、本物の「理性」との区別がつかなくなっているのである。また、元々ヘレナを愛していたものの、ハーミアに心を移していたデミートリアスは、妖精の魔法で本来の恋人を再び愛するようになる。しかし、彼らの心変わりは魔法であろうがなかろうが、理屈で判断されるものではない。前にも述べたが、恋愛は狂気にも似た感情であると言える。

しかし、disorder の渦中に巻き込まれたハーミアとヘレナは、自分たちの分別では到底理解できない事態に、ただうろたえるだけである。この時発せられたハーミアの台詞"Am not I Hermia? Are not you Lysander?"（III.ii. 273）は、自分が自分でない、ライサンダーもライサンダーでないというパラドキシカルな表現を用いて、彼女の混乱した心理状態を表している。またヘレナは、残りの三人が自分をからかうために共謀していると思い込む。四人の若者は視界のきかない暗闇の中で、お互いに罵り合いながら、相手の居場所を探して気も狂わんばかりに右往左往する。この愚かしい人間たちの姿を、パックが「人間ってなんてばかでしょう」“what fools these mortals be!”(III.ii. 115)と言いながら見物している。当の若者たちは、自分自身が何者か分からなくなるというアイデンティティーの喪失や、信頼していた恋人あるいは友人に裏切られるという、不安や孤独に苛まれている。彼らが体験した混乱はまさに、ボトムらの芝居を形容した“the most lamentable comedy”と同じように、恋人たちが妖精の魔法に翻弄される喜劇的側面と、人間関係や自分自身のアイデンティティーが崩壊しかねない悲劇への傾斜という両面を持っていると思われる。

また花の魔法は、タイテーニア(Titania)を懲らしめるためにも使われ、妖精の女王とロバに変身したボトムとの情事という、世にも珍しい光景を生み出すことになる。彼女がロバの頭をしたボトムを溺愛する姿は、まさに恋が狂気以外の何物でもないことを思わせるものである。森で起こっている若者たちの混乱や、タイテーニアのボトムとの恋愛劇は、妖精たちにとっては一種の劇中劇と見なすことができる。オーベロンはライサンダーとタイテーニアにかけられた魔法を解くが、デミートリアスだけは人間の世界に妖精の魔法を持ち帰り、これによって理性の世界に、超自然の力が入り込むことになる。

やがて朝のひばりが鳴き、公爵の結婚式当日の夜明けを迎える。早朝の森には、シーシュースの猟犬の鳴き声が、騒々しく入り乱れている。公爵はこの光景を⑵“the musical confusion / Of hounds and echo in conjunction”というオクシモロンで表わす。この台詞は、森の中でけたたましい猟犬の吠え声がこだまし、それが心地よい音楽のように調和しているという意味である。それを受けてヒポリタも(3)"I never heard / So musical a discord, such sweet thunder."（美しい不協和音と心地よい雷鳴）と、それぞれオクシモロンを使って表現している。彼らのことば"confusion"（混乱）、"discord"（不調和）が示すように、猟犬のやかましい吠え声は決して耳に心地よいものではない。しかし、二人とも"musical"という形容詞を用いて、けたたましい鳴き声と美しい音楽とをみごとに融合させている。このように二人の台詞には、概念の違う語どうしを強引に結びつけるという逆説が存在する。さらに、ヒポリタの台詞の"sweet"と"thunder"にも同様のことが言える。彼らはこのパラドックスの中に、森、空、湖、さらには周囲のものすべてが同時に叫び声をあげているという、自然界全体のハーモニーを見出している。

同じ頃目覚めた若者たちは、夕べの不思議な体験を回想し始める。中でもハーミアは、"Mehitnks I see these things with parted eye, / When every thing seems double."（IV.i. 189-90）と発言する。"parted eye"とは、それぞれ別々のものを見る目であり、また"everything seems double"という表現は、ものごとの価値というものは、決して一元的なものではいということを表わすように思われる。(7) ガーバー（Marjorie B. Garber）は、ハーミアの夢まだ覚めやらぬ台詞を、"this positive pluralism"と表現している。(8) ガーバーの言う「肯定的多元性」は、まさにオクシモロン的見方であると捉えることができよう。ハーミアに続いてヘレナも、デミートリアスのことを(4)"Mine own, and not mine own"、つまりA and no Aという逆説的なオクシモロンを使って表現している。恋の本質は、第一段階で見られた、A or no

Aというロジックでは表現しえないものである。このことはまさに、ボトムの言うごとく、「理性と愛とはこのごろあんまり仲が良くないらしい」"reason and love keep little company together now-a-days."（III.i. 144）と言えるのではなかろうか。

またタイテーニアの愛人となったボトムも、目覚めた後で、森での出来事を次のように回想する。

⒂ *Bottom.* I have had a most rare vision. I have had a dream, past the wit of man to say what dream it was. Man is but an ass, if he go about t' expound this dream. Methought I was—there is no man can tell what. Methought I was, and methought I had—but man is but a patch'd fool, if he will offer to say what methought I had. The eye of man hath not heard, the ear of man hath not seen, man's hand is not able to taste, his tongue to conceive, nor his heart to report, what my dream was. (IV.i. 204-15)

この回想の中でボトムは、夕べ見た“a most rare vision”（世にも珍しい光景）について、自分なりの解釈をはじめる。彼の聖書を引用した台詞には、目が聞く、耳が見るといった五感の混乱が見られる。この共感覚と呼ばれる手法は、ボトムの知恵のなさを露呈させると同時に、彼が森の中で見た“a most rare vision”が、人間世界の価値観を根底から覆すものであることを物語っている。このようにして、森を舞台とした混乱の時期は終りを告げ、いよいよ第三段階へと移ることになる。

V

この喜劇の第三段階の冒頭では、若者たちが経験した夢のような出来事についての意味付けが行われる。公爵が、恋人と狂人と詩人のイマジネーションを同一視して述べる台詞は有名である。

(16)
Theseus. The lunatic, the lover, and the poet
Are of imagination all compact.
One sees more devils than vast hell can hold;
That is the madman. The lover, all as frantic,
Sees Helen's beauty in a brow of Egypt.
The poet's eye, in a fine frenzy rolling,
Doth glance from heaven to earth, from earth to heaven;

And as imagination bodies forth
The forms of things unknown, the poet's pen
Turns them to shapes, and gives to aery nothing
A local habitation and a name.
Such tricks hath strong imagination,
That if it would but apprehend some joy,
It comprehends some bringer of that joy;
Or in the night, imagining some fear,
How easy is a bush suppos'd a bear! (V.i. 7-22)

公爵は恋人と狂人に詩人を加えて、この三者はイマジネーションの塊であると言う。"imagination" は *OED* によると、"the creative faculty of the mind" と定義づけられる[9]。これは "mind" という精神の最高のクリエイティヴな機能というプラスの意味を表す。しかし、この場面でシーシュースの言う、イマジネーションには、*OED* に見られるような肯定的な意味と同時に、単純に狂人が作り上げる妄想や、恋人がいわゆる「あばたの中にえくぼを見出す」という幻想といったマイナスの側面も持ち合わせている。劇中の愛はしばしば、"fancy", "fancies", "fantasy", "fantasies"[10] と表現されているが、"imagination" は *OED* の述べるごとく、かつては "fancy", "fantasy" と同義語として用いられてもいたのである[11]。このようにイマジネーションにはプラスとマイナスの両面が備わっており、この両面価値《アンビヴァレンス》の認識こそシェイクスピアの視点ではないかと思われる。それは、シェイクスピア時代に共通する価値認識であったようで、R.W.デント（Dent）は、エリザベス朝時代のイングランドにおける“imagination”には、「つまらないもの」という低い価値と、それに対する反論として詩人の想像力を表す「詩的狂気」（インスピレーション）という高次元の価値の両面がある、と指摘している。[12] この「詩的狂気」は、“the poet's eye”以下のくだりが、詩人としてのシェイクスピア自身の告白である、と解する批評家たちによって議論の対象となっている。[13] アーデン版の編者ハロルド・ブルックス（Harold Brooks）は、“fine frenzy”という言葉を、プラトンやアリストテレスの流れを汲んだ表現であるとして、神の直観力を表すものだと説明する。[14] この神の直観力とは、真の詩人のインスピレーションであり、そのインスピレーションによって齎された詩人のイマジネーションは、「実体を持たない非存在に、居場所や名前という存在を与えるもの」だと考えられる。詩人のイマジネーションは、シェイクスピアとほぼ同時代に生きたベイコン（Francis Bacon）によると、現世において結びついているものを切り離し、切り離したものどうしを結び付けることである。[15]

　ヒポリタはシーシュースの言うイマジネーションの、たわいもない夢物語というマイナス面を受けて、(17)に見られるように、短くも鋭い指摘をしている。

(17)　*Hippolita.* But all the story of the night told over,

And all their minds transfigur'd so together,
More witnesseth than fancy's images,
And grows to something of great constancy;
But howsoever, strange and admirable.（V.i. 22-27）

彼女によると、恋人たちの不思議な体験には、想像力が生み出す夢や幻以上の首尾一貫した真実性があるという。ヒポリタの言う "something of great constancy"（首尾一貫性）こそ、劇中の最終段階における仕上げのことばであると思われる。これまで述べてきた三段階は、⑹の図式で表した弁証法でいう、正が反を経験して、合に昇華するという過程でもある。

vi

『夏の夜の夢』のプロット自体は、この時点で終わりを迎える。この後は、宮廷での祝宴で催される職人たちの劇中劇の場となる。シーシュースは余興のリストの中から、ボトムらの芝居のくだりを読み上げる。⑸の台詞に見られる一連のオクシモロン "A tedious brief scene", "very tragical mirth", "Merry and tragical", "Tedious and brief", "hot ice", "the concord of this discord" は、作品の主題にまで関わってくる重要な言語表現である。饗宴係りのフィロストレイトは、公爵のオクシモロン "A tedious brief scene", "Tedious and brief" を受けて、台詞が十ほどの簡潔なものであるのに、一語が長いと解説している。また、彼によると"very tragical mirth"と"Merry and tragical"は、悲恋物語であるはずが、笑いで涙がこぼれるという意味になる。しかし、この解釈は、公爵の意図したものとは違っている。フィロストレイトはオクシモロンの意味を理解することができないのだ。彼は、近代古典主義文学の手法である対照法（antithesis）的解釈をしている。この対照法が、対象を分析・対照するものに比し、オクシモロンは、それを融合するものである。

パストラルの三段階に、わざわざ職人たちの芝居が付け加えられているのには、重要な意味が含まれているように思われる。ベリー（Edward Berry）が、「……目覚めた恋人たちが〈ピラマスとシスビー〉という「悲劇風笑劇」を目撃するが、それは恋人たち自身の「夢」が解体され脚色されたものである[16]」と言っているように、ボトムらの"Merry and tragical"な芝居と、恋人たちが森の中で経験したアイデンティティーの喪失との間に何らかの繋がりがあるように思われる。前にも述べたとおり、四人の恋人たちは、職人らが演ずる馬鹿馬鹿しい芝居を笑って見ているが、実は彼らの大混乱も妖精たちに見物されていたのだった。妖精の魔法がなければ、彼らも危うくピラマスとシスビーのように悲劇で終わっていたかもしれない。さらに、このことに気付かずに笑っている恋人たちの姿は、『夏の夜の夢』を見ている観客の姿と重なっている。

劇の第一段階で交わることのなかった宮廷人・職人・妖精の三者が、劇の大詰めになって融合を遂げる。先に挙げた公爵の一連のオクシモロンは、単に職人たちの芝居を形容するだけにはとどまらない意味があると考えられる。特に"the concord of this discord"は、パストラルの三段階＋職人の劇中劇という劇構造全体を集約する鍵表現であると言えよう。図⑹に当てはめるならば、宮廷をより高次元のものに再構築させるためには、矢印が「正」から、森における若者たちが狂気や混乱を表す「反」に向かわなくては、「合」へと昇華しないのである。また、より広い視点で捉えるならば、このオクシモロンは、宮廷人・職人・妖精の三者だけでなく、「旧世代と新世代」、「宮廷と森」、「昼と夜」、「現実と夢」などの、これまで不協和音を奏でていた多くの対立関係の融合を暗示していると思われる。

『夏の夜の夢』は、論理的なダイコトミーが多く見られる、二元的な価値の世界で始まる。その偏った、あるいは狭い価値観が一度混沌を経験して崩壊することによって、最終的にはオクシモロンで表される、両面価値の世界へと変化する。この変化という時間の経過が、オクシモロンには重要な要素となるのである。劇のはじまりに見られた対立した要素は、大団円でみごとに融合される。祝婚の宴は終わり、新しく誕生したカップルたちが寝床に入ると、宮廷には妖精らが三組の夫婦を祝福するために姿を現す。劇は「不調和の調和」のことばどおり、さまざまな価値が混在・融合しながら、彼らの「音楽」と「踊り」で幕を閉じるのである。

注

（1） Frank Kermode, "The Mature Comedies," in *Early Shakespeare*, eds. John Russel Brown and Bernard Harris, *Stratford-upon-Avon Studies* 3 (Edward Arnold, 1961), 214.

（2） *OED* sv oxymoron.

(3) 梅田倍男『シェイクスピアのことば遊び』(英宝社、一九八九)、12。

(4) 福島氏は、『夏の夜の夢』とほぼ同時代に書かれたと推定され、背中合わせの作品と言われる『ロミオとジュリエット』(*Romeo and Juliet*)を取り上げ、オクシモロンが作品の主題にいかに関わるかということを論じている。
福島昇「Romeo の最初の台詞から―オクシモロンを中心に」『英語表現研究』18(二〇〇一)、76。

(5) カーモードは『夏の夜の夢』について、"and the disorders of fantasy (imagination) are the main topic of the play." と述べ、さらに "the disordered condition of the imagination which is called 'love' originates in eyes uncontrolled by judgment," と続け、父の "judgment" と娘の "love" との対比に注目している。
Kermode, 214-15.

(6) 高橋康也、河合祥一郎編注『ハムレット』(大修館、二〇〇一)、403。

(7) この二重の視点をヤング (David Young) は、"…if one thing is true, its opposite may just as well be true," と述べている。
David Young, *Something of Great Constancy* (New Haven and London: Yale UP, 1966), 114.

(8) Marjorie B. Garber, *Dream in Shakespeare* (New Haven and London: Yale UP, 1974), 74.

(9) *OED* 4.b.

(10) "fancy"(I.i. 155, IV.i. 163, V.i. 25), "fancies"(I.i. 118), "fantasy"(I.i. 32), "fantasies"(II.i. 258, V.i. 5)

(11) *OED* sv imagination 4.a., fancy 4., fantasy 4.

(12) R.W. Dent, "Imagination in *A Midsummer Night's Dream*," in *A Midsummer Night's Dream Critical*

Essays, ed. Dorothea Kehler (New York and London: Garland Publishing, 1998), 100-01.

（13）ヤン・コット（Jan Kott）は、この台詞をシェイクスピアの「自らの限界を言うものであると同時に自己弁護でもある」と述べている。
ヤン・コット『シェイクスピア・カーニヴァル』高山宏訳（平凡社、一九八九）、91。

（14）Harold Brooks, ed., *A Midsummer Night's Dream* (1979; The Arden Shakespeare, 1989), Introduction, cxl.

（15）Francis Bacon, *The Advancement of Learning and New Atlantis* (Oxford: Oxford UP, The World's Classics, 1960) 96.

（16）エドワード・ベリー『シェイクスピアの人類学』岩崎宗治、山田耕士、滝川睦訳（名古屋大学出版会、一九八九）、100。

2　「変容」について—"trans-"を接頭辞に持つ複合語からのアプローチ—

i

第一章、二章でも述べたように、シェイクスピア喜劇の中で、「変容」のテーマは、際立って重要なものである。一言で「変容」と言っても、その意味するところの幅は広く、さまざまなレヴェルが考えられる。例えば、『間違いの喜劇』のドローミオSが、見知らぬ妻の存在を聞かされ、思わず"I am tansformed"（II.ii. 195）と口走るように、自分は変わっていないつもりが、他者から変えられるというもの（この場合、外見はまったく変わっていない）。『じゃじゃ馬』においては、罵詈雑言を吐いていた「じゃじゃ馬」キャタリーナが、貞淑な妻へと変貌する。彼女の場合、内面もさることながら、髪を振り乱し、怖い顔で相手に殴りかかっていたのが、大団円では観客にも鮮明に分かるぐらい、穏やかで従順な女性へと変化していく。

『夏の夜の夢』の中で、ボトムは目に見えるかたちでロバに変えられるので、観客にとっては、視覚的にも「変容」という概念が理解しやすい仕掛けとなっている。『間違いの喜劇』において、アンティフォラスとドローミオが、見知らぬ国エフェサスで、魔法のような不思議な力によって、何者かに変身させられたと思い込むように、ボトムもまた、ロバ頭の自分に、妖精の女王が夢中になるという経験が、「人間の知恵の及ばない夢」だと告白している。また、四人の恋人たちのプロットにおいて、「恋」という抽象的な概念の「変わり身の早さ」が語られる。変幻自在な恋に翻弄された恋人たちは、一時的には混乱させられ、アイデンティティー消失の危機に陥るが、結果としては、それぞれ精神的な成長を遂げ、一人前の大人へと変化していく。この作品以降、「変容」は『テンペスト』における"sea-change"に象徴されるように、一旦は「海の藻屑」と化するかに見えて、珊瑚のように価値あるものに変わるという意味合いを帯びてくる。

『間違いの喜劇』のような、ごく初期の喜劇における「変容」は、登場人物の精神的な成長にまで影響が及んでいないように思われる。しかし、シェイクスピアの成長期の作品、『夏の夜の夢』に至って、「変容」は若者たちのイニシエーションと深く関わってくると考えられる。(1) そこで本節では、具体的に"trans-"を接頭辞に持つ複合語の用例を挙げながら、それが作品のテーマとどのように関係してくるかということを論じていきたい。(2)

ii

この作品において、"trans-"を接頭辞に持つ複合語は、"translated"(I.i. 191, III.i. 119, III.ii. 32), "transpose"(I.i. 233), "transformed"(IV.i. 64), "transported"(IV.ii. 4), "transfigur'd"(V.i. 24) の7例が見られ、ここで扱う作品の中で、最も使用頻度が高い。"trans-"を語源まで遡ると、「別の状態[場所]へ、

越えて」という意味である。これを踏まえるならば、'translate'は「別の場所へ運ぶ」、'transpose'は「二つのものを入れ替える」、'transform'は「別の状態へ形作る」、'transport'は「別の場所へ運ぶ」、'transfigure'は「別の状態へ形作る」という意味になる。(3) したがって、どの語にも、「別の次元への動き」を表す意味が含まれていると言うことができよう。

これら7例のうち2例は、恋人たちに関する用例であり、4例がボトムの「外見の変貌」、最後の1例が作品全体を総括する用例である。そこで、上記の"trans-"を接頭辞に持つ複合語を含む台詞について、検証していくことにする。

劇の幕開き早々の一幕一場において、"translated""transpose"が、ヘレナの台詞に現れる。

Helena. Were the world mine, Demetrius being bated,
The rest I'll give to be to you translated.（I.i. 191-92）

Helena. Things base and vile, holding no quantity,
Love can transpose to form and dignity.（I.i. 232-33）

かつてヘレナに夢中だったデミートリアスは、今やハーミアに心変わりをしている。一つ目の台詞は、かつて自分が占めていたデミートリアスの恋人の座を、ハーミアに奪われたヘレナの辛い気持ちを表したものである。彼女にとって、デミートリアスは世界の全てである。彼を失うことは、あらゆるものを無くしてしまうのと同じことを意味する。ここに見られる、ヘレナとハーミアの立場の逆転が、下線部の"translated"という語で表されている。彼女はハーミアに、「残りは全てあなたにあげるから、その代わり、デミートリアスを返してちょうだい」と訴えている。しかし、やがて妖精の魔法によって、再度ヘレナとハーミアの立場の逆転が実現されることとなり、"translated"が単なる「立場の変化」という意味を越え、dramatic ironyとして、劇的に機能しはじめるようになる。

また、二つ目は、「恋は、下品なものを、形よく威厳のあるものに変える」という、恋の変わり身の早さを語ったものである。シーシュースのことば、"The lover, all as frantic, / Sees Helen's beauty in a brow of Egypt."（V.i. 10-11）は、恋人というものは熱に浮かされて、色黒のジプシー女の中に、絶世の美女ヘレンの美しさを見出すものだということを表現している。ハーミアは色黒で、ヘレンと近い名前のヘレナは色白に描かれていて、シーシュースの台詞と、実際の劇のアクションとが重なり合っている。デミートリアスのヘレナからハーミアへの心変わりは、翼のある盲目のキューピッドが、無分別なことをするように、判断力を欠いた気まぐれであると言える。その証拠に、デミートリアスが、森で経験した混乱の一夜から目覚めた時、ヘレナからハーミアへの心変わりを、以下のように振り返る。

Demetrius. …, my love to Hermia

Melted as the snow seems to me now
As the remembrance of an idle gaud,
Which in my childhood I did dote upon;（IV.i. 165-68）

下線部に見られるように、ハーミアへの恋は「子供の頃、必死になっていた、つまらない玩具の思い出」に喩えられている。若い恋人の目は、前述のジプシーとヘレンの喩えにもあるとおり、夢中になってしまえば、価値の低いものを高次元のものに変えてしまうのである。

一方、ライサンダーとハーミアは、森へやって来たものの、道に迷い、疲れ果てる。この時ライサンダーは、"I have forgot our way."（II.ii. 35）と漏らす。彼の台詞は、表現こそ違え、『間違いの喜劇』のアンティフォラスSの、"lose myself"と類似したことばである。「道に迷う」という表現は、若者の人生における通過儀礼の象徴と見なしうる。[4]

二人は仕方なく、森で一夜を明かすことにする。ハーミアは眠りにつく直前に、"Thy love ne'er alter till thy sweet life end!"（II.ii. 61）と皮肉めいた台詞を残している。この中で彼女は、ライサンダーの愛に向かって呼びかけ、「決して心変わり（"alter"）しませんように」と願いをかけている。ハーミアの直感が的中したのか、ライサンダーはパックの間違いで、目に媚薬を塗られ、反対にヘレナを追いかけはじめる。ハーミアは、ライサンダーの姿を見失い、"Lysander! what, remov'd? Lysander! lord!"（II.ii. 150）と叫ぶ。下線部"remov'd"は、「場所を移動する」という意味で、先に挙げた"trans-"

を接頭辞とする5つの語と呼応し合っている。この場合も、物理的な動きを表す意味を越え、精神的な「心の変化」の表現に達していると考えられる。

間違いに気づいたパックは、デミートリアスにも魔法をかけ、二人の男性がハーミアの代わりに、ヘレナを追い回すようになる。立場が入れ代わったハーミアとヘレナの仲は険悪となり、大喧嘩がはじまる。またヘレナを巡って、ライサンダーとデミートリアスも、醜い争奪戦となる。四人の若者たちは、妖精が仕組んだいたずらとは知らず、暗闇の中を訳の分からないまま、泥仕合を繰り広げる。彼らは、昼間の人間社会とは別次元の世界に迷い込んだのである。このように、違う次元への物理的移動が、精神的な変化に影響を齎すということを、本節で取り上げる"trans-"を接頭辞とする複合語が象徴していると考えられる。

iii

次に、ボトムに関する4例について考えてみる。まず一つ目の例は、クィンスの台詞、"Bless thee, Bottom, bless thee! Thou art translated."(III.i. 119)である。ボトムは、森でピラマス役の稽古の真っ最中に、ロバに変えられてしまう。この語の語源「別の場所へ運ぶ」を考えるならば、ボトムという人物が「別の次元に行ってしまった」ということになる。『ピラマスとシスビー』という"the most lamentable comedy"(世にも悲しき喜劇)の悲恋の恋人役が、一転して毛むくじゃらの獣に変身する。クィンスをはじめとする仲間の職人たちは、ボトムの変わり果てた姿に恐怖を覚え、散り散りに逃げ出す。クィンスの叫び、"O monstrous! O strange! We are haunted."（III.i. 104）にも見られるように、ボトムは仲間から「化け物」扱いされている。次の台詞のように、「化け物」に変身したボトムを、仲間から引き離すというのが、パックの策略であった。

Puck. I led them on in this distracted fear,
And left sweet Pyramus translated there;"（III.ii. 31-32）

これは、ボトムがロバに変身させられた（"translated"）ことを表す二つ目の例である。田舎芝居の主役ピラマスを演じていたボトムが、見事に妖精の女王の恋人役に抜擢される。そもそも、およそ恋人役とは不似合いな、素朴な田舎者のボトムが、気取ってピラマスを演じているというだけで、滑稽なことである。本人はおお真面目で、役に成りきっているところへ、頭にロバの耳が生えるのだから、見ている観客たちは笑わずにはいられない。この時の観客の視点は、パックのそれと重なり合うと言ってもよい。観客とパックは、少し離れた所から、職人たちの芝居の稽古ぶりを見物している。ボトムにとっての変身は、ロバに変えられるというだけでなく、妖精の女王の恋人になるという二重の意味を含んでいる。それに先立ち、彼が悲恋の恋人ピラマスに成りきっていたことを考えると、自分の意思か他者の仕業かという違いはあるものの、俯瞰者の目には、「変身」というアクションが、三重に映し出される。

この騒ぎで目覚めたタイテーニアは、"What angel wakes me from my flow'ry bed?"（III.i. 129）と声を上げる。この場面では、同じロバ頭のボトムが、見る人の目によって、「化け物」にもなるし、「天使」にも喩えられている。さらに滑稽なのは、ロバに変えられ、うろたえているはずのボトムが、意外にも冷静だということである。彼に首っ丈のタイテーニアに対して、ボトムは次のよう言う。

Bottom. Methinks, mistress, you should have little
reason for that. And yet, to say the truth, reason
and love keep little company together now-a-days.（III.i. 142-44）

この中で、彼は哲学者のごとく、「理性」と「恋愛」との関係を解き明かそうとする。この台詞は、大団円でのシーシュースのことば、"Lovers and madmen have such seething brains, / Such shaping fantasies, that apprehend / More than cool reason ever comprehends."（V.i. 4-6）を思い起こさせる。シーシュース曰く、「理性」は「冷たい」ものであって、「恋人」の「煮えたぎった頭」とは一線を画している。それをボトムは、「理性と愛は、近頃仲が悪いらしい」と表現している。シーシュースの言う"seething brain"を持ったタイテーニアは、「創造的想像力」（"shaping fantasies"）の目で、ロバ頭の獣を「天使」に変えている（translate）のである。

タイテーニアが、ボトムに恋焦がれる姿は、"So doth the woodbine the sweet honeysuckle / Gently entwist; the female ivy so / Enrings the barky fingers of the elm. / O, how I love thee! how I dote on thee!”（IV.i. 42-45）という台詞に表現されている。これは、男性をたくましい楡の木に、女性をそれに絡みつく蔦に喩えた官能的な台詞である。さらに“dote”（溺愛する）という語は、前節でも触れたように、「年老いて呆ける」という意味でもあり、理性的な判断ができない状態を表している。(5) オーベロンは、ロバ頭のボトムへの愛に溺れてしまった妻の姿に、次第に憐れみを覚えるようになる。そこで、彼女の“dote”ということばを受けて、“Her dotage now I do begin to pity.”（IV.i. 47）と言い、彼は妻を許すことにする。タイテーニアの“dotage”（溺愛）は、客観的には滑稽でもあり、醜くもあり、憐れにも見える。以下の台詞は“dotage”というものが、忌まわしい目の迷いによって、生み出されることを物語っている。

Oberon. … , I will undo
This hateful imperfection of her eyes.
And, gentle Puck, take this <u>transformed</u> scalp
From off the head of this Athenian swain,（IV.i. 62-65）

勿論、タイテーニアの“dotage”は、魔法の「媚薬」によるものである。しかし、「惚れる」ということは、「呆ける」ことと同じように、視野が狭められ、客観的かつ冷静な思考ができない状態にある。

このような妻の姿を憐れに思い、オーベロンは、彼女にかけられた魔法を解き、ボトムのロバに変えられた頭を元に戻す。上記の台詞が、変身した（"transformed"）ボトムを表す、第3の用例である。

タイテーニアは目覚め、"My Oberon, what visions have I seen! / Methought I was enamor'd of an ass."（IV.i. 76-77）と、ロバに夢中になった夢を見たと語る。一方、ボトムも妖精の女王の恋人になったことを、彼女と同じ"vision"を使って、"I have had a most rare vision. I have had a dream, past the wit of man to say what dream it was."（IV.i. 204-06）と述べる。"vision"は、意味の上で"dream"と類似しているが、視覚的な意味合いを含んだ語である。タイテーニアはロバ頭の獣と恋に落ち、ボトムは人間ではない妖精の恋人になったという視覚的な情報が、残像としてはっきりと残っているのである。それは、ボトムがロバという、目に見える形に変身させられたことにもよっている。このことを、職人仲間の一人が、"transported"を使って、"Out of doubt he is transported."（IV.ii. 4）と表現する。下線部の"transported"は、「変えられた」の他に、語源「別の場所へ運ぶ」に近い、「連れ去られた」という意味をも含んでいる。

ボトムもまた、四人の若者たちと同じように、違う世界へと入り込むことによって、今までに見たことのない異界を経験することになる。彼の場合、ロバへの変身が、精神的成長を促したとは言い難い。[6] しかし、妖精の女王の恋人という大役が、『ピラマスとシスビー』におけるヒーローの演技に、少なからず影響があったかもしれない。彼は、公爵や貴族たちが居並ぶ前で、堂々と悲恋物語の主人公を演じきる。少なくとも、その素朴な演技が、宮廷人たちの不興を買うことなく、宴会の余興として、成功を収めたことは確かである。
　ボトムは、人間の中で唯一、妖精と間近に接した人物である。彼は、タイテーニアとの夢のような出来事を、自分の五感すべてを駆使して解釈しようと試みるが、行き詰まってしまう。

Bottom. Man is but an ass,
if he go about t' expound this dream. Methought
I was—there is no man can tell what. Methought I
was, and methought I had—but man is but a patch'd
fool, if he will offer to say what methought I
had. The eye of man hath not heard, the ear of man
hath not seen, man's hand is not able to taste, his
tongue to conceive, nor his heart to report, what
my dream was. (IV.i. 206-14)

この中で、彼は下線部の“Methought I was”,“methought I had”という、類似した表現を反復させている。彼は繰り返し、ロバに変えられ妖精の女王の恋人になった体験を理解しようと、考えを巡らすが、その度に断念せざるをえない。「この夢を説明しようとする奴は、愚か者（“ass”）だ」というくだりは、無論ボトムのロバ頭を意識した台詞だということは言うまでもない。また、「自分が何だったか言える奴（〝man〟）はいない」という表現において、〝man〟は「妖精」に対する「人間」と解釈することもできるだろう。彼は、人間の世界に戻った今では、昨夜の出来事は解釈不能だと言いたいのである。さらに、常識的な価値を、いとも簡単にくひっくり返してしまう道化でないと、自分の経験は理解できないとさえ言っている。その後ボトムは、「人間の目が聞いたことがない、耳が見たことがない……」と、共感覚という手法を用いて、不可解な妖精との一夜を言い表そうとする。[7] しかし、ボトムにとって、彼らとの接触は、人間の常識を越えたものであり、それを無理に理解しようとすると、彼の五感は大混乱をきたしてしまう。つまり、彼はロバに変身することで、人間の世界とは別の次元（異界）に入り込み、そこを脱出した時点から、再びそれを問い直そうとするが、結果はただ途方にくれるばかりである。

iv

若者たちもボトムと同じように、翌朝目覚め、昨晩の混乱を振り返ろうとする。

Demetrius. These things <u>seem</u> small and undistinguishable,
　Like far-off mountains turned into clouds.
Hermia. <u>Methinks</u> I see these things with parted eye,

When every thing seems double.
Helena. So methinks;
And I have found Demetrius like a jewel,
Mine own, and not mine own.
Demetrius. Are you sure
That we are awake? It seems to me
That yet we sleep, we dream. (IV.i. 187-94)

これらの台詞に見られるように、若者たちは夕べ起きた不思議な出来事の意味づけを試みている。しかし、彼らには、何があったのか、明言することはできない。デミートリアスとハーミアは、実際に経験したはずの出来事が、的確なことばで表現できず、“these things”としか言うことができない。また、下線部のことば、“seem,” “methinks,” “are you sure”からは、断定表現ができないもどかしさが窺える。「遠くの山々が雲間に紛れてしまうように」、一夜の混乱の正体が、ぼんやりと小さくなり、雲なのか山なのか区別がつかない状態である。このことをハーミアは、「左右の目が、別々のものを見ているようだ、もの皆二重に見える」と言う。これは、彼らにとって日常である人間の世界と、妖精の世界という別次元を、それぞれの目が別々に見たことを表しているのではないか。彼女の言う「複眼的視点」は、彼らの“trans-”を接頭辞に持つ複合語で表された「別の場所、状態」の経験がなければ、獲得できなかったものではないだろうか。デミートリアスの心を再び取り戻したヘレナは、彼のことを"Mine own, and not mine own"というオクシモロンで表現する。オクシモロンとは、前節でも詳述したように、正反対の価値を強引に結びつけるというパラドックスである。ヘレナもまたハーミアと同様に、恋人デミートリアスの存在を「複眼的視点」で捉えている。デミートリアスも、アンティフォラスSがそうであったように、「夢をみているようで、目覚めているのか、眠っているのか」、分からないでいる。

このように、自分自身の内部が二つに分裂するという自己矛盾(8)は、「変容」のプロセスの一部と考えられ、やがてはその矛盾が一つに和合する過程を辿っていく。それを代弁しているのがヒポリタの台詞、"But all the story of the night told over, / And all their minds transfigur'd so together, / More witnesseth than fancy's images, / And grows to something of great constancy; / But howsoever, strange and admirable."（V.i. 23-27）であろう。ヒポリタは、「共に変えられた（"transfigur'd"）皆の心は、単に想像が思い描いた以上のものである」と、若者たちが語った、ありそうも無い絵空事の中に、"something of great constancy"「首尾一貫性」を見出している。また、"grows to"という表現には、「変化」の意味合いがあり、"fancy's images"が"something of great constancy"へと変わることを表している(9)。

大団円では、公爵と若者たちの結婚の宴が、賑々しく祝われる。森で妖精の女王の恋人役を務めたボトムは、今度は宮廷で、悲恋物語のヒーローを堂々と演じる。若者たちの中では、唯一デミートリアスだけが、妖精の魔法を人間世界に持ち帰っている。この幕が下りる直前の場面では、これまで別次元と見なされていた、「人間」と「妖精」、「宮廷人」と「職人」、「旧世代」と「新世代」などが、一つに溶け合っていく。

四人の若い宮廷人とボトムは、森という宮廷とは正反対の価値を持つ場所で、今までとは異なった自分への「変身」を遂げる。このような、異界の経験は、彼らに「以前の自分」と「現在の自分」とを「複眼的視点」で見るという、"parted eye"を持たせる。しかし、「それぞれ別々のものを見る目」で見た対象物は、反発し合う価値が、二つ存在しているのではなく、一つに溶け合った姿をしているのである。これまで、"trans-"を接頭辞とする複合語の使われ方を糸口として、「変容」について述べてきた。その語源「別の場所へ」が示すとおり、別次元への物理的な移動は、登場人物たちに、別のものに作り変えられるという経験をさせる。若者たちにとって、その経験は、自分たちのアイデンティティーをも失いかける程の痛みを伴うものであった。[10] また、ボトムには"the most rare vision"「世にも珍しい夢」のことばどおり、空前絶後の体験であった。しかし、彼らは「変容」を、イニシエーションの一環として通過することで、新たな自己発見を共有しあうのである。

注

(1) ガーバーは、このことについて、"This is the fundamental Shakespearean pattern of growth and renewal."と説明する。

Garber, 70.

（2）ヤングによると、この作品に見られる「変化」には、次の二つの意味がある。

The first is the alteration of characteristics, physical and otherwise, at the bidding of some powerful force; ... The second involves a character, object, or concept, through association or actual merging, with some opposite or unlike character or quality; love is turned to hate; nature becomes art; tragedy turns to comedy; Bottom is made the paramour of the fairy queen.

Young, *Something of Great Constancy*, 157.

（3）『ジーニアス英和大辞典』（大修館書店、二〇〇一）。

（4）ベリー、76。

（5）ガーバーによると、"dote"は"dote is throughout Shakespeare's plays a sign word for shallow, meaningless affection."である。

Garber, 77.

（6）ボトムの変身について村上氏は、「彼は変わっても実は変わらなかった」と解釈する。

村上淑郎「『夏の夜の夢』—劇を封じこめた劇」『シェイクスピアの全作品論』（研究社、一九九二）、131。

（7）ガーバーによると、"his(Bottom's) malapropisms are related to the important theme of transformation."（括弧内は筆者）である。

Garber, 79.

（8）村上氏は、自分自身が二つに分裂するということを、「自分と自分の影とが分かれていく」と表現している。

村上、『ハムレットの仲間たち』（研究社、二〇〇二）、129。

（9）ガーバーは、ヒポリタのこの台詞について、次のように評している。

In Hippolyta's percepective phrase, the lovers see now with "minds transfigured" — the ultimate turning inward of the world of dream. Moreover, the impulse to recount and remember is merged with impulse to return, so that the redemptive energies of the play come to rest at last in a harmonious moment of self-realization.

Garber, 87.

（10）喜劇の主人公たちの自己喪失が、イニシエーションの一環であるということを、ベリーは「シェイクスピア喜劇における自己喪失は、常に、究極的にはめでたいものである―恋人たちは自己喪失のあと自己発見をする」と説明している。

ベリー、100。

第四章……『お気に召すまま』

1　森の両義性《アンビギュイティー》について

i

『お気に召すまま』は、種本ロッジ（Thomas Lodge）の『ロザリンド』（*Rosalynde*）と同様に、牧歌を基本構造としている。また、作品の舞台アーデン（Arden）の森も、『ロザリンド』のアルダンヌ（Ardenne）と同じく、フランス北部の森に設定されている。このように舞台を外国に置くという手法は、多くのシェイクスピア劇に見られ、その異国情緒そのものが、観客を芝居という日常から隔絶された世界へと導いてくれる。しかし同時に、アーデンという名前はシェイクスピアの母親の旧姓でもあり、彼の生まれ故郷ウォリックシアの森の香りがする。観客は、フランスの森という舞台設定に、異国情緒を感じながらも、アーデンという語の響きから、イングランドにある身近な森の風景を思い描いていたに違いない。

このように、アルダンヌとアーデンの森には類似点も見られるが、性質を大きく異にする点もある。それはアルダンヌの森が、常春のアルカディアとして描かれているのに対して、アーデンの森には、“the penalty of Adam”（II.i.5）という表現どおりの、過酷な自然の表情を持っているということである。

言うなれば『お気に召すまま』の森は、アルダンヌのような牧歌の伝統を汲んだ宮廷人の憧れの理想郷という側面と、アルカディアとはあべこべの、破壊的なまでに厳しい自然を備えているのである。(1) 劇中に出てくる「四季の変化」「真冬の風」「猛獣」などは、ある意味で「現実の過酷」に近いものと言えるかもしれない。森で隠遁生活を送っている老公爵(Duke Senior)は、このような自然の過酷さの中にこそ「心地よさ」があると言う。彼は、心の中に「黄金時代」を見出しているのだ。つまり『お気に召すまま』における牧歌は、登場人物たちによって内面に作り出されているのである。

しかし、このように自然の過酷さを善と見なす価値観に対して、道化タッチストーン(Touchstone)は、さかさまの視点を持つ。彼は、森の生活の厳しさや不便さを、文字どおり否定的に受け止めている。彼は、宮廷から森へと移動する宮廷人が「黄金時代」を内面化することによって、精神的な成長を遂げる中で、終始一貫して変わらない登場人物の一人である。いわゆる異端的存在であるタッチストーンの視点は、森という自然の世界を、手放しで賛美するという価値観に一石を投じ、反対の方向へと引き戻す役割を持つ。また道化を尊敬してやまないジェークイズも、老公爵をはじめとする貴族たちが、宮廷の価値観をそのまま森に持ち込んでいると非難している。このような反牧歌的視点を持つタッチストーンとジェークイズは、種本には存在せず、シェイクスピア独自の創作だと考えられている。シェイクスピアが、わざわざ牧歌に批判的な二人の人物を登場させたのには、何か重要な意味があったからに違いない。(2)

また、森という自然の世界が、男装したロザリンドとオーランドー(Orlando)との恋愛に、大きな影響を及ぼしていることは言うまでもない。森を舞台として展開する二人の恋愛劇は、『お気に召すまま』という芝居に対して、「劇中劇」のような性質を持つ。彼女はギャーニミード（Ganymed）という羊飼いに変装して、オーランドーとの恋愛を「お祭り気分」で楽しむ。このことは男装という手法が、彼女の精神を解放した結果であることは言うまでもないが、森という非日常的な空間の影響力も見過ごすことはできない。そこで本節では、『お気に召すまま』において、アーデンの森がどのように描かれているかということを、牧歌との関連の中で考えてみたいと思う。

ii

まず『お気に召すまま』という喜劇全体を覆っている、牧歌を概観しておくことにする。牧歌とは、腐敗した人間の世界である宮廷に対して、森などの自然界を純粋で無垢なものとして捉える考え方である。また、pastoral（牧歌）という語は、イタリア語の pastore に由来し、shepherd（羊飼い）を意味している。(3) この作品においても、ヒロイン、ロザリンドが若い羊飼いに身をやつし、宮廷から森へと逃亡する。このように上層階級に属する宮廷人が、都会から逃れて素朴な羊飼いの生活をするというのが牧歌である。『お気に召すまま』が牧歌と深い関係にあることは、劇冒頭の一幕一場ですでに明らかにされている。

Charles. They say he is already in the forest of Arden,

and a many merry men with him; and there
they live like the old Robin Hood of England. They
say many young gentlemen flock to him every day,
and fleet the time carelessly, as they did in the golden
world. (I.i. 114-19)

この台詞は、公爵お抱えのレスラーの口を借りて、観客たちに、追放された老公爵が、森でどのような生活をしているかを知らせる役割を果たしている。この中で、老公爵の暮らしぶりが、ロビンフッド伝説と重ね合わされている。ロビンフッドは、イングランド中部のシャーウッドの森に住んでいたといわれる義賊である。この義賊の首領は、中世以来バラッドなどに多く歌われ、当時の観客にとっては馴染み深いものだった。この台詞では、老公爵を中心として、若い貴族たち(“young gentlemen”)が、“Robin Hood”率いる義賊の一団に譬えられている。彼らが“the new Duke”(I.i. 100)の治める宮廷を離れ、連日“the old Duke”(99)のもとへと集まっているというくだりは、古きよき時代への回帰を思わせる。下線部の“flock”(集まる、群がる)という語は、羊などの動物の群れを連想させ、牧歌的雰囲気を醸しだすのに一役買っている。昔話に出てくる“Robin Hood”のごとく、気ままに時を過ごす彼らは、「鉄の時代」と言われる、現在の宮廷という堕落から逃れ、遠い昔の「黄金の時代」(“the golden world”)さながらの生活を楽しんでいるようである。初期の喜劇『ヴェローナの二紳士』にも、ロビンフッドのような暮らしをしている山賊たちが登場する。親友プロテイウス（Proteus）の悪巧みで、ミラノ（Milan）の宮廷を追われたヴァレンタイン（Valentine）は、森で山賊たちに出会う。彼は山賊たちと行動をともにするうちに、寂しいと思われた森の生活を、賑やかな町よりも快適なものに感じはじめる。このように、宮廷をはじき出された登場人物が、ロビンフッドのような暮らしを通して、「緑の世界」を経験することは、牧歌を基本構造とする喜劇には重要なことである。

牧歌というジャンルの研究は、一九七〇年代になって著しい成果を挙げるようになった。その中でもコリー（Rosalie L. Colie）は、この古典的な牧歌のパターンを、"exile from court; country restoration; triumphant return to court"[4]と説明しており、『お気に召すまま』も大枠としてこの弁証法的な三段構造を踏襲している。しかし、コリーが"*As You Like It* is by no means "officially" pastoral."と述べるごとく、実際に作品を細かく見ていくと、文字どおりの伝統的な牧歌とは異なる部分があるように思われる。[5]

iii

前述のとおり、劇の幕開きでは、老公爵らが「黄金時代さながらの暮らしをしている」と紹介されていたが、実際に舞台が森に移ると、必ずしもそうではないことに気づかされる。老公爵らが暮らしている森には、アルカディアにはない「四季の変化」「真冬の風」「獣」などが存在している。老公爵は厳しい自然の経験を、"Sweet are the uses of adversity,"（II.i. 12）と言う。この「逆境が人に与える教訓ほどうるわしいものはない」という表現には、“adversity”から“sweet”への価値転換が見られる。このような老公爵を彼の廷臣の一人アミアンズ（Amiens）は、“Happy is your Grace, / That can translate the stubbornness of fortune / Into so quiet and so sweet a style.”（II.i. 18-20）と評する。下線部の“translate”は“change”（変容する）という意味である。[6] シェイクスピア喜劇において、“trans-”を接頭辞とする語は、“transpose”, “transport”, “transform”, “transfigure”など多く見られ、劇の主題に大きく関わっている。[7]「変容」は『テンペスト』の“sea-change”（I.ii. 401）に見られるように、否定的な価値がプラスに変えられるというものである。シェイクスピアは、牧歌とは正反対の過酷な自然の中に「黄金時代」を見出すという価値の逆転を成し遂げているのである。

「逆境」を「うるわしいもの」に変えた老公爵は、さらに宮廷＝礼節、森＝粗野という二元論的な価値観までも打ち砕いている。森の住人が野蛮だとばかり思い込んでいたオーランドーは、空腹のあまり老公爵らの食卓に剣を持って乱入する。老公爵は暴力的なオーランドーに対して“Your gentleness shall force, / More than your force move us to gentleness.”（II.vii. 102-03）と静かに言う。下線部の二つの“gentleness”は、それぞれ「礼節」、「優しさ」という意味だと考えられる。[8] 宮廷では、たとえ三男であっても自分の“gentility”（生まれの良さ）を自負していたオーランドーであったが、森では正反対の行動をとってしまったことになる。彼は森の住人は粗野で乱暴だと思い込んでいたが、老公爵の穏やかなもの言いに驚きを隠せない。

Orlando. Speak you so gently? Pardon me, I pray you.
I thought that all things had been savage here,
And therefore put I on the countenance
Of stern command'ment. But what e'er you are
That in this desert inaccessible,
Under the shade of melancholy boughs,
Lose and neglect the creeping hours of time; (II.vii. 106-12)

川崎寿彦氏が『森のイングランド』の中で指摘するように、下線部〝savage〟は語源まで遡ると、ラテン語の〝silvaticus〟にゆきあたる。この語は、英語で〝woodland〟,〝wild〟を意味し、このことから「未開の森」すなわち〝savage〟（野蛮）ということになる。さらに二つ目の下線部〝desert〟も同じように、ラテン語〝deserere〟に由来する「見捨てられた土地」の意味で、森を連想させるものである。[9] これらのことを踏まえると、オーランドーが、うす暗い森で暮らす老公爵らを、「野蛮人」と思い込んだのも無理からぬことであった。彼にとってあらゆるものが〝savage〟であると信じていた森に、宮廷と同じく〝gentleness〟,〝gently〟という洗練された価値が存在していたことは大きな発見であったと思われる。

それに対して、宮廷の「洗練」を森に持ち込むことは、場違いなことであるという見方も存在する。牧歌とはそもそも、宮廷から森を一方的に見るという視点で描かれたものである。しかし、『お気に召すまま』では、森の住人の視点も強調されている。素朴な老羊飼いコリン（Corin）は、宮廷と田舎の礼儀作法に対する考え方の違いについて、"Those that are good manners at the court are as ridiculous in the country as the behavior of the country is most mockable at the court."（III.ii. 45-48）と語る。彼によると、宮廷と田舎には、それぞれに相応しい行儀作法があるというのである。この論理にしたがえば、森に宮廷の価値観を持ち込むことは滑稽なことだと言える。牧歌という観点から見ると、森は手放しで賛美されてしかるべきである。しかし、シェイクスピアは、つねに宮廷と森の価値を並置し、相対化しようとしているように思われる。このような宮廷と森のアンビギュイティーは、次のタッチストーンの台詞からも明らかとなる。

> *Touchstone.* Truly, shepherd, in respect of itself, it is
> a good life; but in respect that it is a shepherd's life,
> it is naught. In respect that it is solitary, I like
> it very well; but in respect that it is private, it is a
> very vild life. Now in respect it is in the fields, it
> pleaseth me well; but in respect it is not in the court,
> it is tedious. As it is a spare life look you it fits my
> humor well; but as there is no more plenty in it,

it goes much against my stomach.（III.ii. 13-21）

この台詞は、表面上は老羊飼いのコリンをからかうための、道化お得意の詭弁だと考えられる。しかし同時に、一つの事柄に両義性を見出すタッチストーンの視点が盛り込まれてもいる。タッチストーンにかかると、宮廷と森の価値がたちどころにひっくり返され、その境目がなくなってしまうのである。[10] タッチストーンのような wise fool に見られる「賢」と「愚」の両面価値は、「宮廷」と「森」のアンビギュイティーにまで通じていると言っても過言ではないだろう。

iv

道化は、宮廷の固定化した観念をいとも容易にひっくり返してしまうが、宮廷には、彼の視点を認めない、硬直した価値観がある。これに対して、森では道化の視点は重要なものとなる。タッチストーンは、ロザリンドのお供をして、なかば嫌々ながら森へやって来る。ロザリンドがやっと森にたどり着いて、ほっとした気持ちを“Well, this is the forest of Arden.”（II.iv. 15）と表現すると、タッチストーンは“Ay, now am I in Arden, the more fool I. When I was at home, I was in a better place, but travellers must be content.”（II.iv. 16-18）と、いかにも不満そうに言い返す。この中で彼は、自分が今アーデンの森に来ていることを、より「愚か」（“fool”）であると表現している。これは、彼自身が「道化」（“fool”）であることを意識したものであることは言うまでもない。しかしタッチストーンは、宮廷の方が“a better place”だと主張する。下線部“content”は、宮廷を出発するときのシーリアのことば、“Now go we in content / To liberty, and not to banishment.”（I.iii. 137-38）のエコーと見なすこともできる。シーリアの言う“content”は、“banishment”を“liberty”に価値転換する時の心の持ち方を表し、これから始まる冒険の旅への期待感が感じられる。しかし、タッチストーンのそれには、「不満を言いたいのはやまやまだが、旅先ではあるし、我慢せざるを得ない」という失望感が見られる。このように二人の“content”には、理想と現実の落差が存在している。

森では厭世家ジェークイズが道化に羨望の眼差しを向ける場面がある。ジェークイズは、森の中で偶然に道化と出会った喜びを“A fool, a fool! I met a fool i' th' forest, / A motley fool. A miserable world! / As I do live by food, I met a fool,”（II.vii. 12-14）と語る。この台詞の僅か三行の間に、“fool”という語が5回、また“f”の頭韻が7回見られ、彼の興奮ぶりが窺われる。ジェークイズが憧れる道化のまだら服は、どこでも誰に対しても好き勝手に発言できるという特権の象徴である。芝居において、登場人物の衣装は重要なものであり、彼のタッチストーンへの特別な思いは、道化の証であるまだら服を羨ましがる気持ちに表れている。

Jaques. Invest me in my motley; give me leave
To speak my mind, and I will through and through
Cleanse the foul body of th' infected world,

If they will patiently receive my medicine.（II.vii. 58-61）

この中でジェークイズは、世の中を疫病にかかった人間の体に喩えている。彼は、もし自分がまだら服の道化の格好をして、自由に発言できるなら、世の中を治療する薬になると考えている。この“th' infected world”が具体的に何を指しているかは分からないが、道化の中に含まれるような両面価値を理解できない、ピューリタンたちの世界を意味しているのかもしれない。

ジェークイズによると、道化は時計を眺め、時間の過ぎるのを観察しながら、“And so from hour to hour, we ripe and ripe, / And then from hour to hour, we rot and rot;”（II.vii. 26-27）と教訓めいたことばを発していた。この台詞によると、道化は「無時間」であるはずの森に、時計を持ち込んでいる。ジェークイズは、この時の道化の話しぶりを“[he] says very wisely”（II.vii. 23）と語り、宮廷から逃れてきた貴族たちの「牧歌的生活」とは反対の価値観を、タッチストーンに見出している。森における老公爵ら宮廷人たちの時間は、失われたものを回復するというクリエイティヴな性質を持っている。これに対して道化の言うそれは、刻一刻と死に向かっていく残酷さを孕んでいる。また、ロザリンドや老公爵には、逆境の中にも人生の意味を見出そうとする積極性が感じられるが、ジェークイズとタッチストーンの人生観は悲観的なものである。(11)

ジェークイズは、人間の生涯を七幕の芝居になぞらえた台詞の中で、赤ん坊の時代から、恋をする若者に成長し、壮年を迎え、やがては年を取っていくさまを、無常観に満ちた表現で語っている。このように人生を芝居に喩えることは、"theatrum mundi"（世界劇場）と呼ばれるもので、ルネッサンス期における壮大な通念であった。ジェークイズとタッチストーンの否定的な人生観は、『十二夜』のフェステ（Feste）が劇の最後に一人舞台に残り歌う、哀愁に満ちた歌とよく似ている。時間の流れの残酷さは、『十二夜』全体を覆い、劇そのものに影を落としているように見えるが、『お気に召すまま』においては、劇の祝祭性を損なうほどの影響力は持たないと思われる。しかし、ジェークイズとタッチストーンの破壊的な時間感覚は、劇中において大きな存在感があることも確かである。

V

ジェークイズの言う "All the world's a stage, / And all the men and women merely players;"（II.vii. 139-40）という「世界劇場」の観念は、ロザリンドとオーランドーの恋愛を論ずるとき、重要な意味を持つようになる。ギャーニミードに変装したロザリンドは、オーランドーの前でも本心を素直に語ることができる。そこで自分をロザリンドに見立てて、オーランドーに口説かせるということを思いつく。森の中で繰り広げられるギャーニミード扮するロザリンドとオーランドーとの恋愛劇には、「劇中劇」的な性質がある。一種の擬似恋愛とも言えるこの仕掛けは、結果的に本物の恋愛となって実を結ぶことになる。つまり、『お気に召すまま』という劇全体と、その中にある小さな「劇中劇」とが、合わせ鏡のような存在となっている。また、二人の恋愛の過程は、ジェークイズの人生を七幕の芝居と見なした台詞のうち、第三幕目に相当すると思われる。

Jaques.　And then the lover,
Sighing like furnace, with a woeful ballad
Made to his mistress' eyebrow.　(II.vii. 147-49)

下線部の「女性の顔立ちを切々と語ったバラッド」は、オーランドー のロザリンドを神格化したような詩を思い出させる。オーランドーの恋愛が観念的であるのに対して、ロザリンドのそれは現実的である。

　彼女の男装は、「男のふり」という一種の芝居だと見なされうる。その芝居によって彼女は、積極的に恋愛をリードしていくことができる。さらに「男のふり」をした上に「ロザリンドのふり」をするという具合に、一度男装というフィルターを通過させて再び自分に戻るという過程を辿るため、ロザリンドにとっては本音の恋愛が可能となる。しかし、優位に立っていたはずのロザリンドの方が、次第に恋の狂気に苦しむようになる。オーランドーが求婚する相手は、あくまでもギャニミードという名の若い羊飼いである。言い換えれば、彼が森の中で経験する恋愛は、芝居に過ぎないと言える。ロザリンドとオーランドーにとって芝居は、それぞれ違う意味を持っているのである。もともと二人の意識の間にずれがあるため、彼はロザリンドとの約束の時間に平気で遅刻をしてくる。一日千秋の思いで待っているロザリンドは、シーリアに向かって思いのたけをぶちまける。彼女の「男のふり」という芝居を通して、観客は恋に翻弄される一女性としての素顔を目の当たりにできる。森という異界で展開するロザリンドとオーランドーの恋愛劇は、虚構の世界であるはずの芝居から、正反対の価値である真実の恋愛を導く結果となる。このように、虚構が真実を生むという逆説は、老公爵が「逆境」を「うるわしいもの」に変えた価値転換と重なり合う。

vi

劇は大団円を迎え、すべての恋人たちが結ばれることとなる。これまで悪人として描かれていたフレデリック公爵も、森で偶然に年老いた隠者と出会い、これまでの所業を悔い改める。これによって老公爵も公爵の地位を回復し、森に逃げたものたちは皆、宮廷に戻ってゆく。このような過程は、まさに宮廷人たちが「緑の世界」を経験することによって、より次元の高い宮廷に止揚するという牧歌の弁証法的構造そのものだと言える。しかし、シェイクスピアは『お気に召すまま』という喜劇を、決して宮廷から一方的に森を見るという観点からのみ描いているわけではない。また、アーデンの森に冬の冷たい風を吹かせ、宮廷から逃れてきた人々を凍えさせてもいる。老公爵は、このような「四季の変化」に加えて、不便であり、野蛮でもある森の生活にこそ、「心地よさ」を見出している。『お気に召すまま』の牧歌は、老公爵らの心の中に存在しているのである。ヤング（David Young）が、「森の価値は、それぞれの登場人物の経験によって異なる」と言っているように、この作品で描かれる森は、森と出会う人々の立場や意識によって、さまざまな表情を見せる。[12]アーデンの森は、宮廷の虚飾に嫌気がさした宮廷人の心の癒しの場であると同時に、人間を死に追いやりかねない破壊性をも持っている。また、ロザリンドが男装を満喫し、オーランドーとの恋愛に酔いしれる場でもある。『お気に召すまま』の森は、コリーの言う"official"な牧歌の形式を取りながらも、互いに反発しあう価値が混在し、融合する空間なのである。

注

（1）『お気に召すまま』が、単純に伝統的なパストラリズムの範疇に収まりきれないことを、安西徹雄氏は『シェイクスピア―書斎と劇場のあいだ』（大修館、一九七八）で詳述している。

（2）バーバーはジェークイズとタッチストーンがシェイクスピアの創作であるという事実を、"The fact that he created both Jaques and Touchstone out of whole cloth, adding them to the story as it appears in Lodge's *Rosalynde*, is an index to what he did in dramatizing the prose romance."と評している。彼によると、ロッジの『ロザリンド』は文字通り牧歌のコンヴェンションの枠がしっかりと守られていて、そのためにリアリティーの軽視が見られるが、シェイクスピアの『お気に召すまま』には、人生との関係という視点が生き生きと描き出されている。

C.L. Barber, *Shakespeare's Festive Comedy* (1959; Princeton: Princeton UP, 1972), 227-28.

（3）*OED* sv pastoral 3.

（4）Rosalie L. Colie, *Shakespeare's Living Art* (Princeton: Princeton UP, 1974), 254.

（5）Colie, 245.

（6）*OED* 4.

（7）『お気に召すまま』において、この接頭辞を持つ複合語は他に2例見られる。
"transform'd"(II.vii. 1), "translate"(V.i. 53)
また、最も多く現れるのは『夏の夜の夢』の7例である。
"translated"(I.i. 191, III.i. 119, III.ii. 32), "transpose"(I.i. 233),
"transformed"(IV.i. 64), "transported"(IV.ii. 4), "transfigur'd"(V.i. 24)
『間違いの喜劇』には3例が見られる。
"transformed"(II.ii. 195), "transform"(III.ii. 40), "transform'd"(III.ii. 146)

（8）The New Cambridge Shakespeare, *As You Like It* (Cambridge: Cambridge UP, 2000) の編者ハッタウェイ（Michael Hattaway）は前者を"good breeding"(*OED* sv 2. *Obs.*) とし、後者を"courtesy"(*Obs.*) "kindliness" (*OED* sv 3.) と注釈している。

（9）川崎寿彦『森のイングランド』（一九八七、平凡社、一九九一）、11。

（10）ジェンキンズ（Harold Jenkins）は、タッチストーンとコリンのやり取りから、根本的には宮廷人も森の住人も同じであることを、"What emerges from encounter of these two realists is that ewe and ram, like man and woman, are put together and that creature's. In city or country, *all* ways of life are at bottom the same,…"と述べている。
Harold Jenkins, "*As You Like It*" in *Twentieth Century Interpretations of* As You Like It, ed. Jay L. Halio (Englewood Cliffs: Prentice-Hall, 1968), 39-40.

(11) ニーヴォは、ジェークイズは道化が瞑想的だと言って大笑いをしているが、彼自身の中にもタッチストーンのような笑われる対象としての “fool” 的性質があるとし、二人の間に共通項を見出している。さらに『リア王』(*King Lear*) の “handy dandy” を引き合いに出し、“Which is the mocker and which is the mocked?” と、哲学者をきどるジェークイズと道化の性質のアンビギュイティーを説明している。

Nevo, 185.

(12) Young, *The Heart's Forest* (New Haven and London: Yale UP, 1972), 50.

2　ロザリンドの変装の役割

i

『お気に召すまま』のロザリンドは、『ヴェローナの二紳士』のジュリア（Julia）、『ヴェニスの商人』のポーシャ（Portia）、『十二夜』のヴァイオラらと共に、男装する女主人公として知られている。周知のとおり、役者と観客の間には、モチーフとしての変装が、他の登場人物には絶対に見破られないという暗黙のルールがある。つまり、ヒロインの男装は、ヒロイン本人と全知の視点を有する観客のみが知りうる秘密なのである。『お気に召すまま』は、このようなヒロインと観客とのわくわくするような秘密の共有と、森という空間が齎す非日常的な解放感とが見事に融合した作品である。(1)

前節でも触れたとおり、ヒロインの変装が導き出すプロットは、見方を変えるならば一種の劇中劇的性質を持つ。そう考えると、ロザリンド扮するギャニミードが、オーランドーの前でロザリンド役をつとめることは、劇中劇の中の劇中劇を意味する。また、『お気に召すまま』そのものが芝居であるという事実を思い起こせば、この作品は入れ子細工の箱のような重層的構造をしていると考えられる。ギャニミードがロザリンド役を演じて、オーランドーとの恋愛の真似ごとをするという、劇中でもっとも小さな芝居は、翻って『お気に召すまま』という作品全体の幸せな大団円を導く原動力となる。ロザリンド→ギャニミード→ロザリンドという変装の過程は、単純に元の自分に戻るということを意味してはいない。ロザリンドは、一旦架空の男性ギャニミードを通過することによって、封建的な家父長制のもとで求められていた女性像の枠からの逸脱を可能にし、飾ることのない等身大の自分自身に戻ることができるのである。

森という舞台には、男装姿のロザリンドとオーランドーを中軸として、素朴な羊飼いのフィービー（Phebe）とシルヴィアス（Silvius）、道化タッチストーンと田舎娘オードリー（Audrey）のカップルが、三者三様の恋愛模様を作り出している。森の住人でありながらも、精神的な宮廷愛を繰り広げるフィービーとシルヴィアスに対して、タッチストーンとオードリーの恋愛は自然の情欲に従うという卑近なものである。この両者の間に立って、中庸をいくのがロザリンドとオーランドーのカップルだと考えられる。彼女自身が“Those that are in extremity of either are abominable fellows,”（IV.i. 5-6）と言うように、劇中において「極端」は忌み嫌われることである。愛のナチュラルな肉欲的側面と、女性を神のように崇めることによって自分自身の精神性をも高めようとする宮廷愛の間には、かなりの隔たりがあるように見えるが、その距離をロザリンドの変装が縮め、バランスのとれた恋愛を提示しているように思われる。そこで本節では、女主人公ロザリンドを中心として、彼女の変装が『お気に召すまま』という芝居の中でどのような位置を占め、またそれが果たす役割とはいかなるものかということを考えてみたい。

ii

『お気に召すまま』は、貴族の三男オーランドーが、長兄オリヴァー（Oliver）から奴隷のように扱われているということへの不平不満で幕が開く。ロザリンドも、はじめて登場する一幕二場で、父親が追放されたことを嘆き悲しんでいる。彼女の父親はかつて公爵であったが、弟にその地位を力ずくで奪われてしまっている。このように、カインとアベルを思わせる兄弟間の確執は、封建的な長子相続制という時代背景を強く意識させるものである。シェイクスピア劇にしばしば現れるこのテーマは、封建的秩序を守るという社会的視点と、虐げられる弟たちの個人的立場の視点という、"public"と"private"の対立と矛盾を描こうとするものである。また、現公爵フレデリック（Duke Frederick）と、オーランドーの亡き父親サー・ローランド・ド・ボイス（Sir Rowland de Boys）との敵対関係が語られ、男性中心の宮廷は争いが絶えることがない。ヒロインのロザリンドは、弟が兄の爵位を略奪するという、封建的秩序が混乱した宮廷に取り残されている。彼女の救いは、自分自身の明朗快活な性質と従妹シーリアの存在である。フレデリック公爵の実の娘であるシーリアは、いずれ自分が後継者となったあかつきには、爵位をロザリンドに返すと約束する。このことは、旧世代で起きた争いが、若い世代で融和へと向かうことの暗示のようにも思われる。この場面では、殺伐とした男性の世界とは対照的に、二人は互いの痛みを共感しあっていることが分かる。男たちが兄弟間で、互いを比較し争っている一方で、ロザリンドとシーリアの一心同体ぶりは"Juno's swans"（I.iii. 75）（ジュノーの車を引く二羽の白鳥）に喩えられるほどである。このような女性どうしの友情関係は、『夏の夜の夢』でも“a double cherry”（III.ii. 209），“Two lovely berries moulded on one stem”（III.ii. 211）と表現されており、ロザリンドとシーリアも、この「双子のさくらんぼ」のごとく、いつも行動を共にしている。シェイクスピア劇において、双子のイメージは常に「幼さ」を表すものである。『冬物語』（*The Winter's Tale*）にも、シシリア王レオンティーズ（Leontes）と、ボヘミア王ポリクシニーズ（Polixenes）との幼少時代が、「陽射しを浴びて双子の子羊のように跳ね回り、永遠に子供のままでいると信じきっていた」（I.ii. 67-68）と表現されている。彼らは後に、レオンティーズの根拠のない嫉妬によって敵対するのであるが、「双子の子羊」（“twinn'd lambs”）は、彼らの無垢な幼年時代の表象となっている。ロザリンドとシーリアは、「双子」という言及こそされていないが、“Juno's swans”という比喩から、それに類するイメージを汲み取ることができる。このことから二人は、宮廷において、未熟な少女時代を過ごしていると考えられる。

父親が追放されたことを嘆いているロザリンドは、シーリアの励ましに答えようと、“From henceforth I will, coz, and devise sports. Let me see—what think you of falling in love?”（I.ii.24-25）と、気晴らしの方法を考え出す。“sport”は、Anglo French の“disport”に由来し、「憂鬱を運び去るもの」つまり「気晴らし」あるいは「娯楽」と言った意味で、現在の「運動競技」を表す「スポーツ」よりも広い意味を持った語であった。ロザリンドはまだ、恋というものを実際に経験したことがなく、単なる陽気な遊びとしてしか捉えることができない。しかしこの台詞は、後にアーデンの森で展開するオーランドーとの恋の駆け引きを予感させる。彼女らの関心は、すぐに「運命の女神」（“Fortune”）をからかうことに移っていく。“Fortune”は、生誕後に与えられる身分や財産の恵みをつかさどる盲目の女神であり、生まれつきの容姿や才能を左右するのが“Nature”（自然の女神）である。ロザリンドの境遇を考えると“Nature”には恵まれているが、不実な“Fortune”には裏切られている。ここに道化タッチストーンも加わり、三人で軽快な機知の応酬が繰り広げられる。

当時宮廷女性には、「寡黙」「従順」「慎み深さ」[2]が求められていたが、彼女らはその枠を逸脱するような、機知に富んだことばのやり取りをしている。ロザリンドの頭のよさと饒舌ぶりは、彼女が男装を満喫する森の場で本領が発揮されるが、劇冒頭の宮廷においてもその片鱗が見られる。[3]ガードナー（Helen Gardner）が“It is a play of meetings and encounters, of conversations and sets of wit”と指摘するように、『お気に召すまま』は「出会いの劇」あるいは「対話の劇」と評されることがある。[4]ロザリンドはシーリアとの気の置けない会話の中で、次第に本来の明るさを取り戻していく。『十二夜』のヴァイオラという名前が、ひっそりとした「スミレ」を表しているのに対して、“Rose”（I.ii. 23）という呼び名が示しているように、ロザリンドは華やかで芳しい「バラ」を思わせるヒロインである。

しばしば、宮廷におけるロザリンドはシーリアと比較され、口数が少なく、寡黙な女性であると評されることがある。[5]確かに台詞の数は、従妹シーリアが勝っているし、父親が追放されたという状況も、彼女の気持ちを憂鬱にさせている。しかし、彼女は意気消沈していながらも、現在置かれている不幸な運命（Fortune）でさえ揶揄するような生来の知恵（Nature）を備えているのである。ロザリンドが生まれながらにして持っている機知は、シーリアとタッチストーンと共に、公爵の家臣ル・ヴォー（Le Beau）をからかう台詞に現れている。

Celia. *Bon jour*, Monsieur Le Beau. What's the news?

Le Beau. Fair princess, you have lost much good sport.

Celia. Sport ! of what color?

Le Beau. What color, madam? How shall I answer you?

Rosalind. As wit and fortune will.

Touchstone. Or as the Destinies decrees.

Celia. Well said—that was laid on with a trowel.

Touchstone. Nay, if I keep not my rank—

Rosalind. Thou losest thy old smell.

Le Beau. You amaze me, ladies. (I.ii. 97-109)

この中で三人は、息もぴったりに慇懃な宮廷人ル・ヴォーをやりこめ、面白がっている。ル・ヴォーはシーリアの言う“color”を、文字通り「色」と解釈したため意味が通じず、答えに窮する。当惑気味のル・ヴォーに対してロザリンドは、つい先ほどまで話題にしていた“Fortune”と“Nature”を引き合いに出し、彼の生まれつきの知恵の無さを皮肉る。すかさず道化は、“Destinies”「運命の三姉妹」と大げさなことば遣いで応戦する。さらに“rank”（道化は「身分」の意味で使ったが、ロザリンドは「悪臭」で受ける）と“smell”のことば遊びが続き、ル・ヴォーはことば遊びについてゆけず、お手上げとなる。しかしこの場面は、ロザリンドとシーリアが、気取った宮廷人を機知に富んだことばの応酬によって、からかいの的にするというだけにはとどまらない重要な意味をもっている。その意味を解く鍵となるのが、下線部の“sport”という語である。この語は、先に挙げたロザリンドとシーリアの言う“sport”のエコーであると考えてもよいだろう。ロザリンドはレスリングという“sport”を見ることによって、自分のことばどおりオーランドーとの恋愛という“sport”を経験することになる。

　はじめてオーランドーがロザリンドの前に姿を現すと、先ほどまでのふざけた調子は一変する。ロザリンドとシーリアは、まだ若いオーランドーに強健なレスラーのチャールズ（Charles）との試合を思いとどまらせようと説得を試みるが、彼の決心は固い。はたして周囲の期待を破り、オーランドーはみごとチャールズを倒す。このことがきっかけとなり、二人は互いに恋に落ちる。ここでもロザリンドは、宮廷女性としての慎みを逸脱したような行動をとる。彼女はオーランドーに、自分の首飾りを差し出し、一旦は彼のもとを離れる。しかしすぐに、“He calls us back. My pride fell with my fortunes,”

（I.ii. 252-53）と言って戻ってくる。“My pride”は、彼女の宮廷女性としての自尊心を意味している。ロザリンドは、それが彼女の不幸な運命と同じように、地に落ちてしまったと嘆いているが、この台詞は恋をしたロザリンドの心持ちをリアルに表現するものでもある。さらに彼女は、オーランドーに一目惚れしてしまったことをレスリングの試合に掛けて、“Sir, you have wrastled well, and overthrown / More than your enemies.”（I.ii. 253-54）と表現する。彼女の「あなたは、敵以上のものを倒してしまった」ということばは、オーランドーに対する愛の告白とも取れる台詞である。彼女は森で変装することによって、より大胆な振舞いをするようになるが、行動を制限された宮廷の場でも、すでに素直な感情をあらわにしているのである。一方、オーランドーも期せずしてロザリンドと同じことば“overthrown”を使って、“O poor Orlando! thou art overthrown, / Or Charles, or something weaker, masters thee.”（I.ii 259-60）と、屈強なレスラーではなく、か弱い女性に打ち負かされてしまったことを、観客だけに打ち明けている。

恋の病に取りつかれたロザリンドは、シーリアの前でもふさぎこんでしまう。シーリアに憂鬱の理由（“reasons”（I.iii. 6））をしつこく聞かれ、彼女はすかさず“reasons”を「正気」ということば遊びで返しながら、恋という狂気“mad”（I.iii. 8）に陥りそうだと告白する。これは、後に彼女がオーランドーに向かって言うことば、“Love is merely a madness,”（III.ii. 400）を思い起こさせる。続いてシーリアは、彼女が沈んでいる理由を“But is all this for your father ?”（I.iii. 10）と問いただすと、ロザリンドは“No, some of it is for my child's father.”（I.iii. 11）と答える。劇冒頭では、彼女の憂鬱の原因は父親の追放にあったが、この場に至っては、父親のことなど眼中になく、「将来自分の子供の父親になる人」（具体的にはオーランドー）で頭がいっぱいのように見える。続いてロザリンドは、宮廷の生活の閉塞感を“O how full of briers is this working-day world!”（I.iii. 11-12）と嘆く。この中で、狂気という内面と、彼女の外側を取り巻く、秩序ある宮廷の堅苦しさというアンビヴァレンスが「苦痛に満ちたいばらの道」と表現されている。シーリアは、この“this working-day world”（この平凡な日々）に対抗して、“holiday foolery”（I.iii. 14）ということばを使い、恋などというものは「お祭り気分の悪ふざけ」で投げつけられた「いが」“burs”（I.iii. 13）みたいなものだと軽口を叩く。後にロザリンドは、オーランドーとの恋の駆け引きの中で、“I am in a holiday humor”（IV.i. 68）と意気揚々と述べることになるが、すでにこの場面で、彼女のふつふつと湧いてくる恋の狂気は、今いる宮廷という日常の場には収まりきれなくなっている。

ロザリンドは、娘のシーリアよりも世間の評判の良いことを妬んだフレデッリック公爵によって、追放を言い渡される。そこで彼女はシーリアと共に、父親のいるアーデンの森へと向かうことにする。二人の森への逃避行は、宮廷という日常の世界から、祝祭的な非日常への移動を意味する。森という非日常的な異界の中で、変装姿のロザリンドはより輝いて見える。

彼女は、男に変装するという思いつきを次のように語る。

Rosalind. 　　Were it not better,

Because that I am more than common tall,
That I did suit me all points like a man?
A gallant curtle-axe upon my thigh,
A boar-spear in my hand, and — in my heart
Lie there what hidden woman's fear there will—
We'll have a swashing and a martial outside,
As many other mannish cowards have
That do outface it with their semblances.（I.iii. 114-22）

この中には、見せかけと内面というシェイクスピア劇において重要な問題が含まれている。彼女は、頭の先からつま先まで、軍人のような厳めしい男の格好をすることで、女としての弱さを隠そうとする。しかし、ロザリンドが身につけようとしている衣装は、“a gallant curtle-axe”や“a boar-spear”などの、フランス語由来の語を含む表現に見られるように、優雅な宮廷風で、彼女の言う“a swashing and a martial outside”とは、ほど遠いものである。またギャニミードという名前も、ゼウスの盃もちの美少年を表し、どこか頼りなげである。このことについて彼女自身も、“mannish cowards”というパラドックスで言い表している。このような外見と内面の不一致は、彼女らが背負った、森への追放という過酷な運命と、それを忘れたかのような、あっけらかんとした変装の思いつきの落差に通じるものがある。二人にとって、変装して宮廷を逃げ出すということは、“sport”の延長線上にあり、「気晴らし」の一環であったと考えてもよいのではないか。二人が宮廷で過ごす最後の場となる一幕三場は、シーリアの台詞“Now go we in content / To liberty, and not to banishment.”（I.iii. 137-38）で締めくくられる。下線部の“content”（満足）というプラスイメージを持つ語を、“banishment”（追放）というマイナスイメージの強い語との rime には、二人の森への逃避が、公爵の怒りに触れたことによる「追放」と、閉鎖的な宮廷からの「解放」（“liberty”）という両面価値が含まれているように思われる。

iii

やっとのことで森に辿りついたロザリンドは、シルヴィアスとコリンの二人連れの羊飼いに出会う。彼らの会話から、どうやらシルヴィアスが恋に悩んでいるらしいことが分かる。この場面で興味深いのは、ロザリンドら宮廷人の台詞が散文であるのに対して、シルヴィアスは韻文体で恋を語っていることである。彼のことば“But if thy love were ever like to mine— / As sure I think did never man love so —”（II.iv. 28-29）は、『十二夜』のオーシーノー公爵を思い起こさせる。この二人の共通項は、自分ほど恋したものはいないと、自己を絶対視している点にある。そもそも恋愛というものは、他者と比較しうる次元のものではなく、恋する者の一人よがりで身勝手なものである。しかし、このような恋愛は、客観的に見れば陳腐である。特に、森の住人であるシルヴィアスが宮廷人気取りで恋愛を語る口調は、滑稽でならない。しかし、オーランドーに恋をしてしまったロザリンドは、オーランドーが

"O Phebe, Phebe, Phebe!" (II.iv. 43) と、田舎娘の名を3回も連呼したのを聞いて、"Alas, poor shepherd, searching of thy wound, / I have by hard adventure found mine own." (II.iv. 44-45) と、オーランドーへの恋心を思い出し胸の傷が痛むのを感じとっている。またタッチストーンも、"I remember when I was in love, I broke my sword upon a stone, and bid him take that for coming a-night to Jane Smile;" (II.iv. 46-48) と、具体的に恋愛経験を語る。台詞中の"him"は、"stone"を指すと考えられるが、漠然と恋敵を意味するとも取れる。そうなると、この台詞は恋敵を脅す内容となる。さらに、"sword"が"penis"を連想させることから、タッチストーンのことばは猥雑な意味をも含んでいる。彼の恋愛観は、いつもセクシャルなものに終始し、その域を脱することはない。このように、ロザリンドが森に到着した直後のこの場面では、恋に病むシルヴィアスの姿から、ロザリンドとタッチストーンがそれぞれの恋愛に引き付けて考えているさまが見られる。

一方オーランドーは、宮廷でロザリンドに出会って以来、「ロザリンド病」とでも言うべき恋の病に陥っていた。シーリアは偶然に、オーランドーがロザリンドへの恋の情熱を綴った詩を、あちらこちらの木の幹に刻み付けているのを目撃する。彼女はロザリンドが盗み聞きしていると知りながら、わざと聞こえるように詩を朗読する。まだ詩の作者がオーランドーだと知らないロザリンドは、宮廷風恋愛調の詩を退屈だと馬鹿にしながらも、うれしさを隠しきれないでいる。ロザリンドは、男装をしながらも、シーリアと二人きりの時はいつでも、女性としての本音を率直に表現することができる。彼女は性の境界線を自由に往き来できるヒロインなのである。ヒロインの変装の手法から導かれる、見せかけと内面の問題についてはすでに触れたが、ロザリンドの“Good my complexion, dost thou think, though I am caparison'd like a man, I have a doublet and hose in my disposition?”(III.ii. 194-96)という台詞には、男装という表向きと、その下に隠された女としての自分自身という二面性が見受けられる。ロザリンドという一人の人物の中に、男の衣装である“a doublet and hose”を着ている自分と、オーランドーに恋をしている女性としての自分の二つの性質が、共存していることになる。

彼女は、詩の作者がオーランドーであると知り、次のようにシーリアを質問攻めにする。彼女はこの時、恋に夢中な一女性に戻っている。

Rosalind. What did he when thou saw'st him?
What said he? How look'd he? Wherein went he?
What makes he here? Did he ask for me? Where
remains he? How parted he with thee? And when
shalt thou see him again? Answer me in one word. (III.ii 220-24)

この台詞には、ロザリンドのオーランドーへのほとばしる情熱が見られ、宮廷で求められる「従順」「寡黙」「慎み深さ」という女性らしさは微塵も感じられない。ロザリンドが宮廷女性としての慎みをかなぐり捨てたところに、女らしいリアリティーが存在しているのである。[6] 彼女は、思ったことをすぐ口にしている自分自身を“Do you not know I am a woman? when I think, I must speak.”（III.ii. 249-50）と表現している。これは宮廷における「寡黙」という美徳とは、正反対の価値である。森では、“a holiday humor”によって表される非日常的な祝祭性と、男装が齎す解放感とがあいまって、女らしさの価値観までも宮廷とは逆転しているのである。

　ロザリンドはシーリアの前では、宮廷の場でも自分の本心を語っていたが、森の場面では男装の力を借りて、ますますその饒舌さに拍車がかかる。恋人オーランドーを目の前にして、宮廷では少し当惑気味であったロザリンドは、森に来て会話の主導権を握るようになる。オーランドーの“there's no clock in the forest.”（III.ii. 300-01）を受けて、彼女はすかさず“Then there is no true lover in the forest, else sighing every minute and groaning every hour would detect the lazy foot of Time as well as a clock.”（III.ii. 302-05）と機転の利いた答えをする。この中でロザリンドは、恋人を時計に喩えて、時の“lazy”な歩みを一時間ごとのため息と、うめきで知らせると言う。彼女はこの時、単にことばの上だけで恋人の性質を語るが、後にオーランドーとの恋愛の中で、じれったいほど遅い時の流れを、身をもって体験することになる。

　ことばにおいてオーランドーを圧倒しているロザリンドであるが、その饒舌さゆえに、観客には彼女が女であることや高い身分が透けて見えるところがある。

Orlando. Where dwell you, pretty youth?

Rosalind. With this shepherdess, my sister; here in the skirts of the forest, like fringe upon a petticoat.
Orlando. Are you native of this place?
Rosalind. As the cony that you see dwell where she is kindled.
Orlando. Your accent is something finer than you could purchase in so remov'd a dwelling.（III.ii. 334-42）

この中で彼女は、オーランドーに住んでいる場所を聞かれ、"the skirts"や"fringe upon a petticoat"のような女性ならではの表現を使って答えている。また、このような田舎では身に付かないような、宮廷風で洗練されたことば使いも漏れている。ふと漏らしたかと思えば、"I thank God I am not a woman,"（III.ii. 347-48）と、女性を強く否定したりもする。彼女が女でありながら男装していることを知っている観客は、ここで思わず笑いをこぼす。さらに、ロザリンド役を演じているのは少年俳優であることを思い起こせば、より可笑しみがましてくる。このように変装は、ヒロイン本人、変装を知らない登場人物、観客の三者の間に認識のずれを生むようになる。このずれは、変装をテーマとする芝居の面白さの一つであるが、『お気に召すまま』では、さらにこのずれが polyphonic に重なり、複

雑化している。(7)

iv

ロザリンドはオーランドーが自分に恋をしていると知って以来、男装の目的を野蛮な森で身を守るということから、恋愛の成就へと転換させる。彼女はオーランドーを宮廷風恋愛から目覚めさせるための治療と称して、自分をロザリンドに見たてて口説かせるということをはじめる。ロザリンドにとってこの治療は、ギャーニミードの格好をしながら本来の自分に戻ることができるので、これほど好都合なことはない。またこの場面で注目すべきことは、もともと少年俳優が女役のロザリンドを演じ、そのロザリンドが男装してギャーニミードとなり、ギャーニミードがロザリンドのふりをするという具合に、男と女の性が幾重にも折り重なっているということである。しかし、オーランドーにとっての彼女の存在は、あくまでもロザリンドのふりをしたギャーニミードという若者に他ならない。つまり、ロザリンドとオーランドーの恋愛の駆け引きには、互いの意識にかなりの温度差があるのである。ロザリンドにしてみれば、森の中でのオーランドーとのやり取りは、本物の恋愛体験と言えるが、彼にとってはあくまでも擬似恋愛にすぎない。(8)オーランドーはロザリンドとの約束の時間に、平気で遅刻をしてくる。彼が来るのを今か今かと待ちわびているロザリンドにとって、一時間が一日のようにも感じられる。オーランドーに対して優位に立っていたはずのロザリンドは、結局は彼に振りまわされてしまっているのである。彼女は“Love is merely a madness”と、恋というものを狂気にすぎないと一般論として語っていた。しかし、実はかつて彼女自身が“the other [Rosalind] mad without any.”(I.iii. 8-9)と軽く言った狂気を、自ら実体験することになる。“madness”あるいは“mad”という語は、シェイクスピア喜劇に繰り返して使われ、特に『間違いの喜劇』や『十二夜』に多く現れる。『お気に召すまま』において、“mad”は2回、“madness”は3回とそれぞれ使用回数こそ少ない(9)。だが、『夏の夜の夢』でシーシュースが“The lunatic, the lover, and the poet / Are of imagination all compact.”(V.i. 7-8)と言うように、恋を成就させるには、「狂気」は必然の過程である。

自ら恋の狂気を味わっているロザリンドは、やっとのことで現れたオーランドーに対して次のように感情をぶつける。

> *Rosalind.* Come, woo me, woo me; for now I am in a holiday humor, and like enough to consent. What would you say to me now, and I were your very very Rosalind? (IV.i. 68-71)

この中の“Come, woo me, woo me”は、ロザリンドが宮廷でとりすましていては、到底口にだすことができない積極的な発言である。ヒロインの男装の事実を知っている観客には、“and I were your very very Rosalind”という仮定法が、実はロザリンド本人であるという激白として受け取られる。この場面では、他にもこの台詞に類する表現が、"And I am your Rosalind." (IV.i. 65)、"if I were your mistress" (83)、"Am not I your Rosalind?" (88) と繰り返されている。これら四通りの表現は、微妙なニュアンスこそ違え、オーランドーの目の前にいる自分が、まさに恋人ロザリンドであるという断言に他ならない。また、観客の目には、ロザリンドが森という「緑の世界」や、芝居の男装という仕掛けの力を借りて、"I am in a holiday humor" ということばどおり、祝祭にも似た解放感を味わっているように見える。森へやって来る前は、"sport"「気晴らし」にすぎなかったロザリンドの恋愛が、本物の恋愛体験へと変化したのである。

前述のとおり、ギャニミードがロザリンドのふりをすることは、ヒロインの変装という劇中劇の中に、さらにもう一つ芝居が存在することであり、これが『お気に召すまま』という喜劇全体を幸せな結末へと導く推進力である。繰り返すようになるが、ロザリンドの変装がこの二つの劇中劇を演出するのに、重要な役割を果たすことは言うまでもない。ブラッドブルック (M.C. Bradbrook) が、変装の特徴を「ディスガイズは本来の役割を拡大し、またその隠れた可能性を発見する」と指摘しているとおり、ロザリンドは身を守るためという当初の目的を広げ、男装を恋愛の成就のために利用している。[10] 彼女は、男に扮するからこそ、女であるときには味わえなかった、率直な恋愛を経験することができるようになる。

また、ギャニミードがロザリンドを演ずるという、劇中で最も小さい芝居の中で、彼女はオーランドーの宮廷愛と、理想化された女性観を正そうとする。[11] 彼女の「古今東西、愛のために死んだ人はいない」という醒めた恋愛観は、オーランドーに“I would not have my right Rosalind of this mind,”(IV.i. 109-10) と言わしめる。さらに、ロザリンドは女性について、極めて世俗的な表現を交えて次のように表現する。

Rosalind. ... maids are May when they are maids, but the sky changes when they are wives. I will be more jealous of thee than a Barbary cock-pigeon over his hen, more clamorous than a parrot against rain, more new-fangled than an ape, more giddy in my desires than a monkey. (IV.i. 148-53)

この中でロザリンドは、女性の「気の変わりやすさ」「嫉妬深さ」「騒々しさ」「好色さ」を、鳥や猿などの獣と比較しながら述べている。[12] 特に鳩の比喩は、タッチストーンの肉欲的な結婚観を表す台詞“... and as pigeons bill, so wedlock would be nibbling.”(III.iii. 81-82) を思い出させる。これは理想主義的な愛の考えとは対照的な、古代ローマから途絶えることなく脈々と流れていた、女性を性愛の対象と見なすナチュラリスティックな観念である。[13] タッチストーンにも似た、ロザリンドの極めて世俗的な恋愛の側面は、オーランドーに現実的な恋愛を示すことで、彼をロマンティックな宮廷愛から目覚めさせる役割を果たす。このように拡大された変装の役割は、ヒロイン本人の内的発展だけにとどまらず、彼女と関わる他の登場人物の心の変容にも影響を及ぼすようになる。

しかし、オーランドーの前では、恋愛をリードしていたロザリンドであるが、彼が姿を消すと途端に弱気になってしまう。彼女は男と女を巧みに使い分けながらも、シーリアの前では恋に悩む一人のか弱い女性に戻っている。ギャニミードがロザリンドを演ずる劇中劇は、『お気に召すまま』という喜劇を映す鏡のような存在である。さらに言うならば、彼女の男装も、本物の自分自身を映し出す鏡であると言える。ロザリンドは、男になるという性の逆転を経験することによって、客観的視点を獲得する。男というさかさまの視点から、改めて女としての自分を見直すと、彼女はオーランドーが言うような、理想化された女性ではないことに気が付く。男装という鏡には、ロザリンドの恋する女性としての飾ることのない姿が、ありのままに映し出されているのである。

V

男装したロザリンドとオーランドーの恋の駆け引きは、外面だけでとらえるならば、男同士の求愛という滑稽なものとなる。さらに、彼女の男装は、間違って女が女に恋をするという事態も招いてしまう。変装の事実を知らない女性は、男装の麗人ともいうべきヒロインに惹きつけられる。『お気に召すまま』では、ロザリンドの変装姿に羊飼いの娘フィービーが夢中になってしまう。また『十二夜』においても、男装したヴァイオラに、公爵の求婚相手オリヴィアが一目惚れをする。女性たちは恋をしている相手が女であるなどとは知るよしもなく、自分たちの思いが叶わないことに苛立つ。ロザリンド流に言うと「狂気」にすぎない恋に、女性たちが右往左往する姿は、観客の笑いを誘う。このことは、『夏の夜の夢』の中で男女四人の若者たちが、妖精の魔法で恋人が入れ替わり、大混乱になるのを思い起こさせる。パックは滑稽な四人を"Lord, what fools these mortals be!"(III.ii. 115)と、笑って見ている。このパックの視点は、『お気に召すまま』を見ている観客のそれと重なり合うように思われる。

この作品には、ロザリンドとオーランドーを中心に、あと三組のカップルが誕生する。オリヴァーとシーリアは、劇のコンヴェンショナルな枠組みの中で、必然的に誕生したカップルである。したがって、劇中ではこの二人を除いた三組の恋人たちによる求愛のパターンが見られる。ロザリンドとオーランドーの恋愛は、今まで述べてきたように、精神性を追い求める理想論と、ナチュラリスティックな性愛とが極端に走らず、バランスよく調和したものである。性愛と言っても、シーリアのことば"...love no man in good earnest, nor no further in sport neither, than with safety of a pure blush thou mayst in honor come off again."(I.ii. 27-29)どおり、決して宮廷女性の慎みを踏み外すものではない。それはオーランドーとの直接的な求愛があるにもかかわらず、いつも彼女の男装が、彼との間にクッションとして働いているからである。ロザリンドはオーランドーと直に愛のことばを交わしながらも、頬を赤く染める程度でいつでも戻ってこられる安心感を持っている。宮廷人である二人が、男装という安全弁の力を借りて、現実に即した恋愛を可能にしている一方で、シルヴィアスとフィービーは素朴な羊飼いには似合わず、典型的な宮廷風恋愛を繰り広げる。シルヴィアスは必死の思いでフィービーに求愛するが、ロザリンドに夢中な彼女は頑なに拒絶している。ロザリンドとオーランドーの会話が散文体であるにもかかわらず、彼らのやり取りは韻文体である。森の中では、宮廷人や羊飼いなどの社会的立場が混乱していると考えられるのである。またタッチストーンはオードリーを性愛の対象としてしか見ておらず、二人の恋愛は肉欲的である。このように『お気に召すまま』には、ロザリンドとオーランドーを中心として、三者三様の求愛が見られる。これらの恋愛に土壇場でオリヴァーとシーリアが加わり、大団円では四組のカップルが奏でるハーモニーが完成する。

このハーモニーは、「恋をするとはどういうことか」（V.ii.83-84）という問いかけに、恋人たちがそれぞれの立場から、声をそろえて答える場面に現れている。この問いに対して、シルヴィアスが報われない宮廷愛につきものの、「ため息」や「涙」という語を使って、"It is to be all made of sighs and tears, / And so am I for Phebe."（V.ii. 84-85）と口火を切ると、フィービー、オーランドー、ロザリンド扮するギャニミードが、次のようにことばを続ける。

Phebe. And I for Ganymede.
Orlando. And I for Rosalind.
Rosalind. And I for no woman.（V.ii. 86-88）

このやり取りは、以後3回繰り返される。四人の恋愛は終ることのない円を描き、まるでロンドを奏でているようである。この変奏曲は、ロザリンドが男装を解かないかぎり、永遠に繰り返されることになる。前述のように、ロザリンド扮するギャニミードとオーランドーの恋愛は、男装という仕掛けがなければ成立しない。もともと互いの気持ちにずれのあるこの恋愛の駆け引きに、オーランドーはついに"I can live no longer thinking."（V.ii. 50）と告白する。この時点で、ロザリンドの変装は限界点に達している。彼女が変装を解かないかぎり、オーランドーとの結婚は不可能であり、かわいそうなフィービーの恋も行き場を失ってしまうのである。

vi

いよいよ大団円である祝祭そのものの時期を迎える。この場面では、女性に戻ったロザリンドとオーランドーの他、三組の結婚が、ハイメン（結婚の女神）の歌で厳かに祝われる。ここで、結婚という極めて日常的なものが、森という非日常の空間と、ロザリンド扮するギャニミードという、架空の人物によって導き出される。オーランドーも、単なる擬似恋愛と思い込んでいたものが、実は本物であったことに気付かされる。劇全体を俯瞰すると、ヒロインの変装という虚構から、真実の愛が導き出され、結果的に複数のカップルが誕生するというパラドックスが起こる。また、ロザリンド自身にとっての変装は、彼女自身の客体化により、冷静な目で女性というものを見せてくれる道具となる。それによって、劇中には、父権制のもとで理想化された女性像ではなく、生身の人間としてのロザリンドが、リアリスッティクに表現されている。

一方観客は、彼女が自分自身の本性を、男の衣装の下に隠そうとすればするほど、表に溢れ出てくるのを感じ取ることができる。それをオーランドーも、無意識のうちに感知していかように思われる。その証拠に、彼は老公爵との会話の中で、"My lord, the first time that I ever saw him / Methought he was a brother to your daughter."（V.iv. 28-29）と、ギャニミードの中にロザリンドの面影を見出していたことを告白している。彼は、ロザリンドそっくりのギャニミードという架空の人物との会話を通して、ロマンティックな宮廷愛から目覚め、現実のロザリンドとの結婚へと向かっていく。ロザリンド自身も、男装という過程を経ることによって、単なる"sport"ではない、現実に即した恋愛の喜怒哀楽を経験する。これによって、彼女は男の衣装を脱いだ時に、もとの自分よりも一段と成長を遂げている。また、ギャニミードに夢中で、シルヴィアスを拒絶することに生きがいを感じていたフィービーも、自分の愚かさに気づくようになる。

ロザリンドは、ギャニミードから変装を解いて自分に戻るという過程において、"a magician"（V.ii. 71）の力を借りたかのように振舞う。彼女の思惑どおり、オーランドーをはじめとして、変装を知らない登場人物は、ロザリンドの突然の出現を、本当に「魔法」の力によるものであるかのように感じる。彼女が考え出した「魔法」は、『夏の夜の夢』の妖精たちのように、森という空間や、変装の仕掛けの中に、本当に存在していたのかもしれない。シェイクスピアは、「変装」や「森」という伝統的なテーマに、新たな息吹を吹き込み、まるで魔法のように新しい可能性を見出しているように思われる。

シェイクスピアの喜劇時代の中で、ヒロインの変装の手法が作品のプロット展開に最大限に生かされた喜劇は、『お気に召すまま』が最後となる。この劇の後、悲劇の傑作『ハムレット』、そしてロマンティックコメディの集大成である『十二夜』へと続く。『十二夜』に至っては、ヒロインの変装がもたらす混乱は、解決されないまま残ってしまう。したがって、『お気に召すまま』は、ヒロインの変装という手法が最も成功した喜劇として重要な位置を占めていると考えられる。

注

（1）川地美子氏は、ヒロインの変装と観客との関係について、「『お気に召すまま』という喜劇を見物する観客は、牧歌的世界でロザリンドが演出し、自ら演じる「劇中劇」を楽しみながら、彼等自身もまた自己を再発見する機会を与えられることになる」と述べている。
川地美子『シェイクスピアの時間論』（成美堂、一九九八）、115。

（2）これらの出典は、『新約聖書』の *1 Timothy2.9-12* に見られる。

（3）ファイアラス(Peter G. Phialas)は、ロザリンドの性質の明るさと柔軟性がすでに宮廷の場で現れていることについて、"Shakespeare has already injected a note of self-awareness in her speech which gives it a lightness and flexibility and in addition a special quality of humor." と説明している。
Peter G. Phialas, *Shakespeare's Romantic Comedies* (Chapel Hill: The Univ. of North Carolina Press, 1966), 244.

（4） Helen Gardner, "*As You Like It*" in *Twentieth Century Interpretations of As You Like It*, ed. Jay L. Halio (Englewood Cliffs: Prentice-Hall, 1968), 65.

（5） レガットは、宮廷においてシーリアがイニシアティヴを握っていることを"Celia is the woman with the wit and initiative, and Rosalind merely follows along."と指摘している。

Leggatt, 194.

（6） 上野美子氏は、ロザリンドについて、「恋する女の匂やかな情感と、恋する自分自身を異化する機知とが、めでたく共存しているのだ」と評している。上野、「なにがアーデンの森で起こったか」『シェイクスピアの喜劇』日本シェイクスピア協会編（研究社、一九八二）、108。

（7） 『お気に召すまま』に、音楽的なハーモニーを見出したガードナーは、この喜劇を"Shakespeare's most Mozartian comedy"と表現している。

Gardner, 56.

（8） 変装という仕掛けが齎す誤解は、結果的に真実を導き出すということについて、マックファーランド（Thomas McFarland）は、"love is a mistaking of reality."と述べている。

Thomas McFarland, *Shakespeare's Pastoral Comedy* (Chapel Hill: The Univ. of North Carolina Press, 1972), 117.

（9） "mad"(I.iii. 9), (III.ii. 418) "madness"(III.ii. 400, 419), (IV.i. 213)

（10） M.C. Bradbrook, *The Growth and Structure of Elizabethan Comedy* (1955; London: Chatto & Windus, 1973), 88.

（11）藤田實氏はロザリンドの変装の役割を、「オーランドーをこの愛の観念化と習俗化の次元から、はつらつとした生命そのものの新鮮な息吹にみちた愛の次元へと脱却させる喜劇の方法と考えることができるのであるが、愛するという行為にまつわる愚かしさや観念化を衝き、風刺し、批評しつつ、愛するという行為に含まれた人間としての真実さを回復し、結婚を祝福してゆくのが、シェイクスピア喜劇の一般的特徴と考えられるのである」と説明している。

藤田實「喜劇のことばとことばの喜劇」『シェイクスピアの喜劇』日本シェイクスピア協会編（研究社、一九八二）、73。

（12）ロザリンドが、理想化されたロマンスの女性像を、世俗的な視点から見ることによって、破壊しようとしていることについて安西徹雄氏は、「アンチ・ロマンティシズムを、ほかならぬロマンスのヒロインたるロザリンド自身のうちに共存させることによって生ずる劇的効果は、このヒロインを単なるロマンスのヒロインに終わらせず、ナチュラリストや、あるいはファブリオー流の風刺にさらされてもなお耐えうるような、より現実的、人間的で、よりトータルな女性のイメージにまで成熟させるということではないか」と指摘している。

安西、「シェイクスピアの女性像」『英国ルネッサンス文学の女性像』〈ルネッサンス双書 13〉石井正之助、ピーター・ミルワード監修（荒竹出版、一九八二）、46。

（13）安西、33。

3 “private” と “public” の葛藤—オリヴァー、オーランドー兄弟を中心に—

i

前節で述べたように、『お気に召すまま』をシェイクスピア喜劇の中で、傑出したものにしている立役者は、ヒロインのロザリンドに他ならない。彼女は、変装という手法を自在に操り、自らの手によってプロットを幸せな大団円へと導く牽引役を果たしていると言っても過言ではない。これに対して、もう一人の主人公であるはずのオーランドーは、ロザリンドを論じる際に二次的に引き合いに出される、脇役的存在と見なされることが多いように思われる。[1]『お気に召すまま』には他の喜劇と同様に、作品の冒頭に主人公たちの幸福を妨げている、「反喜劇的要因」が存在する。[2]ロザリンドは父である老公爵が、弟に地位や財産を奪われ、宮廷を追放されるという悲劇に見舞われる。一方、オーランドーは父親の死後、長兄オリヴァーに冷遇されるという苦痛を味わっている。このように宮廷で繰り広げられる主人公たちが経験する不幸が、劇前半の大きなテーマとなっている。しかし、ロザリンドの憂鬱が語られるのは、ほんの僅かであり、彼女はすぐに気分を転換し、従妹のシーリアとの陽気なことば遊びに興じることになる。これに対して、『お気に召すまま』の幕開きで、オーランドーの深い悲しみや憤りが強調されているように、彼の苦しみ、怒りといった心の動きが、ロザリンドに比べて、より鮮明に描き出されている。主人公たちの心の痛みの原因を突き詰めると、それは封建制における宮廷社会の規範であり、中でも長子相続制というものであろう。『お気に召すまま』は、弟のフレデリックが兄である老公爵の地位を力ずくで奪い、森へ追放してしまったという封建制度の崩壊から始まる。(3)劇中には、この公爵兄弟と、オリヴァー、オーランドーの二組の兄弟が登場する。シェイクスピアはこの作品において、野心家の弟が封建制度の秩序をひっくり返し、兄の地位を略奪するケースと、悪意に満ちた長男が弟の高貴な性質に嫉妬し、屋敷から追い出してしまうという二つの例を取り上げている。封建制度という枠組みの中には、高い身分や財産を継ぐ者と継がざる者、つまり強者と弱者に分かれるという二元論が存在するが、それぞれの立場を超えた一個人としての葛藤があるのも事実である。弟フレデリックが個人的野心から、正統な相続者である兄を追放するという強者と弱者の逆転は、封建社会で最も恐れられていることである。シェイクスピアは、このような混乱からあえて劇を始めることによって、これら二者が抱える苦しみを表に浮き上がらせる意図を持っているのではないだろうか。(4)このように演劇という虚構の世界が、社会の真実を映し出すというのが「世界劇場」の観念である。老公爵は森の中で、"Thou seest we are not all alone unhappy: / This wide and universal theatre / Presents more woeful pageants than the scene / Wherein we play in."(II.vii. 136-39)と、この広大な世界を舞台と見なし、自分たちだけが不幸ではなく、さらに悲惨な悲劇を演じている者もいると発言する。この「世界劇場」の観念では、人間一人一人及び劇場は小宇宙と見なされ、常に大宇宙と呼応する存在である[5]。したがって、舞台上におけるオーランドー個人（“private”）の悲しみは、広く現実の社会全体（“public”）と深く関わり合っていると言うことができる。「世界劇場」の視点で考えると、一人一人の“particular”な感情が、“general”に通じていることを描くのが演劇であると言えよう。そこで本節では、オリヴァーとオーランドーの兄弟を中心に、“public”と“private”の間に生じる葛藤と、「世界劇場」との関わりについて考察したいと思う。

ii

ここで論じようとしている“public”と“private”の二つの価値の対立を具体的に表現しようとしたのが、以下のオーランドーの台詞である。

Orlando. Ay, better than him I am before knows me.
I know you are my eldest brother, and in the gentle
condition of blood you should so know me.
The courtesy of nations allows you my better, in
that you are the first born, but the same tradition
takes not away my blood, were there twenty brothers
betwixt us. I have as much of my father in me

as you, albeit I confess your coming before me is
<u>nearer to his reverence.</u>（I.i. 43-51）

まず、“public”の視点とは具体的に、下線部“The courtesy of nations”（文明社会の慣習）や“tradition”のことであり、オーランドーの“private”な立場とは、“the gentle condition of blood”,“my blood”という表現に当てはまる。この台詞の中だけでオーランドーが、兄オリヴァーを“my eldest brother”,“the first born”と二度言及しているように、封建制度において、長男という地位が持つ特権は、社会的に動かしがたいものである。また、“nearer to his reverence”からも分かるように、長男は兄弟の中で最も先に生れたというだけで、父親の持つ精神的な気高さまでも受け継ぐというのが“public”な視点である。このようにオーランドーは、兄が名実ともに後継ぎであるということを、建て前としては認めざるを得ない。しかし、「たとえ自分と兄の間に20人の兄弟がいても、同じ父親の“gentle”な血筋を引いている」という表現からは、彼自身も高貴な生れであるという自負が窺える。オーランドーは、相続権を持たない末息子という公の立場と、個人の感情の間でのジレンマに苦しんでいるのである。

　このようなオーランドーの一個人の内側にある“public”と“private”の対立は、オーランドーとオリヴァーの言い争いによって表面化されている。

Oliver. Now, sir, what <u>make</u> you here?

Orlando. Nothing. I am not taught to make any thing.
Oliver. What mar you then, sir?
Orlando. Marry, sir, I am helping you to mar that
which God made, a poor unworthy brother of yours,
with idleness.（I.i.29-34）

下線部に見られる“make”と“mar”という、対極の意味を持つ語どうしの巧みなことば遊びは、しばしばシェイクスピア劇に登場するものであり、この場面における“public”と“private”の二項対立を象徴するものだと考えられる。また“that which God made”と“a poor unworthy brother of yours”という正反対の表現が同格に扱われ、一人の人物の性質を同時に表わしているということは、オーランドーの中に正と負の価値が共存することを示している。このようなオーランドーの自己矛盾を、老僕アダムは“Your virtues, gentle master, / Are sanctified and holy traitors to you.”（II.iii. 12-13）というオクシモロンで表現している。後継ぎとしての立場を死守したいオリヴァーからすると、オーランドーの“virtue”は、自分の地位を脅かす悪徳となる。アダムは、このような長男が強者として君臨する空間では、オーランドーの“virtue”は、彼自身に反旗を翻す裏切り者となってしまうということを、“sanctified and holy traitors”（気高い清らかな裏切り者）というパラドックスで表現している。オーランドーの中に共存する二つの価値、すなわち相続権を持たない末息子であるという“public”の立場と、気高い父親の血を受け継いでいるという“private”の対立は、ついには限界点に達する。

Orlando. The spirit of my father grows strong
in me, and I will no longer endure it; therefore
allow me such exercises as may become a gentleman,
or give me the poor allottery my father left me
by testament, with that I will go buy my fortunes.（I.i.70-74）

この台詞から、彼の体内に脈打つ父親の精神が、オーランドーの“public”な立場を押しのけ、能動的に自らの運命を切り開こうとしていることが分かる。“fortune”は誕生後の恵み、すなわち「運命」[6]を意味し、必ずしも“nature”と“fortune”の恩恵は、合致するとは限らない。オーランドーは、自らの力で“fortune”を掴むために、オリヴァーの屋敷を飛び出し、老僕アダムと共に、アーデンの森へと向かう。このことは、彼を苦しめていた宮廷社会の枠組みからの、一時的な脱却を意味する。宮廷の場において、主人公に対する「反喜劇的要因」の描写については、ロザリンドを圧倒していたオーランドーであるが、舞台が森へと移ると、プロット展開の主導権は、ロザリンドに渡さざるを得ない。前節でも述べたように、登場人物の宮廷から森への空間移動は、パストラルという演劇手法の一つであり、ロザリンドの変装も喜劇における重要なモチーフである。また、劇冒頭の「反喜劇的要因」についても、喜劇の構造の一部である。つまり、ここで挙げた三つの要因はすべて、喜劇を作り上げるためのコンヴェンションであると言うことができる。しかし、シェイクスピアの「世界劇場」の視点から考えると、このような演劇手法は、単なる形式の枠を超え、広く現実社会の真実を映し出すものとなるのである。

iii

一方オリヴァーは、オーランドーが末息子でありながら、紳士の風格を備え、目下の者から慕われているという事実に脅威を感じている。彼も、〝public〟な視点からは家の主でありながら、個人的には弟の〝gentle〟な性質を恐れている。以下の台詞は、封建社会において強者であるはずの長男オリヴァーも、公の慣習と個人との狭間で苦しんでいる姿を表現したものである。

Oliver. Now will I
stir this gamester. I hope I shall see an end
of him; for my soul yet I know now why hates
nothing more than he. Yet he's gentle, never school'd,
and yet learned, full of noble device, of all sorts
enchantingly belov'd, and indeed so much in the

heart of the world, and especially of my own
people, who best know him, that I am altogether
mispris'd. But it shall not be so long, this wrestler
shall clear all.（I.i. 163-72）

下線部中の"an end of him"は前後関係から，「レスリングの試合で弟が、チャールズに倒される光景」を表わすと考えられるが、さらに続くオリヴァーのことばから、オーランドーの存在自体の終わり、つまり「死」とも解釈できる。また下線部以下の台詞は、オーランドーが生れながら持っている紳士としての素質に対する、彼の激しい嫉妬を表わすものである。"gentle"(7)と"noble"(8)は共に、高い身分という外的なものだけでなく、内面的な性質が高貴であるという両義性を持ち合わせた語である。オリヴァーは、父親の地位や財産という物質面は相続したものの、"never schooled and yet learned"にも見られるように、オーランドーには、父親譲りの気高い精神性が厳然として備わっているということを十分承知しているように思われる。

ここで"schooled","learned"という語から導きだされるのが、"nature"と"nurture"という概念である。以下の台詞は、オーランドーという一人の人物の中で、この二つの概念が対立して存在する様子を描いたものである。

Orlando. As I remember, Adam, it was upon this
fashion bequeath'd me by will but poor a thousand
crowns, and, as thou say'st, charg'd my brother,
on his blessing, to breed me well; and there begins
my sadness. My brother Jaques he keeps at
school, and report speaks goldenly of his profit.
For my part, he keeps me rustically at home, or to
speak more properly stays me here at home
unkept; for call you that keeping for **a gentleman of
my birth**, that differs not from the stalling of an
ox? His horses are bred better, for besides that
they are fair with their feeding, they are taught
their manage, and to that end riders dearly hir'd;
but I his brother gain nothing under him but growth,
for the which his animals on his dunghills are
as much bound to him as I. Besides this nothing
that he so plentifully gives me, the something that

nature gave me his countenance seems to take from me. He lets me feed with his hinds, bars me the place of a brother, and as much as in him lies, mines my **gentility** with my **education.** This is it, Adam, that grieves me, and the spirit of my father, which I think is within me, begins to mutiny against this **servitude.** (I.i. 1-24)(台詞中の斜体字、波線は筆者)

斜体字“nature”とはこの世においてものを生み出す力、作用のことである。[9] したがって、生れつきの性質、容姿、知恵などは、この“nature”の働きによって左右されるものである。太字の“a gentleman of my birth”や“gentility”は、オーランドーの生れを表わす表現で、オーランドーはたとえ末息子であったとしても、父親の高貴な性質は受け継いでいると考えられる。これに対して“nurture”は、生れた後の育ちを意味し、[10] この台詞の中では“education”に相当するものである。“education”は一般的に、プラスの方向性を持つ語であるが、この場面では反語的に使われており、“the poor kind of education”と解釈される場合もある。[11] オリヴァーは二男のジェークイズには、学校に行かせ立派な教育を受けさせているものの、オーランドーに対しては、“He keeps me rustically at home”からも分かるように、無学な田舎者として育てている。“rustically”は *OED* によると、“after the manner of country-folk or peasants; in a countrified condition or fashion”という意味で、この箇所が引用されている。[12]

さらにオーランドーは、“servitude”という語を用いて、“nature”における生れの良さ、つまり“gentility”と対比して、“nurture”の悲惨さを強調している。また台詞中の下線部は全て、「育てる」ということに関連する語である。“keep”,“breed”,“feed”,“growth”などは、人間である彼自身と家畜に混用されており、オーランドーが牛、馬同然あるいはそれ以下に扱われていることが分かる。このように、オーランドーは生来の高貴さと、家畜同然の育てられ方との間に、大きな自己矛盾を抱えているということができる。長子相続制において“nature”と“nurture”の一致は、不可欠である。弟の紳士としての生まれを恐れたオリヴァーは、召使同然の“nurture”によって、彼の優れた“nature”を故意に傷つけようとしているのである。このことを表わしているのが、波線部の“Besides this nothing that he so plentifully gives me, the something that nature gave me his countenance seems to take from me.”である。これは“nothing”と“plentifully”,“nothing”と“something”,“give”と“take”を対応させた一種のことば遊びである。この台詞は、オリヴァーは“nothing”ならば、“plentifully”に与えてくれ、“nature”が授ける“something”は、親切にも奪い取ってしまうという意味である。前述の“education”同様に、これらの反語的表現は、逆説であるがゆえに、彼の憤りを強く切実に表現していると思われる。また、上記の台詞を含めて一幕一場と二場のほとんどが散文体で書かれており、しかも比較的平易な語や表現が多く見うけられる。[13]この文体は、大げさなブランクヴァースに比べ、観客にとっては身近で直接的な言語表現である。

また、台詞中に繰り返し登場する“he,”“his”などの代名詞のほとんどは、オリヴァーを表すものである。オーランドーの激しい怒りを表現したこの台詞は、そのままオリヴァーの非道な行動の羅列でもあると言うことができる。先ほども述べたように、この長台詞はオーランドーの憤りを表わすとともに、オリヴァーの弟への憎悪の裏返しでもある。オリヴァーは、“public”な立場では、父親の後継ぎでありながら、“private”では父親の精神を受け継がなかったという負い目がある。宮廷社会において、強者であるはずのオリヴァーもフレデリック公爵の怒りを買い、森へ追放される。そこで彼は、獣に襲われる危機一髪をオーランドーに救われ、一気に改心してしまう。(14) 彼が宮廷の場で見せた、弟への憎悪は一瞬にして消え去り、さらにシーリアと突然恋におちる。このことは、あまりにも唐突すぎて、現実的には有り得ないことである。このように舞台の上では、到底不可能と思われることが可能になるということが起こり得る。これにはシェイクスピア当時の演劇観、つまり「世界劇場」という観念が深く関わってくると思われる。

iv

前に触れた、老公爵の「世界劇場」の観念を表わす台詞に続いて、ジェークイズは、“All the world's a stage, / And all the men and women merely players;”（II.vii. 139-40）と語る。この考え方は、『お気に召すまま』のすぐ後に書かれたとされる悲劇『ハムレット』(15) の中で、“for any thing so o'erdone is from the purpose of playing, whose end, both at the first and now, was and is, to hold as 'twere the mirror "up to nature."（III.ii. 19-22）と表現されているものである。"mirror"には二つの意味があると考えられる。一つは、外界のものを物理的に映すというものであり、我々はこれを肉眼で見ることができる。もう一つは、「鑑」と呼ばれるものであり、*OED*によると人に関して使われ、"a model of excellence", "a paragon"（模範、お手本）という意味である。[16] 後者の意味での"mirror"は、人間や物体の外見ではなく、その内側にある本質を映すものだと言うことができる。また、"nature"は前述のとおり、この世においてものを生み出す力、作用のことであり、人の肉眼では決して見ることのできないものである。したがって、"nature"に"mirror"を掲げることだと形容される演劇とは、人間の本質的なものを、舞台が「鑑」の役割を果たすことによって、映し出すものであると考えられる。

　オーランドーは劇の冒頭で、"there begins my sadness", "This is it, Adam, that grieves me"と語っている。下線部の"my", "me"で表されるように、『お気に召すまま』は、彼の"private"な悲しみで幕が開く。これに対して、オーランドーを苦しめている当事者のオリヴァーも、実は弟の紳士としての気高い性質に脅威を感じている。この二人は封建社会において、二元論的に強者、弱者に分けられるが、それぞれの立場で"private"と"public"の狭間で苦しむという根本は同じである。このように彼らの"particular"な感情は、個人のレヴェルに留まらず、そのまま宮廷社会における封建制の現実という"general"に通じているのである。演劇という虚構の世界で、オリヴァー、オーランドー兄弟の"private"と"public"の間の葛藤が演じられることによって、"particular"なものが広く"general"へと普遍化されるのである。

注

（1）Phialas, 207.

（2）フライは「反喜劇的要因」を"anti-comic society"と表現している。
Frye, 143.

（3）マックファーランドは兄と弟との確執の原形を、カイン（Cain）とアベル（Abel）に見出している。
McFarland, 98-101.

（4）柴田稔彦氏は、〈大修館シェイクスピア双書〉『お気に召すまま』の解説の中で、劇冒頭のオーランドーとオリヴァーの対立が、エリザベス朝社会の長子相続制度の矛盾を示していると説明している。
柴田稔彦編注『お気に召すまま』（大修館、一九八九）、18。

（5）イェイツ（Yates）はシェイクスピア劇と、実際の劇場であるグローブ（Globe）座との間に密接な関係があると説明している。
Frances A. Yates, *Theatre of the World* (London: Routledge & Kegan Paul, 1969), 97.

（6）*OED n.* 1.a.

（7）*OED* 3.a.

（8）*OED adj.* 2.a., *adj.* 4.b.

（9）*OED* 11.a.

（10）*OED n.* 1.

（11）H.J. Oliver ed., *As You Like It*, The New Penguin Shakespeare (London: The Penguin Books, 1968), 144.

（12）*OED* 2.

（13）レガットは *Shakespeare's Comedy of Love* において、『お気に召すまま』の章の冒頭で次のように述べている。

Yet throughout the opening scene the manner of the dialogue continues to be as natural and easy as in any of the realistic scenes of *The Merchant of Venice* or *Much Ado About Nothing*.

Leggatt, 185.

（14）ブッシュ（Bush）はオーランドーがオリヴァーを救う行為を、彼の生れながらの "gentleness" からくるものであると説明している。

Geoffrey Bush, *Shakespeare and the Natural Condition* (Cambridge: Harvard UP, 1956), 27-28.

（15）アーデン版『ハムレット』の編者であるジェンキンズ（Harold Jenkins）は Introduction の中で、『ハムレット』の制作年代を一五九九年後半から一六〇〇年にかけてであると結論づけている。

Harold Jenkins ed., *Hamlet* (The Arden Shakespeare, 1982), 13.

（16）*OED n.* 5.b. *Obs.*

第五章……『十一夜』

1　海について

i

シェイクスピアにおける海は、『テンペスト』の中に出てくる“sea-change”（I.ii. 401）ということばが表すように、様々な形に変容するものである。(1)『十二夜』の海も、一卵性双生児のヴァイオラ、セバスチャンを乗せた船を一瞬にして呑み込み、二人を生き別れにしてしまう破壊的な側面と、二人が嵐を乗り越えイリリアにやってくることで、結果的に新しい世界を誕生させるという創造的な性質の両面を持っている。また海は、自然の一部であり、人工的な宮廷の象徴であるイリリアとは対照的な存在である。(2)喜劇としての構造上、『十二夜』における海の破壊性は、主人公ヴァイオラを苦しめる反喜劇的要因の一つであると同時に、その創造性は喜劇的結末を生み出す劇的推進力と言える。そこで本節では、『十二夜』における海の両義性を取り上げ、反喜劇的要因としての海が、プロット展開にどのように関り、また劇的推進力としてどのような過程を経て、イリリアに新しい世界をもたらすのかということを考察していきたい。

ii

『十二夜』の場合、『テンペスト』をはじめとするロマンス劇とは異なり、実際に海の上で物語が展開することはない。この作品において海は、ほとんど登場人物が海の上で経験したことを回想する台詞の中に登場する。我々観客が実際に舞台の上で目にする場面は、イリリアの公爵オーシーノーの館や、彼が求婚しているオリヴィアという伯爵令嬢の屋敷である。この舞台設定は、果てしない広がりを持つ海とは対照的に、狭く閉鎖的なものに思われる。その限られた空間の中で、公爵は独り善がりな恋に浸っている。彼の恋は現実の女性ではなく、彼の心の中に作り上げた虚像に向かっている。公爵の観念的な恋は、作品の冒頭の台詞に次のように現れている。

Duke. If music be the food of love, play on,
Give me excess of it; that surfeiting,
The appetite may sicken, and so die. (I.i. 1-3)

このように音楽ということばが、劇の冒頭に使われていることは、我々にとって大変印象的なことである。この台詞の中で、公爵は音楽を聞くことによって、報われない恋のメランコリックな感情を、ますます募らせている。また音楽のような高い次元のものが恋の糧であるという表現からは、自分が公爵として、特別な存在であるという意識が窺える。さらに形がなく抽象的であるはずの"music"が、"food,""appetite"という具体的かつ日常的な語と、同じコンテキストの中で使われていることに、アンバランスが感じられる。[3] 客観的には、憂鬱な恋の病に陥った公爵の姿は、どこか滑稽にすら映る。

続いて公爵は、ローマ神話という古典の内面化を試み、彼個人の感情を表そうとする。彼は現在の心理状態を、偶然にダイアナ（Diana）の水浴する姿を見てしまったアクタイオン（Actaion）が、シカに変えられ残酷な猟犬に追いかけられる話に喩えている。

Duke. O, when mine eyes did see Olivia first,
Methought she purg'd the air of pestilence!
That instant was I turn'd into a hart,
And my desires, like fell and cruel hounds,
E'er since pursue me.（I.i. 18-22）

この中で、彼はコントロール不能な恋愛感情を"desire"と表現し、獰猛な猟犬にも似た激しい欲望に駆り立てられると言う。神話によると、アクタイオンは最後には猟犬たちに噛み殺される。公爵のことばにも、残酷な死のイメージがあることは言うまでもない。だが彼の考える恋は、自分が自分の欲望に食い殺されるという、相手不在の自己中心的なもののように思われる。先に引用した劇冒頭の台詞にもあるように、彼の恋愛観にはいつも、死のイメージが付きまとっている。しかし彼の頭の中にある死も、恋と同様に現実感がない。彼は、このような破滅的な恋を"passion"（I.iv. 24）と表現している。この語は、後先を顧みることのない一方的な愛情を表わすものである。このように、幕開きの舞台を満たしているのは、公爵の一方的で観念的な恋の感情である。彼は報われない悲恋の恋人を演じ、その一人芝居に酔いしれている。

これに対して、公爵に一方的な恋の激情を告白されたオリヴィアは、頑なに彼を拒絶し続けている。

Valentine. The element itself, till seven years' heat,
Shall not behold her face at ample view;
But like a cloistress she will veiled walk,
And water once a day her chamber round
With eye-offending brine; all this to season
A brother's dead love, which she would keep fresh
And lasting in her sad remembrance.（I.i. 25-31）

下線部に見られるように、七年間も修道女のようにヴェールを被り、兄の喪に服するというオリヴィアの態度はあまりにも極端であり、その歎きは度を越しているように思われる。これはオリヴィア自身が、兄に対して忠実な妹を演じることによって、満足感を得ているに過ぎないからではなかろうか。また次の台詞に見られるように、彼女は一つ一つオーシーノーの美点を並び立て、非の打ち所のない理想的宮廷人である公爵を拒むことで、自らのプライドを誇示しているとも考えられる。

Olivia. Your lord does know my mind, I cannot love him,
Yet I suppose him virtuous, know him noble,
Of great estate, of fresh and stainless youth;
In voices well divulg'd, free, learn'd, and valiant,
And in dimension, and the shape of nature,
A gracious person. But yet I cannot love him: (I.v. 257-62)

この台詞で、オリヴィアが列挙した数々のオーシーノーの美点は、彼が公爵として最も誇っているものに違いない。彼女は、"I cannot love him" という表現を二度も繰り返しており、このことからオーシーノーに対する拒絶の意志が固いことが窺える。このようにオリヴィアが、悲しみにくれる悲劇の伯爵令嬢を演じ、さらに名高い公爵の求婚をはね付けることによって、自分のプライドを保つことに喜びを見出しているように思われる。彼女は周囲に対して、本当の自分を偽っているのである。

またオリヴィアの叔父、サー・トービーをはじめとする sub-plot の登場人物たちも、日々酒を飲み、踊り明かすようなお祭り騒ぎに明け暮れている。さらにその陽気な祭りに水を差し、邪魔しようとするマルヴォーリオは徹底的にやりこめられ、そのこと自体もサー・トービーらの遊びとなってしまう。このようにイリリア国内の登場人物は道化のフェステを除いて皆、現実的視点を持ち合わせておらず、非日常の中に生きていると言える。特に、オーシーノーとオリヴィアは、それぞれの世界の中だけに目を向け、他者の助言を全く受け入れようとはしない。(4) オーシーノーは、劇の最後に屋敷の外に出るまでは、室内に引きこもっており、このことは彼の心理的閉塞状態を象徴しているように思われる。またオリヴィアは、現在の自分の美しさが、肖像画のように永遠に保たれると信じて疑わない。彼女には人間の若さの美というものも、はかなく移ろいやすいという現実的視点が欠けている。このように、ヴァイオラが登場する以前のイリリアは、それぞれの殻の中に閉じこもった登場人物たちが生きる空間と言える。

iii

『十二夜』の舞台となっているイリリアは、シェイクスピアの時代、ヴェネチア共和国によって支配されていた都市国家で、実際にはアドリア海沿岸にあったと推測される。そしてヴァイオラ、セバスチャン兄妹の故郷メッサリーン（Messaline）も、メッシナ海峡とも言われ、あるいはその音の類似から地中海沿岸の都市、マルセイユを連想させる。(5) またイリリアは、シェイクスピアの時代において、海賊と関係が深いことで有名だったと考えられる。(6) このことは、ヴァイオラの兄セバスチャンを救い出した海賊の首領アントーニオが、オーシーノーに“Notable pirate, thou salt-water thief!”（V.i. 69）と呼ばれ、それぞれ二人が率いる船団どうしが、戦いを交えたという台詞に反映されている。しかし『十二夜』では、イリリアは現実の国というよりも、シェイクスピアがこれらのことからインスピレーションを得て、オーシーノーが治める架空の国に仕立て上げたと言ったほうがよいだろう。前述のとおり、この作品の舞台はイリリアの国の中だけに限られ、実際に海の上でプロットが展開することはないが、イリリアとメッサリーンが海と深く関わっていることは明白である。従って一幕二場でヴァイオラと船長が交わす最初の台詞、“What country, friends, is this?”, “This is Illyria, lady.”（I.ii. 1-2）を聞き、エリザベス朝時代の観客たちは、イリリアの海岸から広がる果てしない海を思い浮かべたに違いない。この場面のロケーションは、フォーリオ版では特定されていないが、18世紀の注釈者、ケイペル（Edward Capell）は The Sea-coast という注釈を付けており、現代の多くの注釈者はこれに従っているようである。(7) このヴァイオラと船長の最初の台詞は、観客に舞台となる場所の情報を伝える役割を果たすのと同時に、見知らぬ国の岸辺に到着した直後のヴァイオラの素直な質問とも考えられる。『十二夜』の最後の場面でヴァイオラが、“The captain that did bring me first on shore/ Hath my maid's garments.”（V. i. 272-73）と語るように、一幕二場が演じられる場所は海岸と見なすのが妥当だと思われる。ヴァイオラは奇跡的に命を救われ、その響きが“Elysium”（I.ii. 4）（天国）と大変良く似たイリリアの海岸に辿りつく。そして途方に暮れ“what should I do in Illyria?”（I.ii. 3）ということばを思わず口にする。ヴァイオラが難破を経験してイリリアの海岸に到着することで、この国に新しい風が吹き込まれるのと同時に、彼女にとって見知らぬ国イリリアは、彼女が果たすべく与えられた、大きな役割が待ち構えている土地でもあった。このように『十二夜』では、作品の始まりの部分で、イリリアと海の関係が深いことが強調されている。しかし大団円に至るまでのプロット展開の中で、海が関ってくることはほとんどない。その間舞台上で繰り広げられるのは、宮廷という閉ざされた空間の中で絡み合う複雑な人間関係である。しかし、劇も大詰めに近づいた頃、イリリアが船の行き交う大海原に続いている国であることを、我々に再認識させる台詞がある。

Duke. That face of his I do remember well,
Yet when I saw it last, it was besmear'd
As black as Vulcan in the smoke of war.
A baubling vessel was he captain of,
For shallow draught and bulk unprizable,
With which such scathful grapple did he make
With the most noble bottom of our fleet,
That very envy, and the tongue of loss,
Cried fame and honor on him. What's the matter?
First Officer. Orsino, this is that Antonio

That took the *Phoenix* and her fraught from Candy,
And this is he that did the *Tiger* board,
When your young nephew Titus lost his leg.（V.i. 51-63）

この台詞は、公爵が海の上で海賊アントーニオと戦ったことを回想したものである。この戦いのあった時期は特定されていないが、オーシーノーが実際に海上で、“Vulcan”（火の神ヴァルカン）のように勇ましいアントーニオと一戦を交えたことは確かである。ここで語られる海上での出来事は、アントーニオが公爵の甥の片足を奪うという血生臭いものである。しかしそれと同時に我々は、“baubling”（取るに足らない）と形容されるアントーニオの船が、勇猛果敢にオーシーノーの立派な船（“noble bottom”）に戦いを挑んでいった光景を思い浮べることができる。さらに、オーシーノーが真実の愛に目覚める最後の場面の直前に、この台詞が置かれたということも、注目すべきことである。海上でのこの出来事は、彼が現在閉じこもっている宮廷とは対照的なものであり、我々に大海原の広がりを想像させている。『十二夜』の中で、このように作品の冒頭と大団円で海を登場させているのには、意味があるように思われる。それには、海の破壊的な側面と生命を創り出す性質の両方が深く関っているのではなかろうか。そこで、これらの海の持つ両義性についてそれぞれ論じていきたいと思う。

iv

『十二夜』の中で、はじめて海ということばが登場するのは、一幕一場の公爵の台詞である。

Duke. O spirit of love, how quick and fresh art thou,
That notwithstanding thy capacity
Receiveth as the <u>sea</u>, nought enters there,
Of what validity and pitch soe'er,
But falls into abatement and low price
Even in a minute.（I. i. 9-14）

この台詞の中で、オーシーノーは、自分の激情的な恋を言い表すための比喩として海を用いている。公爵は自分の恋の情熱に対して、“O spirit of love”と擬人化して呼びかけ、その変わり身の早さを、瞬時に様々な形に姿を変える海に喩えている。さらに彼は、破滅的な恋を海の貪欲さと破壊性に照らし合わせている。[8] ここでオーシーノーの言う「海に呑み込まれると、どんなに価値があり気高いものでも、一瞬にして卑しいものとなり、その価値を失ってしまう」という表現は、反対の意味で『テンペスト』の“sea-change”ということばを含むエアリエル（Ariel）の歌を思い起こさせる。

Full fadom five thy father lies,

Of his bones are coral made:
Those are pearls that were his eyes:
Nothing of him that doth fade,
But doth suffer a sea-change
Into something rich and strange.
Sea-nymphs hourly ring his knell:（I.ii. 397-403）

この詩に歌われている「海の底に沈んだ父親の骨が珊瑚になり、眼が真珠へと変わる」、「海の変容を受けると、あらゆるものが豊かになり、類い稀なものに変化する」という表現は、明らかにオーシーノーが考える海とは対極的なものである。

『テンペスト』の冒頭で描かれている海は、破壊的なものである。ナポリの王子ファーディナンドは、父親が当然溺れ死んだものと思い込み、嘆き悲しんでいる。そこへ聞こえてきたのがこの歌である。ファーディナンドにとって海は、父親の命を奪った残酷なものであった。しかし、エアリエルの歌う海は、一度破壊されたものがより豊かなものとして再生されるというものである。『テンペスト』においては、劇のはじめの部分からすでに生命を創り出す海の性質が語られている。『十二夜』についても同様に、作品の冒頭で破壊的な海が語られ、そのすぐ後の場面で、実際にその嵐から九死に一生を得て生還したヴァイオラが登場する。しかし彼女はこの時点で、兄セバスチャンの生死は確認できず、海の荒々しい性質だけが強調されている。さらにヴァイオラとセバスチャンの二人は、大団円まで互いの生死を知ることはない。このように最後まで二人は海について、それぞれの一番近い肉親に死をもたらしたものと思い込んでいたのである。この兄妹にとって、破壊的な嵐はまさに現実そのものであった。

Sebastian. But you, sir, alter'd that, for some hour before you took me from the breach of the sea was my sister drown'd. (II.i. 21-23)

Sebastian. She is drown'd already, sir, with salt water, though I seem to drown her remembrance again with more. (II.i. 30-32)

Sebastian. I had a sister,
Whom the blind waves and surges have devour'd.
Of charity, what kin are you to me?
What countryman? What name? What parentage?

Viola. Of Messaline; Sebastian was my father,
Such a Sebastian was my brother too;
So went he suited to his watery tomb. (V. i. 228-34)

この中で、下線部の表現はそれぞれ、彼らを襲った荒れ狂う嵐が、いかに致命的なものであったかということを物語っている。

これに対してオーシーノーの台詞に見られる海は、現実のものではなく、彼の盲目的な恋の象徴であり、彼はその中に溺れてしまっていると言うことができる。前述のとおり、オーシーノーは狂暴な猟犬になぞらえた激情に噛み殺されるという死を連想させる台詞の中で、悲恋の恋人を演じて自己満足を得ている。しかし命の危機を経験したヴァイオラと比較して、彼の考える死は明らかに現実感のないものである。ヴァイオラはこのようなオーシーノーの、自己陶酔とも言える感情に翻弄される。このことは、『十二夜』における反喜劇的要因の一つとして、ヴァイオラを苦しめることになる。このように、劇の冒頭で示される海の性質は、あらゆるものを海の藻屑と化してしまうような破壊性を持つものである。しかし、この場合の破壊性は、決して破滅を導き出すものではない。ヴァイオラ自身、全く気が付いてはいないが、彼女を一見不幸にしたように思われる嵐の中に、実はすでに再生の力が宿っていたのである。

v

劇のはじめの部分で、ヴァイオラは船長に、セバスチャンはアントーニオにそれぞれ命を救われるが、この双子の兄妹が海と深く関わりのある人物に助けられたことも、何か象徴的な意味があるように思われる。船長とアントーニオはイリリアで暮す登場人物の中でも数少ない、誠実な心の持ち主と言える。二人は大海原を渡り、幾度となく破壊的な嵐を経験し、それを乗り越えてきた人物である。

Viola. There is a fair behavior in thee, captain,
And though that nature with a beauteous wall
Doth oft close in pollution, yet of thee
I will believe thou hast a mind that suits
With this thy fair and outward character.（I. ii. 47-51）

ヴァイオラのことばによると、船長は「その誠実な見せかけにふさわしい美しい心をもっている」と表現されている。そして船長自身も、"Be you his eunuch, and your mute I'll be; / When my tongue blabs, then let mine eyes not see."（I.ii. 62-63）と語り、自分の誠実さを行動で示そうとしている。またアントーニオは、オーシーノー率いる精鋭艦隊を相手に勇敢にも戦いを挑み、多大な損害を与え、公爵に敵ながらあっぱれと言わしめた人物である。

さらにアントーニオは台詞の中で、セバスチャンを救い出した時の様子を、"Let me speak a little. This youth that you see here / I snatch'd one half out of the jaws of death, / Reliev'd him with such sanctity of love, / And to his image, which methought did promise / Most venerable worth, did I devotion." (III.iv. 359-63) と語っている。下線部の「聖なるものに捧げるほどの愛」、「敬うべき価値」、「信心を捧げた」という表現から、アントーニオがセバスチャンに対して信仰心にも似た感情を抱いていることが分る。さらに次の台詞にも、アントーニオの献身的な愛情を強く感じることができる。

> *Antonio*. His life I gave him, and did thereto add
> My love, without retention or restraint,
> All his in dedication. (V. i. 80-82)

このように船長とアントーニオは、見かえりを全く求めない愛情を持っていて、さらにそれを実践している。[9] 特にセバスチャンとアントーニオの友情関係は、オーシーノーやオリヴィアの独り善がりの、自分勝手な愛情とは対照的である。シェイクスピアの作品の中では、男同士の友情は、男女の情熱的で後先を顧みない愛情よりレヴェルの高いものとして扱われている。[10] さらに彼らの友情は、やはり海が生み出したものの一つとも考えられる。このような海の創造的な力は、すでに一幕二場のヴァイオラと船長とのやりとりの中に見出すことができる。

Viola. Perchance he is not drown'd—what think you, sailors?
Captain. It is perchance that you yourself were saved.
Viola. O my poor brother! and so perchance may he be.
Captain. True, madam, and to comfort you with chance,
Assure yourself, after our ship did split,
When you, and those poor number saved with you,
Hung on our driving boat, I saw your brother,
Most provident in peril, bind himself
Courage and hope both teaching him the practice
To a strong mast that liv'd upon the sea;
Where like Arion on the dolphin's back,
I saw him hold acquaintance with the waves
So long as I could see.（I. ii. 5-17）

この中で、"perchance"という語が三度繰り返して使われている。[11] この語には、「ひょっとして」[12] と

「偶然に」[13]の二つの意味があると考えられる。ヴァイオラは前者の意味で「ひょっとして、お兄様は溺れてないかもしれない」と言い、船長は後者の意味で「偶然にもあなたが助かったのだから」と述べている。最後のヴァイオラの台詞は両方の意味を含めて、「おそらく偶然の力でお兄様も助かっているかもしれない」となる。従ってこの語は、セバスチャンが生きているかもしれないという可能性と同時に、自然は全く予期しないことを引き起こすという、偶然性をも表現している。さらに船長は、アライオン（Arion）というギリシャ神話からのアリュージョンを用いて、セバスチャンの生存の可能性を補強している。アライオンは詩人で、水夫が彼を殺し、財産を奪おうとしたところを、そばを泳いでいたイルカに助けられ、その背にのって難を逃れたというものである。この一連の台詞の中で特に注目すべきなのは、プラスイメージを持つ語、"provident", "courage", "hope", "strong" が使われていることである。さらに "I saw him hold acquaintance with the waves" という表現は、明らかにセバスチャンの嵐からの生還を思わせるものである。これらの台詞を聞いて、我々観客は、危険を予知する力、さらには勇気と希望で荒海を乗り切っているセバスチャンの姿をありありと思い浮かべることができる。イルカは神話ではトリトン（Toriton）の乗り物であり、救済者のシンボルでもある。[14]この場面の海は、明らかに前の場面でオーシーノーが語る、全てを呑み込みその価値を失わせるという、絶望感漂う海の表現とは対照的なものである。シェイクスピアにおける海は、単に生命を創り出すものではなく、破壊を経験することによって、一旦は失われたかのように思われるものを再生するという性質がある。

『十二夜』とほぼ同年代の作と推測される『ハムレット』の中でも、海は重要な役割を果たしている。ハムレットは、イギリスへ渡るために海へと船出するが、その海上での経験が彼を大きく変えることになる。イギリスへ向かう直前に彼は理性を失い、衝動的にオフィーリアの父ポローニアスを殺害する。ハムレットの存在を恐れた国王は、命を奪うために彼をイギリスへと送ったのであった。しかしハムレットは、海上で機転を利かせ、"sea-gown"（水夫のコート）を身に纏い、イギリス王宛の彼を殺すようにと命じた密書を幸運にも探し当てることができた。ここでも、海に生きる水夫のコートが重要な意味を持っていることは言うまでもない。[15]その翌日、海賊に襲われ、彼だけが海賊船に囚われの身となる。これら一連の出来事は、嵐とは性質を異にしているが、海賊の襲来は偶然であると同時に、嵐と同様に不可避なものである。[16]しかし、幸運にも彼は生きてデンマークに戻ることができた。このような海の変容（"sea-change"）は、ハムレット自身の精神の変化にも影響を与えている。[17]ハムレットはレアティーズ（Laertes）との決闘を前にして、悪い胸騒ぎを感じとっているが、その直後に次のように語っている。

Hamlet. Not a whit, we defy augury. There is special
providence in the fall of a sparrow. If it be now,
'tis not to come; if it be not to come, it will be now; if
it be not now, yet it will come—the readiness is all.

Since no man, of aught he leaves, knows what is't to
leave betimes, let be.（V.ii. 219-24）

この場面で、ハムレットにはすでに迷いはなく、冷静に覚悟を決めていることが分る。このように“sea-change”は、『テンペスト』にも見られるように、一時的に失われた登場人物たちのアイデンティティーを取り戻させ、それによって新しい世界を再構築する力を持っていると考えられる。『十二夜』においては、その海の変容がヴァイオラ、セバスチャン兄妹とともにイリリアへと持ち込まれる。このことによって、マルヴォーリオを除く、我を忘れて非日常の中に陶酔しきっていた登場人物たちを現実に引き戻し、特にオーシーノーとオリヴィアには真実の愛を獲得させることになる。[18]

vi

ヴァイオラは変装することによって、むしろ彼女自身の恋を成就させることができず、しかも自分が思いを寄せている男性の求婚相手から言い寄られるという、八方塞がりの状況に追い込まれる。

Viola. As I am man,
My state is desperate for my master's love;
As I am woman now alas the day!,

What thriftless sighs shall poor Olivia breathe!
O time, thou must untangle this, not I,
It is too hard a knot for me t' untie. (II. ii. 36-41)

彼女は、この状況を"knot"(縺れた糸の結び目)というメタファーを用いて表現している。その結び目はあまりにも固く、ヴァイオラにはなす術がない。そこで彼女は"time"に、その解決を委ねるしかない。ヴァイオラの性質は、忍耐をもって静かに「時」を待つというものである。まさに二人の兄妹を生き別れにした残酷な嵐と共に、ヴァイオラをがんじがらめに縛る足枷のような変装は、彼女を苦しめる反喜劇的要因と考えられる。ヒロインが変装をし、両性具有性を獲得することで得られるはずの優位的立場は、ヴァイオラにはほとんど見られない。

Viola. How will this fadge? My master loves her dearly,
And I poor monster fond as much on him;
And she mistaken seems to dote on me. (II. ii. 33-35)

この中で、我々観客は男と女の間の立場で揺れ動く、彼女の"poor monster"としての姿を目の当たりにするだけである。そして大団円では、双子による人違いがもたらした混乱がクライマックスを迎え、オリヴィアからは結婚を迫られ、オーシーノーには裏切り者として扱われ、ヴァイオラは窮地に立たされる。しかしこの場でもヴァイオラは、恋するオーシーノーに誠実な態度を取るだけである。この点が、変装する代表的なヒロインであるロザリンドやポーシャとは、大きく異なっているところである。死をもたらすような嵐からはじまり、イリリアで経験した彼女の苦悩は、ヴァイオラの性格描写に彫りの深さを与え、彼女を立体的に浮かび上がらせる役割を果たす。『十二夜』には、喜劇という形式的な構造の面からだけでは論じきれない悲劇的側面が遍在している。さらにこの反喜劇的要因こそが、喜劇に転ずる原動力となっているのではないだろうか。ヴァイオラには一見マイナスに思われることが、実は喜劇的結末を迎えるにあたっての力強い推進力なのである。

ヴァイオラの“Tempests are kind and salt waves fresh in love.”(III.iv. 384)ということばは、アントーニオがヴァイオラのことをセバスチャンと見間違えた時に発せられたものである。この台詞には、“tempest”,“kind”と“salt waves”(海水)、“fresh”(真水)[19]という正反対の語が同時に使われている。そしてほぼ劇が終りに近づいた時に、オーシーノーによって語られる、“I shall have share in this most happy wrack.”(V.i. 266)という台詞の中にも、“happy”,“wrack”という、矛盾した概念を持つ語が重ねられている。この二つの台詞に象徴されているように、相反する二つの性質が同時に存在する自然としての海と、その自然の回復力を待った、ヴァイオラの一見消極的とも思われる静かな姿勢が、『十二夜』を喜劇的結末へと導いたのである。ヴァイオラとセバスチャンをイリリアへと導き、そこでこの二人をも取り込んだ、新しい世界を再生させたのは海の破壊性と、生命を生み出す創造的な性質の両方の働きによると考えることができる。

注

（1）D.J. Palmer, "Art and Nature in *Twelfth Night*," in *A Casebook Shakespeare: Twelfth Night*. ed. D.J. Palmer (1972; London: Macmillan, 1987), 210.
（2）Frye, 143.
（3）安西徹雄編注『十二夜』（大修館、一九八七）、27。
（4）Porter Williams, Jr, "Mistakes in *Twelfth Night* and Their Resolution," in *A Casebook Shakespeare: Twelfth Night*. Mentioned above, 171.
（5）玉泉、「シェイクスピアの地中海、あるいは古典劇の受容について」『シェイクスピアの喜劇』日本シェイクスピア協会編（研究社、一九八二）、221。
（6）Roger Warren and Stanley Wells, eds., *Twelfth Night*, The Oxford Shakespeare (1994; Oxford: Oxford UP, 1995), 8.
（7）J.M. Lothian and T.W. Craik, eds., *Twelfth Night* (1975; The Arden Shakespeare, 1991), 8.
（8）Palmer, 210.
（9）Williams, Jr, 184.
（10）Barber, 246.
（11）G. Wilson Knight, "The Romantic Comedies," in *Shakespearean Criticism*, Vol.1. eds. L.L. Harris and

Mark W. Scott (Detroit: Gale Research Company, 1984), 570.

(12) *OED* 3.a.

(13) *OED* 1.*Obs*.

(14) Ad De Vries, *Dictionary of Symbols and Imagery* (1974; Amsterdam: North-Holland, 1984). sv dolphin.

(15) 青山誠子、「ハムレットと海(1)」、*The Rising Generation*, Vol. CXXXI.—No.2 (1985), 15.

(16) 青山、「ハムレットと海(2)」、Mentioned above, Vol. CXXXI.—No.3 (1985), 22.

(17) Fumio Yoshioka, "Hamlet's Miraculous Sea-Change," in *Studies in English Literature*, Vol.64.—No.2 (1988), 193.

(18) Frye, 83.

(19) *OED adj*.5.a.

2 “mad”について

i

“Are all the people mad?”（IV.i. 27）という台詞は、ヴァイオラの双子の兄セバスチャンが、見知らぬ国イリリアの人々に接した驚きを表現したものである。彼は嵐による難破から、海賊の首領アントーニオに命を救われ、偶然にも妹と同じくイリリアに流れ着いたのだった。セバスチャンは最後の最後まで、ヴァイオラの安否を知らず、ましてやイリリアの中で、彼女がどのような状況にいるかなど、まったく知る由もなかった。彼は、次々と知らない人たちに話しかけられ、あげくは喧嘩を吹っかけられたりもする。まったく訳のわからないまま、彼はオリヴィアという伯爵令嬢に求婚までされる。この事態を彼は、“How runs the stream? / Or I am mad, or else this is a dream.”（IV.i. 60-61）と表現し、困惑を隠せない。人違いがもたらしたセバスチャンとイリリアの人々との認識の相違は、現実と夢、正気と狂気のごとく、天と地ほどの大きな差異になって現れている。彼は、次に登場する四幕三場でも、“mad”や“madness”と繰り返し発することになる。これらの“mad”は、「気が狂った」（*OED a.* 1.a.）という意味であり、“madness”は、「狂気」（*OED* 1.）を表すと考えられる。劇中には、この二語の他に、“madman”,“madmen”（狂人）[1]という語が多く使われている。しかし、イリリアの人々は、実際に精神的病を患っているわけではなく、比喩的な意味で“mad”に陥っていると思われるのである。例えば、公爵とオリヴィアは恋という狂気に陥っている。[2]道化のフェステは、泥酔したサー・トービーを“madman”と呼び、また劇中で最も多く“mad”,“madman”と形容されるマルヴォーリオは、オリヴィアが自分に好意を持っていると思い込み、身分の差を飛び越えて結婚するなどという身勝手な妄想を思い巡らせている。しまいには、彼は狂人扱いされて、真っ暗な部屋に幽閉されることになる。

シェイクスピア喜劇における人違いの混乱には、やがて調和と秩序がもたらされる時がくる。若い主人公たちは、混乱の中で一時的にアイデンティティーを失うことによって、精神的成長を遂げる。[3]また、シェイクスピア喜劇の最も重要なテーマであるloveを成就させるためには、恋の狂気は不可欠なものである。このような若者たちの心の混乱は、一種の通過儀礼のようなものであるとも考えられる。[4]しかし、『十二夜』には、調和と秩序の輪から排除される狂気が存在する。それは、マルヴォーリオの“madness”である。彼の存在はサー・トービーらによって、“devil”,“Sathan”と何度も呼ばれ、無礼講の祭りをぶち壊す邪悪なものと見なされている。本節では、作品の中で「狂気」が持つ意味を探り、またそれぞれの登場人物の「狂気」とは何か、さらに何故マルヴォーリオの「狂気」のみが、幸せな大団円に加わることができなかったのかということを考察したいと思う。

ii

周知の通り『十二夜』は、公爵の音楽を恋の糧に喩えた有名な一節で始まる。彼は、音楽の甘美さを“O, it came o'er my ear like the sweet sound / That breathes upon a bank of violets, / Stealing and giving odor.”（I.i. 5-7）と語る。公爵の意識は、「菫の連なる堤」の上にあって、そこでは音楽の甘い音色が、菫から芳しい香りを奪い、また同時に音楽の方から香りを与えるという情景が広がっている。これは、視覚、聴覚、嗅覚が交錯する「共感覚」と呼ばれる詩の手法である。しかし、彼はその直後に、“Enough, no more,/ 'Tis not so sweet now as it was before.”（I.i. 7-8）と、突然音楽を止めさせる。叙情的な詩の旋律は、一旦ここでストップする。移り気な公爵は、自分の心の中にある恋という感情に向かって“O spirit of love,”（I.i. 9）と擬人化して呼びかけ、さらにその目まぐるしさを、リズミカルに“how quick and fresh art thou,”（I.i. 9）と表現する。そして次の行からは、少し難解な語を織り交ぜながら激しい調子で、恋の変わり身の早さが語られる。彼の台詞に“So full of shapes is fancy / That it alone is high fantastical.”（I.i. 14-15）とあるように、彼の恋は“fancy”（空想）で作り上げられたものである。この中で公爵は、あたかも詩人のごとく恋（“fancy”）というものが、いかに想像力に溢れているかということを語っている。台詞後半の「空想は、他のあらゆる感情の中で最も空想的である」という表現は、下線部のみを繋いでみるとわかるように、「自明の理」であり、見方によっては陳腐にも聞こえる。我々は、大げさなblank verse形式で、わかりきったことが勿体ぶって表現される中に、狂おしくも恋に病む公爵の姿を見ることができる。

『夏の夜の夢』の中で、アテネの公爵シーシュースは、"The lunatic, the lover, and the poet / Are of imagination all compact."（V.i. 7-8）と、「狂人」、「恋人」、「詩人」の三者を結び付け、「想像力の塊」だと言う。また彼は、「恋人」と「狂人」の共通点を、"Lovers and madmen have such seething brains,/ Such shaping fantasies, that apprehend / More than cool reason ever comprehends."（V.i. 4-6）と語る。彼の言うには、"Lovers"と"madmen"の頭は煮えたぎっていて、"cool reason"とは反対の"hot imagination"に満ちている。さらに、「恋人」と「狂人」は"shaping fantasies"（創造的想像力）を持っているという一節は、公爵の"So full of shapes is fancy,"と類似した表現である。彼は、現実のオリヴィアに恋をしているのではなく、頭の中で作り上げた、夢や幻のような恋を追いかける自分に陶酔しているのである。前に挙げたセバスチャンの"Or I am mad, or else this is a dream."という台詞の中で、"mad"と"dream"が"or else"で結ばれているということは、この二語の概念が大変近いと見なすことができる。[5] これらのことから、公爵も"mad"と形容されこそしていないが、彼も恋という名の"madness"に陥っていると言える。

また、オリヴィアも男装したヴァイオラに一目惚れしてしまう。彼女は、恋を病気に喩え、あまりに早く恋の病に取り付かれた驚きを、"Even so quickly may one catch the plague?"（I.v. 295）と言い表わしている。マルヴォーリオにヴァイオラの後を追わせた行為を、彼女は"I do I know not what, and fear to find / Mine eye too great a flatterer for my mind."（I.v. 308-09）と語る。台詞前半は、彼女が

「自分が何をしているのか分からない」とうろたえている表現ではなかろうか。後半の行においては、“flatterer”という語が重要である。*The Riverside Shakespeare* は、“fear”以下の文を、‘am afraid I shall find that my eyes have seduced my mind.’という注釈をつけている。この場合、“flatterer”の中の‘flatter’という動詞を、‘to beguile’（*OED* 6.）と解釈していることになる。当時「目」は、恋心が最初に宿る場所であると考えられていた。その「目」が、“mind”（判断力）（*OED* 8.）を騙して、鈍らせるというのである。「判断力」はシーシュースのことばを借りるならば、“cool reason”と言い換えることができよう。つまり、オリヴィアは、恋の窓口となった「目」に誑かされて、冷静な判断ができなくなっているのである。これもまた、恋の狂気と見なすことができるのではなかろうか。しかし、オリヴィアの場合、「何をしているか分からない自分」に気づいている「自分」がいることは確かである。村上淑郎氏は、このことを「自分と自分がずれてくる」と表現している。[6] このような「自分の中のずれ」は、公爵に思いを寄せているヴァイオラにも当てはまる。彼女は、公爵の恋の使いとして、オリヴィアのもとへ赴くが、その男装姿がオリヴィアの心を奪ってしまう。自分は男だから、公爵に恋心を打ち明けられないし、女だから、オリヴィアの気持ちに応えることができない。彼女は、女に恋をしてしまったオリヴィアのことを“you are not what you are.”（III.i. 139）と表現するのに対して、自分については“I am not what I am.”（III.i. 141）と言う。この台詞は、話し手と聞き手にとって、それぞれ違う意味を持ち、それを全知の視点で受け止める観客には、さらに polyphonic な響きを持つ。「今ある自分と違う」ということは、「今と違う自分がいる」と言い換えることができ、一人の人物の中に二つの「自分」がいることになる。もう一人の「自分」に気がつくという、第二の視点の芽生えこそ、若い主人公たちのイニシエーションではないかと考えられる。

iii

『十二夜』の中で、真っ先に“madman”と形容されているのは、オリヴィアの叔父サー・トービーである。オリヴィアは大酒飲みで泥酔した叔父を、“he speaks nothing but madman;”（I.v. 106）と非難する。彼は、連日連夜祭り騒ぎに明け暮れながら、劇中のことばで“a foolish knight”（I.iii.15）と呼ばれているサー・アンドルーに、姪との仲を取りもってやると持ちかけて、金品を巻き上げるなど、悪行三昧である。オリヴィアは、酔いつぶれた叔父を前にして、“What's a drunken man like, fool?”（I.v. 130）とフェステに尋ねる。その答えが、次の通りである。

Feste. Like a drown'd man, a fool, and a madman.
One draught above heat makes him a fool, the second
mads him, and a third drowns him.（I.v. 131-33）

この中でフェステは酔っ払いを、“a drowned man”, “a fool”, “a madman” の三者に喩えている。さらに、フェステ流に諺を捩り、酔いの度合いを三段階にして滑稽に語る。それは、まず頭がおかしくなる“a fool”の段階、それから精神がおかしくなる“a madman”、そして飲みすぎた挙句の果てが、溺れ死ぬというものである。酔い始めの段階を“a fool”としたのには、明らかに彼が道化（“fool”）であることを意識したからだと思われる。つまり、暗に“fool”である自分の方が、酒を飲みすぎて我を失った“a madman”より、まだ上等だと自負しているのである。複数の語同士の比較には、それぞれに共通点がなければならない。“fool”の言語的意味は、正確には“madman”（狂人）と重なり合う部分はない。しかし、OF.（古フランス語）の‘fol’, Mod.F.（近代フランス語）の‘fou’には、‘insane person’, ‘madman’の意味があり、この二語の関連性が窺える。[7] また、フランス語由来の英語‘folie’も、精神医学の言葉で「狂気」という意味である。このように“fool”と“madman”は、意味上は厳密に区別されなければならないが、「酔っ払った」という概念を共通項として、“a fool”と“a madman”のどちらがより意識が正常であるかを競わせているのは、大変興味深いことである。フェステの機知に富んだ答えに対して、オリヴィアも機転を利かせて、サー・トービーは“he's in the third degree of drink”（I.v. 135）（溺れ死んでいる状態）であるから、“crowner”（検死官）を連れてくるようにと命ずる。それまでサー・トービーの面倒を見るようにというオリヴィアの指示に、すかさずフェステは“He is but mad yet, madonna, and the fool shall look to the madman.”（I.v. 137-38）と答える。これは、彼がまだ第二段階の“mad”の状態（まだ死んでいない）であるので、その前の段階の“fool”である自分が、面倒を見てやろうという台詞である。劇中においてフェステは、最も客観的視点を持つ登場人物である。また、彼自身“Better a witty fool than a foolish wit.”（I.v. 36）と、オクシモロンを使って語るように、彼は生まれつきの愚者でありながら、真実を語るというアンビヴァレントな性質を持っている。前述の“the fool shall look to the madman”は、後になってマルヴォーリオが狂人扱いをされ、フェステに助けを求める場面の重要な伏線となっているのである。

マルヴォーリオは、酒を飲み浮かれ騒ぐサー・トービーらに向かって、“My masters, are you mad?”(II.iii. 86)と、祭り騒ぎに水を差す。この作品における脇筋の主なテーマは、祝祭である。『十二夜』というタイトル自体も、一連のクリスマス行事の最後を飾る賑やかな無礼講の祭りを意味している。このような非日常の祭りの最中に、彼は日常の醒めた常識を持込み、“Is there no respect of place, persons, nor time in you?”(II.iii. 91-93)などと言う。サー・トービーらとともに、祭り騒ぎに加わっているマライア(Maria)は、マルヴォーリオのことを、“sometimes he is a kind of puritan.”(II.iii. 139)と評している。しかしこの表現は、彼が実際にピューリタン的思想を持っているという意味ではなく、祭りを謳歌するサー・トービーらの自由奔放な振る舞いを非難するマルヴォーリオを、芝居を邪悪なものだと批判したピューリタンに喩えたものである。シェイクスピアの生きたエリザベス朝当時、ピューリタンたちは芝居を邪悪なものとして、攻撃の対象としていた。一六四二年には、マルヴォーリオの“I'll be reveng'd on the whole pack of you.”(V.i. 378)という台詞どおり、劇場は彼らによって閉鎖に追い込まれる。このことばは、ある意味でシェイクスピアの予言と言えるかもしれない。このように、マルヴォーリオの性質を、芝居を攻撃したピューリタンを引き合いに出して表現したのには、当時の時代背景が深く関わっていたと言える。

病的なまでのマルヴォーリオの自惚れは、オリヴィアの台詞“you are sick of self-love, Malvolio, and taste with a distemper'd appetite.”（I.v. 90-91）によっても明らかである。彼にとって、“self-love”は絶対的価値であり、それが客観的には狂気に見えることなど知る由もない。マライアは、このようなマルヴォーリオの“self-love”を利用して、仕返しをする計画を思いつく。この計画とは、オリヴィアの筆跡に似せて書かれた意味ありげな手紙を、彼の目の前に落としておくというものであった。まんまと計画にはまり、オリヴィアの自分への好意を確信したマルヴォーリオは、手紙にある通り満面の笑みを浮かべ、黄色い靴下に十字の靴下止めを身につけて、オリヴィアの前に現れる。偽手紙のトリックは、容姿が瓜二つの双子による人違いと似ている。オリヴィアは、ヴァイオラと間違えてセバスチャンに求婚し、セバスチャンから“mad”と呼ばれる。しかし、このことは「嘘から出た真」となり、結局は正しい選択であった。これに対して、偽手紙をオリヴィアの筆跡だと信じたマルヴォーリオは、本物の「狂人」に仕立て上げられるのである。

マライアから、マルヴォーリオが“is tainted in's wits”（III.iv. 13）（頭が変になった）と聞かされたオリヴィアは、“I am as mad as he, / If sad and merry madness equal be.”（III.iv. 14-15）と独りごとを言う。オリヴィアは自分の狂気を“sad madness”と表現する一方で、マルヴォーリオについては“merry madness”と言い表している。“sad”は、「気持ちが沈んだ」（*OED* 5.a.）という意味で、“merry madness”には、オリヴィアの重く沈んだ気持ちを理解できない場違いなマルヴォーリオの愚かさが窺われる。前述のサー・トービーらに向けられた、「場所と身分と時をわきまえないのか」というマルヴォーリオ自身の台詞が、そっくりそのまま彼にあてはまるのである。意味の通じないことばかり口走る彼に、オリヴィアは"Ha?"（III.iv. 42）、"What say'st thou?"（III.iv. 44）としかことばを返すことができない。最後には、彼女は"Why, this is very midsummer madness."（III.iv. 56）と、夏のあまりの暑さで気が狂ったと結論づける。偽手紙の内容から、オリヴィアと結婚し、伯爵になれると勘違いしたマルヴォーリオは、サー・トービーらに向かって"I am not your element. You shall know more hereafter."（III.iv. 125）と言い放ち、より横暴な態度をとる。この「お前たちとは住む世界が違う」ということばは、彼が『十二夜』の祝祭の世界に入ることができないということを暗示しているようにも思われる。オリヴィアの召使の一人フェイビアン（Fabian）は、「後で思い知らせてやる」という台詞に腹を立て、"we shall make him mad indeed."（III.iv. 133）（彼を本物の「狂人」に仕立て上げてやろう）と発言する。サー・トービーは、オリヴィアがマルヴォーリオを"mad"だと信じ込んでいるのを利用して、彼を"dark room"に押し込んでしまおうと計画する。狂人を暗い部屋に閉じ込め、鞭で打ったりすることは、狂人に対する当時の実際の治療法であり、『間違いの喜劇』や『お気に召すまま』にも登場している。

フェステは、狂人を治療する牧師サー・トーパス（Sir Topas）に変装し、"dark room"に閉じ込められたマルヴォーリオを訪ねる。トーパスは'Topaz'（トパーズ）を捩ったものと考えられ、その宝石は、狂人から狂気を取り除く力があるとされている。この場では、フェステ扮するサー・トーパスとマルヴォーリオの間で、「狂人」、「いや狂ってなんかない」という押し問答が繰り返される。"Good Sir Topas, do not think I am mad; they have laid me here in hideous darkness."（IV.ii. 29-30）と訴えるマルヴォーリオに、フェステは部屋には幾つも窓があり、光が降り注いでいると偽る。マルヴォーリオが、鳥に関するピタゴラスの霊魂輪廻説に対してまともな意見を述べても、それは違うと反論される。この場面では、「正気」と「狂気」が入り乱れ、その境がアンビギュアスになっているのである。[8] そこへ本物のフェステも登場し、観客にとってさらにややこしい事態となる。次に、マルヴォーリオとフェステのやり取りを挙げてみる。

Malvolio. Fool, there was never man so notoriously abus'd; I am as well in my wits, fool, as thou art.
Clown. But as well! Then you are mad indeed, if you be no better in your wits than a fool. (IV. ii. 87-90)

マルヴォーリオは以前に、フェステを"I saw him put down the other day with an ordinary fool that has no more brain than a stone." (I.v. 84-85) と馬鹿にしていたことがあった。その"an ordinary fool"にも劣るフェステと、自分の"wits"が同等という表現からは、サー・トービーらが嫌う、彼の日和見主義的な側面が窺える。これに対してフェステは、「"fool"と同じ程しか知恵が無いと言うなら、お前は本当に狂っている」と切り返す。前述の通り、フェステが「酔っ払った」を共通項として、"fool"と"madman"とを比較していた場面があった。このことからも分かるように、フェステは自分が愚者であることを十分自覚しているが、マルヴォーリオは自分が外部からは"madman"に見えていることをまったく知らない。ヴァイオラに一目惚れしたオリヴィアは、自分の行為の愚かさが、恋の狂気からくるものだと心のどこかで気付いていた。しかし、マルヴォーリオは、徹底的に狂人扱いされても、自分は完全に「正気」であると主張して譲らないのである。

iv

このようなマルヴォーリオの暗闇の世界から場面が変わって、セバスチャンが登場し、"This is the air, that is the glorious sun, / This pearl she gave me, I do feel't, and see't,"（IV.iii. 1-2）と語る。マルヴォーリオの暗闇は、"as dark as ignorance"（IV.ii. 45）と表現されているように、彼自身が気づいていない「狂気」の象徴であるように思われる。これに対してセバスチャンは、イリリアの空気を感じ、光り輝く太陽をその目で見上げ、オリヴィアが手渡した真珠を手に触れながら、"And though 'tis wonder that enwraps me thus, / Yet 'tis not madness.（IV.iii. 3-4）と続ける。「驚きの目で見るべきもの」という"wonder"は、『テンペスト』の中でファーディナンド王子が、ミランダと初めて出会った時に発した語である。二人はプロスペローの魔法の力で出会うように計画されていた。イリリアの"wonder"な空気に包まれて、第三者であるはずのセバスチャンも、人を惑わす力の影響を受けるようになると思われる。彼は、見知らぬ伯爵令嬢との突然の結婚という常識では考えられない出来事について、"wrangle with my reason that persuades me / To any other trust but that I am mad, / Or else the lady's mad;"（IV.iii. 14-16）と表現する。人違いが招いたこととは知らない彼は、この不思議な出来事に対して懸命に理性を働かせるが、自分か彼女のどちらかが"mad"であるとしか考えが及ばない。しかし同時にこの信じ難い事態に、冷静な理性に反駁してまでも、身を任せてしまいたいという感情が沸き起こっているのも確かであった。セバスチャンもまた、分別を働かせようとする思いと、無分別にも"madness"の世界に飛び込もうとする気持ちの間でジレンマを感じている。彼にも、「自分の中のずれ」が生じているのである。

セバスチャンとオリヴィアの結婚は、イリリアをさらなる混乱へと陥れる結果となる。何も知らないヴァイオラに対してオリヴィアは、"Ay me, detested! how am I beguil'd!"（V.i. 138）と食って掛かり、公爵は"O thou dissembling cub!"（164）と蔑みのことばをぶつける。しかし、セバスチャンの口からすでに、"madness"が"wonder"へと価値転換したことを聞かされている観客は、この「騙し」や「偽り」の中に、真実があることを知っている。さらに五幕一場では、ヴァイオラと間違えてセバスチャンに喧嘩を吹っかけたサー・アンドルー、サー・トービーらが、反対にやっつけられるというドタバタがある。これによって、サー・トービーらの祭り騒ぎの"madness"も正気に戻らざるを得ない。彼らを追ってセバスチャンが登場すると、他の登場人物の目には、二人のヴァイオラあるいは二人のセバスチャンが、同時に存在しているという奇跡が起きたように見える。この信じられないような光景を公爵は、"One face, one voice, one habit, and two persons, / A natural perspective, that is and is not!"（V.i. 216-17）と表現している。彼の言う「一つの顔、一つの声、一つ服、二つのからだ」とは、到底現実には有り得ないことである。また、“that is and is not”（あって、ない）というオクシモロンを使った表現は、有るはずのないことが起きていることを意味し、それを“natural perspective”（自然の覗き眼鏡）と呼んでいる。「自然」とは、この世においてものを生み出す力のことである。その「自然」の力が作り出した魔法の鏡には、真実が映っていたのである。またオリヴィアも、この「驚きの目で見るべき」（“wonder”）光景を、“Most wonderful!”（V.i. 225）と表現している。この場合の“wonderful”は、「奇跡的な」という意味である。

シェイクスピア喜劇の結末は、『お気に召すまま』の最後に「結婚の女神」“Hymen”が登場し、すべてを解決して一気にハッピーエンディングとなるように、しばしば因果論に頼らない終わり方をする。(9)『十二夜』においても、様々な問題を解決するのは登場人物ではなく、ヴァイオラの台詞に何度も見られる“time”という超自然の力である。しかし、マルヴォーリオは、このような“time”の影響を受けることなく、劇最大のクライマックスにも忘れ去られたままである。やっとオリヴィアは、彼が“dark room”に閉じ込められているのを思い出す。マルヴォーリオのことが話題に上ると、再び“mad”,“madman”,“madness”,“madly”などの語が、立て続けに使われる。彼の「狂気」だけが、後にとり残されているのである。そもそも、オリヴィアがヴァイオラに一目惚れしていたことさえ気づかなかったマルヴォーリオは、自分が暗室に閉じ込められている間に起こったことなど知る由もなく、自分が「狂人」扱いされ、ひどい仕打ちを受けたと怒りに震えるばかりである。

これに対してフェイビアンは、一連の「マルヴォーリオいじめ」は、自分たちの企みであると白状して、“the condition of this present hour, / Which I have wond’red at.”（V.i. 357-58）と語る。この中で彼は、ヴァイオラ、セバスチャンの感動的な再会によってすべての誤解が解け、新しく二組のカップルが誕生した光景を、「驚きの目で見ていた」（“wond’red at”）と表現している。さらに、この「奇跡的な出来事」を喧嘩騒ぎで汚したくないとも語る。また、“How with a sportful malice it was follow’d / May rather pluck on laughter than revenge, / If that the injuries be justly weigh’d / That have on both sides pass’d”（V.i. 365-68）と語られるように、フェイビアンらにとって「マルヴォーリオいじめ」は、ほんの悪ふざけであり、恨みを買うようなものではなかったのである。台詞の後半の「両サイドが蒙った損害が、まったくの五分と五分ならば」とあるように、“wonder”な光景の前では、脇筋で起こったいがみ合いなど些細なことであり、喧嘩両成敗で収まるレヴェルのものである。これに対してマルヴォーリオは、自分の正当性のみを主張して譲らない。このように、自分の立場からしかものごとを見ることができないという一方的な価値観こそ、“wonder”な大団円には相応しくないものなのかもしれない。

V

この作品において、イリリアの事情を知らないセバスチャンの第三者的視点は、大変重要なものとなる。彼は、次々と起こる不思議な出来事に、イリリアを“mad”に溢れた空間だと感じる。そのうちに自分が狂っているのか、相手が狂っているのか判断がつかなくなってしまう。また、恋という狂気に陥っているオリヴィアは、「何をしているか分からない自分」に気がついている自分の存在を認めている。これもまた、自分自身の中に生じたずれである。登場人物の中には、このような「狂気」に陥ることによって、自分が二つに分かれるという経験をするものがいる。これらは、当然痛みを伴う経験であり、主人公たちの精神的成長や恋愛の成就には不可欠な、イニシエーション的性質を帯びていると言っても過言ではない。ヴァイオラとセバスチャンが再会し、すべての誤解が解けた時、“madness”から“wonder”への価値転換がなされる。

これに対して、サー・トービーら脇筋の登場人物たちの「狂気」は、少し意味合いが違ってくる。彼らは、無礼講の祭りに狂ったように興じている。酒を飲み昼夜を問わず歌い踊る姿は、マルヴォーリオが言わずとも、“mad”である。あまりに度を越した馬鹿騒ぎは、セバスチャンの登場によって冷水を浴びせられたように鎮まってしまう。彼らにとって祭りのメインイヴェントである「マルヴォーリオいじめ」も、ヴァイオラとセバスチャンが同時に舞台に立つという“wonder”な光景を目の当たりにして幕引きとなる。しかし、“cakes and ale”（II.iii. 116）をエンジョイする彼らは、『十二夜』の祝祭性を大いに担っていると考えられる。

一方、オリヴィアの筆跡そっくりの手紙に騙されて、とんだ茶番を演じさせられたマルヴォーリオは、「狂人」扱いされたままである。双子による人違いの仕掛けが明かされて、公爵、オリヴィア、ヴァイオラ、セバスチャンの「狂気」は、あたかも魔法が解けたかのように消え去ってしまう。フライは、このような決して叶わないと思われる願望が実現するのが「喜劇」であると位置づけ、マルヴォーリオのように“Romance”からはみ出てしまう登場人物を“idiots”の仲間であると説明する。さらに、それは「喜劇」の中の登場人物の多様性（“a variety of characters”）の現れであるとも述べる。[10] 確かに『十二夜』は、主筋と脇筋のコントラストが強く、登場人物たちの性質はバラエティーに富んでいる。しかし、この作品において多様性は、すべてが丸く収まるという調和の中にあるのではなく、今にも調和が崩れそうな緊張感の中にあるように感じられる。この作品はロマンティックコメディであるので、セバスチャンの登場がなければなどと仮定する必要もないが、もしそうだとするならば、妄想のまま残るマルヴォーリオの恋と同じように、他のすべての“love”が幻のままに終わってしまう恐れが出てくる。作品を詳しく見ていくと、マルヴォーリオの他にも、幸せな大団円からはみ出している登場人物がいることがわかる。また、少しセンチメンタルではあるが、「覚えておけ」という捨て台詞を残し去っていくマルヴォーリオの後姿には、悲哀を感じないわけではない（当時の観客がそうであったかはわからない）。それは、彼の愚かな“madness”の中に我々の日常に近い姿を、多少なりとも映し出しているからではなかろうか。シェイクスピアの劇中には、「奇跡」や「魔法」のような力で解決される“Romance”の性質と、パックが“what fools these mortals be!”（III.ii. 115）と言うように、人間の滑稽なまでの愚かさの両面が内包されているとは言えないだろうか。

注

（1）『十二夜』において、“mad”は21回使われている。これは『間違いの喜劇』の24回、『ハムレット』の22

回に次ぐものである。さらに“madness”が6回、“madman”7回、“madmen”が1回見られる。

（2）『お気に召すまま』の中に、“Love is merely a madness,”(III.ii. 400)という有名な台詞がある。

（3）一九六〇年代にシェイクスピア喜劇の構造を唱えたフライは、“The images of chaos, tempest, illusion, madness, darkness, death, belong to the middle action of the comedy, in the phase of confused identity.”と説明している。

Frye, 137.

（4）ベリーはシェイクスピア喜劇を“The comedies, in short, might be called comic rites of passage.”と、端的に結論づけている。

Edward Berry, *Shakespeare's Comic Rites* (Cambridge: Cambridge UP, 1984), 6.

（5）村上淑郎氏は、ヴァイオラの台詞、“Poor lady, she were better love a dream”を引用して、『十二夜』における“love”は、みな「幻の恋」であると述べている。

村上、「マルヴォーリオは何のふりをしているのか」『ハムレットの仲間たち』（研究社、二〇〇二）、251。

（6）村上、「ものみなが二つに見える……——主人公たちに起こること——」『文学』Vol. 54（一九八六）、182。

（7）*OED* sv fool.

（8）大橋洋一氏は、「マルヴォーリオいじめは、正気と狂気の境界を横断している」と表現している。

大橋洋一「狂気」『シェイクスピアハンドブック』高橋康也編（新書館、一九九四）、60。

（9）John Creaserも、『お気に召すまま』におけるハイメン（Hymen）の唐突な登場について説明している。

John Creaser, “Forms of Confusion,” in *The Cambridge Companion to Shakespearean Comedy*, ed.

Alexander Leggatt (Cambridge: Cambridge UP, 2002), 92.

（10） Frye, p.93.

3 "fool"について

i

道化（"fool"）のフェステは、架空の学者クイナパラス（Quinapalus）からの引用と称して、"Better a witty fool than a foolish wit."（I.v. 36）と語る。この表現は、道化がいかにも学識をひけらかそうと披露した滑稽なことば遊びであるが、作品全体という大きな視野から見なおすと、単純にそうとばかりは言えないように思われる。下線部は、"witty"と"fool", "foolish"と"wit"という、矛盾する概念を持つ語どうしを強引に結びつけたオクシモロンである。これはシェイクスピア作品の中にしばしば見られる修辞法で、この場合"fool"と"wit"という、文字通りならば正反対であるはずの価値を相対化することによって、その境界線を曖昧にしているのである。さらにこの台詞から"witty"と"foolish"を取り除くと、"Better a fool than a wit"となり、"a fool"と"a wit"の位置があべこべになるパラドックスとなる。このような「賢者」と「愚者」の立場の逆転は、シェイクスピア独自の創作ではなく、中世以来の「愚人」を扱った文学に見られる伝統的なものである。[1] また、"a witty fool"の概念は、ソクラテスの「無知の知」にまで遡ることができる。ソクラテス的視点によれば、自分が愚者であることに気付いている者が、賢者（"a witty fool"）であり、その逆が愚者（"a foolish wit"）であるという。

劇中の登場人物の多く（特にイリリアに住む人々）は、広い意味で"fool"に属していると思われる。それは"fool"の言語的意味が多義的であり、アンビギュアスであることにもよっている。第一節で触れたように、『十二夜』の舞台となっているイリリアは、しばしば"Elysium"（I.ii. 4）と音の類似が指摘されている。"Elysium"は"The supposed state or abode of the blessed after death in Greek mythology."(2)という意味であり、イリリアにこの「天国」にも似た空間の名前をかけたことば遊びは、架空の国イリリアのリアリティの欠如を表現しているように思われる。この作品の少し前に書かれたとされる『お気に召すまま』のアーデンの森は、その名をシェイクスピアの母親の旧姓に由来すると見られている。さらにこの森は、彼が幼いころ過ごしたストラッドフォード・アポン・エイヴォン（Stratford-upon-Avon）近郊の森を彷彿とさせることから、現実との接点が見受けられる。

これに対して、おとぎの国にも似たイリリアでは、公爵が音楽を聴きながら、報われない恋に溜め息をついている。彼は"If music be the food of love, play on,"（I.i. 1）ではじまるblank verseの中で、"food"という日常的かつ具体的なものを"music"や"love"のような抽象的で高次元なものにまで引き上げようとする。公爵の「恋」は、夢、幻を表す"fancy"である。(3)このことは、彼の恋愛の対象が現実のオリヴィアではなく、悲恋に苦しむ自分自身の姿にあることを表している。一方オリヴィアは、兄の死を悼む貞淑な伯爵令嬢という役柄に自己陶酔している。彼女が喪に服すると誓った七年は、あまりに長い歳月である。バートンは*The Riverside Shakespeare*の中で、「彼女は時間の流れと忘却と戦っている」と注釈している。[4]『十二夜』における'Time'には、無常にも足早に死へと向かう残酷な性質と、劇のプロットの縺れた糸を解きほぐし幸せな大団円を導き出すという性質の両面がある。バートンの指摘する「時間の流れ」は前者に、「忘却」は後者に属すると考えられ、オリヴィアは'Time'の両側面と戦っていることになる。

オリヴィアの叔父サー・トービーは、連日連夜酒を飲んでは祭り騒ぎに明け暮れている。さらに少し頭が悪い（"foolish"）が金持ちのサー・アンドルーに、姪と結婚させてやると言ってそそのかして、金品を巻き上げたり、マライアやフェイビアンらと共謀し、「マルヴォーリオいじめ」を企てる。マルヴォーリオは、生真面目ではあるが自惚れが強く、主人であるオリヴィアが自分に好意を持っているのではないかという突拍子もない想像をしている。特に彼は、自分の思い描く妄想や行為が、周囲には滑稽で愚かな「狂人」（"madman"）に見えていることに気づかない。サー・トビーらによる「マルヴォーリオいじめ」は、彼の無意識のうちの「狂気」（"madness"）が具現化されたものだと考えることができる。

このようにイリリアの人々は、フェステのことばを借りれば、"a foolish wit"と呼ぶことができるかもしれない。誰もが認め、まぎれもない"fool"であるフェステが、彼らの"fool"性を暴いているということは逆説的であり、興味深いことである。そこで本節では、まず"fool"の意味を明らかにし、フェステの"a witty fool"と"a foolish wit"というオクシモロンを鍵表現として、フェステとマルヴォーリオを中心に、イリリアの登場人物たちの"fool"性について考察したいと思う。

ii

“fool”という語は『十二夜』の中でも大変多く見られる語の一つであって、58回も使われている。[5]また“fool”に近い語としては、“fooling”, “foolish”, “foolery”, “folly”などが多く現れる。“fool”の言語的意味は多義的であり、先ほどのオクシモロンと同じように曖昧である。また、第二節ですでに論じたように、“fool”は“mad”と密接な関係がある語である。[6]“mad”は、“fool”ほどではないが、やはり頻出する語である。さらに“madness”, “madman”, “madmen”を合わせると、かなりの数に上る。前にも触れたが、マルヴォーリオが「狂人」と呼ばれたのと、彼の“fool”ぶりには大きな関連性が窺える。高橋康也氏は、『道化の文学』の中で、「愚者・阿呆・白痴・狂人・職業道化―これらの意味を未分化のまま孕んだ複合体として、「道化」は理解されなくてはならない」と述べ、“fool”という語のアンビギュイティーを説明している。[7]

フェステは、作品のト書きには“clown”と記されているが、台詞の中では“fool”と呼ばれている。“clown”は、16世紀以降に使われるようになった演劇用語である。この語は本来一般的に、「愚鈍な者」「滑稽な田舎者」[8]を表す語であった。一方“fool”は、狭い意味ではフェステのような“jester”(宮廷道化)(II.iv. 11)を意味するが、広義では生まれつきであろうがなかろうが、「馬鹿」を意味する間口の広い語である。“jester”は、古くはその歴史を古代ローマの宮廷にまで遡ることができる。彼らは鈴のついた道化の頭巾とまだら模様の衣装を纏い、誰かまわず毒舌を吐くことによって、宮廷という同質的な世界に異質な価値をもたらしたのであった。[9]『お気に召すまま』の中で、この世を憂れいてばかりいる憂鬱屋のジェークイズは、“Invest me in my motley; give me leave / To speak my mind,” (II.vii. 58-59) と言って、道化のまだら服を羨ましがる。彼のことばどおり、道化の衣装は、誰にもはばかることなく辛辣に自分の本心を表現できる格好の装置である。自分自身が愚者であることを認識できる“fool”は、他の登場人物たちの“fool”ぶりを笑い飛ばす。その滑稽な笑いの中に、「賢者」と「愚者」の立場の逆転、つまり“Better a witty fool than a foolish wit.”が真実味を帯びてくるのである。

iii

フェステが最初に登場するのは、ヴァイオラが思いを寄せる公爵に代わって、オリヴィアに求婚するという役目の苦しさを、観客に向かって訴えた台詞、“Yet a barful strife! / Whoe'er I woo, myself would be his wife.” (I.iv. 41-42) の直後である。下線部“strife,”“wife”のライムは、ヴァイオラ自身が公爵の妻になりたいと願っているにもかかわらず、それが到底叶わぬ望みであるという悲痛な叫びの表れである。このようなヴァイオラの切迫感を余韻として残したまま、フェステとマライアの登場を迎える。フェステが舞台に登場し、マライアと機知に富んだことば遊びの応酬を始めるやいなや、舞台の雰囲気は一変する。フェステはマライアのことば、“My lady will hang thee for thy absence.” (I.v. 3) に対して、“He that is well hang'd in this world needs to fear no colors.” (I.v. 4-5) (“colors”「軍旗」と“collars”「縛り首の綱」との洒落) ですかさず切り替えしている。ここでマライアの言う“hang”は、フェステがオリヴィア邸から無断で抜け出したことに対する、罰の意味で用いられたと考えられる。これに対してフェステは、この世で縛り首になって、死んでしまえば天下無敵だと、「罰としての縛り首」が持つマイナスの価値を、プラスへと逆転させているのである。このようにことばの絶対的価値をぶち壊し、自在に弄ぶことによって、価値を相対化することを、彼は自ら「ことばは、“a chev'ril glove”(III.i. 12)(柔らかでしなやかなキッドの手袋)と同じように、簡単にひっくり返される」と語っている。彼は、このような自分自身の役割を“corrupter of words”(III.i. 36)(ことばの解体屋)と呼ぶ。どのようにしてフェステがことばを「解体」していくかということを、以下に挙げてみることにする。

彼は、オリヴィアの“Take the fool away.”(I.v. 39)に対して、“Take away the lady.”(I.v. 40)と言い返す。そして、“Good madonna, give me leave to prove you a fool.”(I.v. 57-58)と、オリヴィアの愚者ぶりを証明しようとする。無論、彼女は“the fool”を、フェステを目の前にして、“clown”,“jester”という意味で用いているが、彼はそれを承知で、“a fool”(a stupid person)の意味で使っている。このようにフェステが“fool”という語を、ことば遊びを使い「解体」していく過程が次のとおりである。

Clown. Good madonna, why mourn'st thou?
Olivia. Good fool, for my brother's death.
Clown. I think his soul is in hell, madonna.
Olivia. I know his soul is in heaven, fool.

Clown. The more fool, madonna, to mourn for your brother's soul, being in heaven. Take away the fool, gentlemen. (I.v. 66-72)

この中でフェステは、“fool”だけにとどまらず、「死」の価値をも相対化しようと試みている。「死」は、一般的に生きとし生けるものの命の終わりを表し、忌み嫌われるものだと考えられる。したがって、オリヴィアが兄の死を嘆き悲しんでいるというのは、ごく当たり前のことである。しかし前記の会話は、「死」が破滅的で残酷なものであるという、いわゆる常識と言われているものを覆すものである。このことは『十二夜』がヴァイオラ、セバスチャン兄妹の、死に至るような難破からの生還に始まっていることと深く関わっていると思われる。しかし、オリヴィアの七年もの間ヴェールを被り、屋敷から一歩も出ないと誓うほどの嘆きには、兄の死を悼むけなげな妹という姿に隠された、彼女のエゴイズムを見出すことができる。フェステはこのような、オリヴィアの自己欺瞞を鋭く見抜いているのである。前にも述べたが、オリヴィアが“fool”を、職業としての“jester”とのみ用いているのに対して、フェステはまず、「ますます愚かな」という形容詞で、そして最後はオリヴィアの台詞を真似て、「お嬢さんこそ愚か者」だと証明してみせている。オリヴィアは伯爵令嬢であり父親と兄の亡き後、一人で立派に屋敷を取り仕切っている。フェステはこのような女主人を、“fool”である自分の地位まで「格下げ」していることになる。[10] この一幕五場には“fool”に関連する語が、“fool's,” “fools,” “foolery,” “foolish,” “folly,” “fooling” など、あわせて29回も使われている。

公爵もまた、フェステに “fool” 呼ばわりされている人物の一人である。フェステはヴァイオラとの会話の中で、“I would be sorry, sir, but the fool should be as oft with your master as with my mistress.” (III.i. 39-41) と言う。アーデン版はこの台詞を(1) that he enjoys visiting Orsino's house と(2) that Orsino is as given to foolishness as is Olivia の二つの意味が込められていると注釈をつけている。[11] (1)の場合、“the fool” は道化としてのフェステ自身のことであり、(2)において “fool” な行いをしているのは、公爵とオリヴィアの両者となる。この場においても “fool” は、二重の意味を含んでいるのである。前にオリヴィアの「死」に対する考えについて触れたが、公爵も「死」というものを頭の中で美化して考え、真実の恋とは報われない恋の果てに死ぬことであると発言している。彼は音楽を聴きながら、悲恋の恋人役に陶酔しきっている。フェステは名前の通り、劇中の祝祭的雰囲気を盛り上げる重要な役割を果たしており、祭りにつきものの音楽を演奏するのも彼の仕事である。公爵の望みどおり、フェステは愛のために命を落とした若者の歌を歌う。公爵の愛は、劇冒頭におかれた自分自身の恋の情熱というおそろしい猟犬に追いかけられ、かみ殺されるというギリシャ神話を内面化した比喩で表されるように、観念的な「宮廷風恋愛」である。フェステの歌の一節 “My part of death, no one so true / Did share it.” (II.iv. 57-58) (愛のために死んだ者で、私ほど真実に愛した者はかつてない) は、まさに公爵の心情を言いあてた表現である。フェステはオリヴィアの屋敷と公爵の宮廷とを自由に行き来しながら、彼らの高い身分や権威を低次元のものへと格下げするという価値の相対化をなしとげている。『リア王』

(*King Lear*) においても、フール (Fool) は主人公であるリア (Lear) の “fool” ぶりを暴き出す役割を果たしている。リアは、財産を譲った上の二人の娘に疎まれ屋敷を後にする。その時フールは、“Nuncle Lear, nuncle Lear, tarry, take the Fool with thee.” (I.iv. 315-16) と言う。この台詞には、「“fool” である自分を一緒に連れて行け」という意味と、「リアの中にある “fool” 的性質を共に連れて行け」の二つの意味を含んでいると考えられる。この後フールは、「国王」、「父親」という権威を失い、ただの “old man” となったリアと共に荒野をさまよう。このように道化は、主人公に寄り添いながら、彼らの “fool” 性を明るみにする役柄を担っているのである。

　ヴァイオラは、このような道化としてのフェステの性質を鋭く見抜いている。彼女の “Dost thou live by thy tabor” (III.i. 1-2) という問いに、フェステは “No, sir, I live by the church.” (III.i. 3) と答える。ヴァイオラは “by” を「～で生計を立てる」という意味で用いているが、フェステは「～のそばで生活している」という意味で切り返す。彼女はフェステの巧みなことば遊びに感心して、“So thou mayst say the king lies by a beggar, if a beggar dwells near him; or the church stands by thy tabor, if thy tabor stand by the church.” (III.i. 8-10) と語る。ここにも「王が乞食のお守りで眠る」と「教会が道化のおかげで生計が成り立つ」という具合に、「国王」や「教会」のような、いわゆる「権威」と言われるものの価値の格下げが見られる。[12] ヴァイオラ自身、オリヴィアに向かって “I am your fool.” (III.i. 143) と発言するように、彼女の中にも道化に近い性質が備わっているようにも思われる。ヴァイオラは “a witty fool” としてのフェステを、以下のように表現している。

Viola. This fellow is wise enough to play the fool,
And to do that well craves a kind of wit.
He must observe their mood on whom he jests,
The quality of persons, and the time;
And like the haggard, check at every feather
That comes before his eye. This is a practice
As full of labor as a wise man's art;
For folly that he wisely shows is fit,
But wise men, folly-fall'n, quite taint their wit.（III.i. 60-68）

これはシェイクスピアの劇団で道化を演じたロバート・アーミン（Robert Armin）への賛辞であると考えられており、その視点から見ると下線部の"play"や"practice"などの語が、違う意味を持つようになる。彼が、今までのウィリアム・ケンプ（William Kempe）に代わって一座に加わるようになって以来（タッチストーンからだと思われる）、劇中における道化の果たす役割が非常に大きくなったと考えられている。再び作品に戻るが、この台詞は、フェステのことば"Better a witty fool than a foolish wit"に集約されている。また、三行目からの「冗談を言うにも相手の気持ちをさぐり、人柄を見きわめ、時と場合を心得ていなくてはならない」というくだりは、マルヴォーリオが"Is there no respect of place, persons, nor time in you?"（II.iii. 91-92）と高飛車に言い放っていながら、偽手紙の内容を鵜呑みにし、満面の笑みに黄色い靴下姿で、オリヴィアの前に現れた状況を思い起こさせる。このことについては、後で詳しくのべることにする。

『お気に召すまま』のタッチストーン、『十二夜』のフェステ、『リア王』のフールは、いわゆる wise fool と言われるものである。これに対して、単なる愚者は dry fool と表現され、『間違いの喜劇』の双子の召使ドローミオや『ヴェニスの商人』のラーンスロット・ゴーボー（Launcelot Gobbo）などが当てはまる。『十二夜』の中で、フェステはオリヴィアから"Go to, y' are a dry fool; I'll no more of you. Besides, you grow dishonest."（I.v. 41-42）と非難される。オリヴィアの言う"dry"は、「つまらない、くだらない」という意味である。一方フェステは、「喉が渇いた」という意味で用いて、"for give the dry fool drink, then is the fool not dry;"（I.v. 44-45）と返事をする。このように、瞬時に「キッドの手袋」のごとく、ことばの意味をひっくり返してしまうというフェステの能力は、wise fool あるいは"a witty fool"のなせる業なのである。フェステやタッチストーンのような wise fool は、ことばを「解体」することによって、価値の相対化をはかろうとする。彼らはいつも価値の中心にいてバランスをとっている。これは、ウェルスフォード（E. Welsford）が道化を「動かない一点」（punctum indifference）と表現するものである。[13]

iv

マルヴォーリオは、女主人であるオリヴィアからフェステについて"How say you to that, Malvolio?"(I.v.82)と問われ、"I saw him put down the other day with an ordinary fool that has no more brain than a stone."(I.v.84-85)と答えている。この場面は、マルヴォーリオの「職業道化」に対する見方を表す重要なものである。彼はフェステを、「石ころ同様に脳みその足りない当たり前の馬鹿にも劣る」と辛辣に批判する。さらに"I protest I take these wise men that crow so at these set kind of fools no better than the fools' zanies."(I.v.88-89)と続け、道化の言うことに高笑いする賢者("wise men")も、道化の助手("the fools' zanies")同然だと非難する。このようにマルヴォーリオは、「職業道化」としてのフェステの価値を認めず、単なる'stupid person'の意味での"fool"と混同している。宮廷における高次のものを、低次元から見ることによって、その絶対的価値をひっくり返すという道化の存在価値を否定するマルヴォーリオは、つねにフェステとは対立軸におかれている。

道化の笑いは、ことばの持つ意味がたちどころにひっくり返されるという、巧みな価値の逆転にある。しかし、マルヴォーリオのことばに対する見方には柔軟さがなく、ベルグソンのことばを借りるならば「機械のぎこちなさ」が見られる。(14) 以下の会話には、マルヴォーリオのことばに対する滑稽なまでの「ぎこちなさ」が感じられる。

Olivia. What kind o' man is he?"

Malvolio. Why, of mankind.

Olivia. What manner of man?

Malvolio. Of very ill manner: he'll speak with you,
will you or no.

Olivia. Of what personage and years is he? (I.v. 150-55)

オリヴィアは、拒まれてもなかなか帰ろうとしない公爵の使者に興味を覚えはじめている。彼女は、なんとかして使者の容貌を聞き出そうとするが、マルヴォーリオは女主人の意図を汲み取ることができない。彼はオリヴィアの「どんな人?」という問いに、"of mankind"（普通の人）と見当はずれな答え方をする。それでもオリヴィアは辛抱強く、"What manner of man?"（下線部をオリヴィアは kind, sort の意味で使った）と尋ねる。しかし、マルヴォーリオは "manner" の意味を behavior と取り違えて、"Of very ill manner" と答える。彼のことばに対する硬直した感覚は、一語一義にしか受け取ることができない愚鈍さに見られる。しびれを切らしたオリヴィアは、より具体性を表す "personage" や "years" といった語を用いて意思の疎通を図ろうとする。前にも触れたが、このようなマルヴォーリオのぎこちないことば感覚は、道化の鋭敏な観察力とは対照的である。

マルヴォーリオという名前は、ラテン語風に ill-will〈Mal（=ill）+volio（=will）〉と読むことができ、フェステやサー・トービーらが陽気に浮かれ騒ぐ祭りに対しては、敵であることを表している。道化を加えてサー・トービー、サー・アンドルーの三人は、"Three merry men be we."（II.iii. 76）とばかりに、馬鹿騒ぎに興じている。そこへマルヴォーリオが登場し、せっかくの祭り騒ぎに"My masters, are you mad?"（II.iii. 86）と言って水をさす。サー・トービーとフェステもこれには負けじと、マルヴォーリオのことば尻をとらえた歌を歌って応戦する。さらにマルヴォーリオはオリヴィアの威光を笠に着て、サー・トービーらの騒ぎを"this uncivil rule"（II.iii. 123）と軽蔑する。このように祭を毛嫌いしているマルヴォーリオをマライアは、祝祭を忌み嫌ったピューリタンを引き合いに出して"The dev'l a puritan that he is, or any thing constantly but a time-pleaser, an affection'd ass, that cons state without book, and utters it by great swarths;"（II.iii. 147-50）と表現する。この中には、彼の高い身分への憧れの感情が見て取れる。フェステが公爵やオリヴィアを自分の地位まで引きずり下ろそうとしていたのに対して、マルヴォーリオは威厳あることば使いを暗記し、それをおびただしく発することによって、自分自身を分不相応な高い身分に引き上げようとしている。マライアは彼について"the best persuaded of himself"（II.iii. 150）（自惚れきっている）と語る。マルヴォーリオの自惚れは、オリヴィアも"you are sick of self-love, Malvolio"（I.v. 90）と言い表すものである。

マルヴォーリオについて、祝祭を楽しむ人々が我慢ならないのは、ピューリタンにも似た愚直なまでの祭り嫌いだけではなく、謹厳実直な執事という姿の影に隠された醜悪な妄想である。この妄想とは、オリヴィアと結婚し、伯爵になるという突拍子もないものであった。喪に服しているオリヴィアが、生真面目なマルヴォーリオを重んじているのをいいことに、彼女が自分に気があると勘違いしているのである。マルヴォーリオには、相手の言うことを自分の都合のいいように解釈する癖がある。例えば、彼は“I have heard herself come thus near, that should she fancy, it should be one of my complexion.”（II.v. 24-26）と発言している。実際にオリヴィアが、このように言ったかどうかは分からないが、すでに男装したヴァイオラに恋をしている事実を知っている観客には、マルヴォーリオの思い込みがとんでもない勘違いであると分かる。マライアもこのことを十分承知していて、女主人が彼に好意を持っていると吹き込む。「マルヴォーリオいじめ」は、このような彼の思い込みや妄想を巧みに利用したものである。

マライアは、オリヴィアの筆跡をそっくり真似た意味ありげな手紙を、マルヴォーリオの通り道に落としておくことを思いつく。そこへ彼は、オリヴィアとの結婚生活を想像しながら歩いてくる。その姿を木の陰から見ているサー・トービーは、“Look how imagination blows him.”（II.v. 42）（妄想で膨れ上がっている）と言って面白がる。見物されているとは知らないマルヴォーリオは、“Calling my officers about me, in my branch'd velvet gown; having come from a day-bed, where I have left Olivia sleeping—”（II.v. 47-49）と言いながら一人芝居を演ずる。刺繍模様のついた“velvet gown”は、彼の高貴な身分への憧れの具現化である。“a day-bed”は単に「寝椅子」という意味であるが、その後の“where I have left Olivia sleeping”という台詞を聞くと、卑猥な響きが加わってくる。サー・トービーは“my kinsman”（II.v. 55）と呼ばれたのを耳にして、思わず“Blots and shackles!”（II.v. 56）（牢屋にぶち込め）と叫んでしまう（このことは後になって実現することになる）。以下の台詞は、さらにサー・トービーの怒りを爆発させるものである。

Malvolio. Seven of my people, with an obedient start,
make out for him. I frown the while, and perchance
wind up my watch, or play with my — some rich jewel.
Toby approaches; curtsies there to me — （II.v. 58-61）

マルヴォーリオは高い身分を気取っていながらも、台詞は散文体である。まず、召使の人数を具体的に七人と限定しているのが滑稽である。その召使たちがサー・トービーを呼びに行っている間、彼は執事の象徴である時計のねじを巻いている。さらに、宝石の名前が具体的に浮かばず"some rich jewel"としか表現できないことに、彼の妄想の限界が感じられる。その直後マルヴォーリオは"Toby"と呼び捨てにし、彼が目の前で自分に深々とお辞儀をするさまを、ありありと空想する。しかし、たとえ妄想の中では、"To be Count Malvolio!"（II.v. 35）と伯爵になりきっていても、彼が執事であるという現実から逃れることはできない。マルヴォーリオは、彼の妄想と現実の間のずれに気がつかない。一方、見物しているサー・トービーらや観客には、そのずれが滑稽でならないのである。

前に"fool"という語の間口の広さについて触れたが、フェステが「宮廷お抱えの職業道化」（'a jester'）[15]

であるならば、マルヴォーリオの“fool”性は、単なる「愚かな行為をする者」（‘one who acts or behaves stupidly’）[16] というだけではなく、「他者から馬鹿にされる者、騙されやすい者」（‘one who is made to appear a fool’, ‘a dupe’）[17] という意味を含んでいると考えられる。つまり、彼はその愚かな振る舞いゆえに、「他者から馬鹿にされ笑われる対象」となる。このようにサー・トービーをはじめとした祝祭を謳歌する人々にとって、「マルヴォーリオいじめ」は、格好の祭りの余興となる。また、このいじめは、『十二夜』という喜劇を見ている観客にとっては、「劇中劇」のような性質を帯びてくるのである。「マルヴォーリオいじめ」の滑稽さは、彼の妄想と現実のずれだけにとどまらず、自分が“fool”であることを自覚していないことに対する可笑しさにもよっている。これがまさに、“a foolish wit”というオクシモロンなのである。

V

マルヴォーリオは、マライアの書いた偽手紙の中の巧みなことば使いに騙される。中でも、“M. O. A. I.”（II.v. 107）というアナグラムは、マルヴォーリオを騙す絶好の餌となる。この謎めいた四文字は、彼の頭を悩ませる。それぞれの文字は、“Malvolio”という名前の中にあるが、順序が違っている。考えあぐねた彼は、手紙の文面の他の箇所を検討しはじめる。“In my stars I am above thee, but be not afraid of greatness. Some are born great, some achieve greatness, and some have greatness thrust upon ’em.”（II.v. 143-46）というくだりで繰り返される“greatness”, “great”という語は、マルヴォーリオが羨望することばである。また"Be opposite with a kinsman, surly with servants;" (149-50) という指示は、彼の願望をずばり言い当てたものである。このように偽手紙は、マルヴォーリオの自惚れや妄想をくすぐり、彼に手紙の内容をすっかり信じ込ませてしまう。この騙されやすさも、彼の"fool"性の一部分である。

サー・トービーらの偽物である手紙も、マルヴォーリオには本物として受け入れられる。何の事情も知らないオリヴィアに、マライアの"for sure the man is tainted in's wits." (III.iv. 13) ということばは、マルヴォーリオの頭が変になってしまったという先入観を植え付ける。彼は手紙の指示どおり、黄色の靴下に十字の靴下止めといういで立ちで、顔には満面の笑みを浮かべて登場する。オリヴィアは彼の不可解なニヤニヤ笑いに対して、"Smil'st thou? I sent for thee upon a sad occasion." (III.iv. 18-19) と言う。彼女は"sad"を「真面目な」[18]という意味で用いているが、マルヴォーリオは「悲しい」という意味だと解釈し、「悲しいですって、悲しい顔ならいつでもできます」とちぐはぐな答えをする。さらにまったく噛み合わないやり取りが続き、しまいにオリヴィアは"Why, this is very midsummer madness." (III.iv. 56) と、マルヴォーリオが夏の暑さで気が狂ってしまったと考えるようになる。前に"fool"と"mad"の関係について触れたように、この二語には何らかの関連性があると思われる。これ以後マルヴォーリオは、大団円で「マルヴォーリオいじめ」が暴露されるまで、狂人の治療と称して"dark room"に幽閉されることになる。

マルヴォーリオが暗室に閉じ込められる場面で、大活躍するのがフェステである。彼は牧師の格好で、マルヴォーリオの“madness”を治療するふりをする。この場面において、フェステは牧師サー・トーパスとフェステ本人が会話をしているという設定で、自分自身と牧師の一人二役を演じる。牧師役の時は声色を変え、“Maintain no words with him, good fellow.”(IV.ii.99)と威厳あることば使いをする。本人役の場合は、いつものようにふざけた調子で、“Who, I, sir? Not I, sir.”(IV.ii. 100)と言う。マルヴォーリオは、二人が同一人物とは知らず、道化のフェステに“Fool, fool, fool, I say!”(IV.ii. 102)と呼びかけ、懸命に自分が狂人でないと訴える。フェステの“a witty fool”としての価値を認めていない彼が、皮肉にも道化に救いを求める結果となる。

この場面から大団円に至るまで、マルヴォーリオは“dark room”に閉じ込められたまま、忘れ去られてしまう。ヴァイオラとセバスチャンが感動的な再会を果たし、すべての誤解が解けた後で、やっとオリヴィアが彼のことを思い出す。フェステはマルヴォーリオから託された手紙を、“Look then to be well edified when the fool delivers the madman.”(V.i. 290-91)と前置きして読み始める。“the fool”が“the madman”の言うことを伝えるという表現は、マルヴォーリオの意識とはうらはらに、彼が馬鹿にしていた道化と自分との立場があべこべになっていることを表している。この後マルヴォーリオ本人も舞台に登場するが、名誉回復の場は与えられず、オリヴィアが“Alas, poor fool, how have they baffled thee!”(V.i. 369)と慰めるだけである。下線部の“poor fool”は、文字どおりは「かわいそうな人」[19]という意味である。しかし、これはマルヴォーリオの「騙されやすい愚かさ」(dupe)を示唆してもいるだろう。

マルヴォーリオは、"I'll be reveng'd on the whole pack of you."（V.i. 378）という捨て台詞を吐いて、幸せな大団円に加わることなく舞台から去っていかねばならない。しかし、『十二夜』が執筆されてからほぼ40年後に、この台詞は現実のものとなる。劇中においてさんざん馬鹿にされたマルヴォーリオ的性質（具体的にはピューリタン的思想）がイングランド中を覆い、シェイクスピアの時代にあれほど人気を博した芝居小屋が閉鎖に追い込まれてしまうのである。"Better a witty fool than a foolish wit." ということば遊びに見られるダイナミックな価値の逆転を許さない、マルヴォーリオのような生真面目な価値観が台頭してくる。このことを考えると、先ほどのマルヴォーリオの台詞は、予言めいた響きを持つ。シェイクスピアはこのような時代の足音を、聞き逃してはいなかったように思われるのである。

vi

以上、"Better a witty fool than a foolish wit." というオクシモロンを中心に据えて、フェステとマルヴォーリオの他、イリリアの登場人物たちの "fool" 性について考察してきた。公爵とオリヴィアは、イリリア中を闊歩し、誰かまわず辛辣に批判するフェステによって、その "fool" ぶりが明るみに出される。また男装したヴァイオラも、公爵とオリヴィアに "a foolish wit" としての愚かさを気づかせる重要な役割を果たす。劇中で「マルヴォーリオいじめ」などの遊びをさんざん楽しんだサー・トービーらも、祭り騒ぎを止め、日常に戻っていかなくてはならない。これに対して、マルヴォーリオだけが自分の "foolishness" を自覚しないまま、舞台を去る。

これまで道化のフェステとマルヴォーリオは、愚かさの自覚という点において、対極に置かれていると述べてきた。しかし『十二夜』という喜劇を俯瞰してみれば、『夏の夜の夢』の中でパックが、森の中を狂ったように右往左往する恋人たちを見て“Lord, what fools these mortals be!”（III.ii. 115）と笑ったように、フェステもマルヴォーリオもさらには我々観客もまた、結局は同じ“fools”の仲間であるのかもしれない。

注

（1）中橋一夫氏は「愚人文学」は、北欧を中心にして栄えたもので、エラスムスの『愚神礼賛』の中に「賢人らしいものは実は愚人で、愚人らしいものは実は賢人だ」とあると紹介している。
中橋一夫『道化の宿命』（一九五九、研究社、一九七二）、39。

（2）*OED* 1.

（3）公爵は“fancy”を、「恋」という意味で二回使っている。(I.i. 14, V.i. 388)

（4）Barton, in the introduction to *Twelfth Night, in The Riverside Shakespeare*, 2nd edition , 1997, 439.

（5）スペバック（Spevack）の *Concordance* によれば、“fool”は実語（content word）としては、“love”（75回）に次いで頻度数の最も高い語である。
Marvin Spevack, *A Complete and Systematic Concordance to the Works of Shakespeare*, Vol. 1 (Hildesheim: Georg Olms Verlag, 1968).

(6) *OED* sv fool.
(7) 高橋康也『道化の文学』(中央公論、一九七七)、15。
(8) *OED* 1.a.
(9) 中橋、38。
(10) 「格下げ」はバフチンの用語である。バフチンによれば、「格下げ」とは「高位のもの、精神的、理想的、抽象的なものをすべて、物質的、肉体的次元へと移行すること」である。つまり祝祭的な愚行によって、上品な虚飾を笑いとばし、教会の秩序や権威を嘲笑しこきおろすことである。バフチンはこの精神を「グロテスク・リアリズム」と呼んでいる。
ミハイル・バフチン『フランソワ・ラブレーの作品と中世・ルネッサンスの民衆文化』川端香男里訳(せりか書房、一九七三)、25。
(11) Lothian and Craik, 76.
(12) 梅田倍男氏は、『十二夜』のこの部分を引用し、「これは現実には不可能なことながら、王や教会の既成の権威と価値は逆転して俗の世界へひきずり下ろされる。」と説明している。
梅田、『シェイクスピアのことば遊び』、35。
(13) Enid Welsford, *The Fool : His Social and Literary History* (1935; London: Faber and Faber, 1966), 321.
(14) 「笑いを誘う」理由をベルグソンは、「ひとりの人間としての注意深い柔軟性と、生き生きした屈伸性があってほしいところに、いわば機械のぎこちなさが見られるからだ」と説明している。
アンリ・ベルグソン『ベルグソン全集3』鈴木力衛、仲沢紀雄訳(一九六五、白水社、一九六七)、22。

(15) *OED n.* 2.a.

(16) *OED n.* 1.a.

(17) *OED n.* 3.

(18) C.T. アニアンズは *A Shakespeare Glossary* で、"sad" の意味を⑴ grave, serious ⑵ morose とし、⑴の意味を 'formerly a very common sense' と注釈している。
Onions, sv sad.

(19) *OED n.* 1.c.*Obs.*

終章

『十二夜』とほぼ同時期の作品『ハムレット』の主人公ハムレットは、父親と名乗る亡霊から自分を殺したクローディアス（Claudius）への復讐を依頼される。彼は父親の敵を討ちたいという衝動と、それがたとえ復讐であったとしても、殺人には変わりないという理性的判断との間で葛藤していた。その姿を観客は、"To be, or not to be, that is the question."（III.i. 55）という独白の中に見出すことができた。この台詞は、第三章でも述べたように、Aとno Aとのどちらかの選択という論理学で二分法と呼ばれる表現である。ハムレットは亡霊の存在自体、「善霊」か「悪霊」なのか、最後まで迷い続けた。彼は狂気を演じながらも、Aとno Aのどちらを取るか、理性で判断しようと苦闘する。ハムレットの悲劇は、彼がどのように転んでも、Aとno Aのどちらか一方を選らばざるを得なかったことに起因するのではないだろうか。

『十二夜』の大団円において、主人であるオーシーノーに思いをよせるヴァイオラが、彼の求婚者オリヴィアと結婚したと誤解され、窮地に陥る。双子の兄セバスチャンの登場がなければ、彼女は死を免れることはなかったであろう。しかし、幸運にも"One face, one voice, one habit"（V.i. 216）という台詞どおり、彼女と瓜二つの兄が舞台に登場すると状況は一変する。オーシーノー公爵は、一人の人間が二人に分かれたかのような光景を目の当たりにして、“that is and is not”（V.i. 217）と驚きの声を上げる。この「あって、ない」（A and no A）というオクシモロンは、前述のハムレットのA or no Aの二分法とは、対極に位置する言語表現である。ここには、「有」と「無」とが同時に成立するという、常識では考えられないアンビヴァレンスがある。この常識はずれの視点からは、一人の人物が二つに分かれたかに見える「錯覚」は、単なる夢や幻ではなく、確かな実在となって現れる。

『夏の夜の夢』でハーミアは、妖精の世界から解き放たれる瞬間に、「もの皆が二つに見える」と言う。妖精の支配する森と、人間の日常の世界との接点に立ったとき、彼女にはその境界線がぼんやりとしていて、どちらがどっちという区別がつかない。このように、一つのものが二つに見える、あるいは、二つに見えるものは一つであるという複眼的視点をハーミアは“parted eye”と表現する。この時彼女は、「夢」と「現実」という二項対立の境目にいて、頭の中はこんがらがる。しかしオーシーノー公爵が、「あって、ない」という両極の一致を、歓喜を持って受け入れたように、ハーミアの混乱も、ヒポリタの“something of great constancy”（V.i. 26）ということばが大らかに包み込み、すべてを解決してくれるように見える。[注] このようなオーシーノーのオクシモロンや、ハーミアの“parted eye”に象徴される複眼的視点は、広くシェイクスピアの喜劇に通低するものである。

『間違いの喜劇』のアンティフォラスSがエフェサスにやって来た時、大海に落ちた“a drop of water”（I.ii. 35）のように、自分を見失いそうになると予言している。彼は人違いされることで、自分が狂っているのか、相手が狂っているのか分からない事態に巻き込まれる。彼の召使ドローミオは、

"I am transformed" (II.ii. 195)と口にして、今までの自分と他者の目に映っている自分とのずれが、二重に映し出され狼狽する。このように、『間違いの喜劇』の主人公たちは、他人の眼差しによって自分の意思とは無関係に変容させられ、mistaken identity の混乱に突き落とされる。しかし、主人公たちの自己喪失は、同時に家族の再会と自己発見をも導き出す。『間違いの喜劇』には、「喪失」と「発見」のアンビヴァレンスが見られる。

『じゃじゃ馬』の中で、キャタリーナは周囲の人々から「じゃじゃ馬」「ガミガミ女」と、非難を浴びせられている。彼女も、その酷評どおりの「じゃじゃ馬」ぶりを発揮する。しかし、常識はずれのペトルーチオの登場で、事態はがらっと変わる。彼は、誰からも見向きもされなかったキャタリーナに、褒め殺しのようなプロポーズを仕掛ける。この行為は、他の登場人物とは真反対のものである。彼のいわゆる「さかさまの視点」は、キャタリーナを一旦は自己同一性の混乱に陥れるが、結果的に彼女の中に潜在していた本来のアイデンティティーの発見へと導く。

『お気に召すまま』の中で女主人公ロザリンドは、男装することによって、オーランドーとの恋愛劇を大いに楽しむ。しかし、奇しくも彼女のことば "Love is merely a madness" (III.ii. 400) どおり、ロザリンドは「恋の狂気」を痛感するに至る。ヒロインの変装には、一人の人物が男と女の両性を同時に有するという両義的な性質がある。男装したヒロインは、女でありながら男性の視点を獲得することによって、他の登場人物に対して優位的立場に立つことができる。しかし、他者の目には自分自身の存在が映っておらず、自分と男装の自分との間にずれが生じるようになる。つまり、本来の自己存在が、偽りのアイデンティティーの中に溶けてしまいそうになる。しかしこの瞬間に、観客は恋に夢中になっているロザリンドの、ありのままの姿を目撃する。

さらに、この自己の溶解に苦しんだのが、『十二夜』のヴァイオラである。彼女は、生き別れた兄に変装して、イリリアの公爵に仕える。彼女は男でありながら、女として公爵に恋をする。恋心を内に秘めつつ、ヴァイオラは彼の使者として、オリヴィア姫に彼の求婚の意を伝える。ヒロインにとって有利に働くはずの男装が、却って彼女には足枷となっている。彼女のことば"I am not what I am."(III.i. 141)は、「今ある自分と違う」と「今と違う自分がいる」と二通りに解釈できるように、ヴァイオラには自分自身が二重映しになって見えるのである。彼女の変装は、恋というものを媒体とすることで、彼女を二つに分裂させてしまう。しかも、彼女は二つに分かれた自分を醒めた視点から、"poor monster"(II.ii. 34)と呼ぶ。しかし、彼女を苦しめるだけであるかのような変装が、結局、オーシーノーとオリヴィアを、「恋の狂気」から目覚めさせる役割を果たす。

以上のように、本書で取り上げた5作品の喜劇の主人公たちは、イニシエーションのプロセスにおいて、A と no A の二項対立の間で、どちらかの選択を問われる。彼らは A と no A の区別がつかないまま、どちらがどっちという曖昧さの中で、アンティフォラスSがそうであったように"lose myself"(自己喪失)の危機を経験する。しかし、ハムレットが A と no A の一方を選ばざるを得ない絶体絶命にあるのと異なり、喜劇の主人公たちには、A と no A の両方が溶け合って見える複眼的視点("parted eye")が与えられる。ハーミアが「もの皆が二重に見える」と言うように、複眼的視点からは、彼らの

「自己喪失」は「自己発見」と重りあって見える。

このような複眼的視点は、シェイクスピアの想像力が生み出したものであろう。その想像力とは、再びベイコンのことばを借りれば、「事物の法則に拘束されずに、自然の切り離したものを自由に結びつけ、自然の結びつけたものを切り離す」ものであって、これは繰り返し述べた、Aとno Aという、互いに相容れない価値を強引に結び付けて両義性の世界を生み出すシェイクスピアの「創造的想像力」であったのではなかろうか。

注

梅田氏は、「'A and no A'のオクシモロンは、まさに詩的創造力にもとづく「不調和の調和」を志向する言語表現ではないか。それは実在をありのままに全体的に矛盾するがままに捉えようとする」と説明する。

梅田、「シェイクスピアの矛盾語法《オクシモロン》(2)」『英語英米文学論集』13（二〇〇四）、124。

あとがき

本書は、博士論文『シェイクスピアの喜劇における両義性』(安田女子大学　二〇〇五年三月)をもとにしたものである。多少の修正は加えたものの、ほぼ学位を取得した論文そのままを出版することにした。わたしにとって本書は、研究の出発点である。この出発点をそのまま形に残しておく覚悟を決めたのである。

これまで一貫して喜劇を中心に作品を読みつづけてきた。それには、シェイクスピアとの始めての出会いが大きく関わっているように思う。大学に入ったばかりの頃、「英文学概論」の講義中に、盛田寛一先生がいかにも楽しそうに『十二夜』の話をしてくだった。シェイクスピアと言えば『ハムレット』や『マクベス』のように、幽霊や魔女が出てきたり、人が何人も殺されて、おどろおどろしいものという印象があったが、『十二夜』の男女の一卵性双生児が引きおこす混乱の筋立ては、まるでおとぎばなしのように聞こえた。男と女が見かけも声もそっくりなどというありそうにもないことに驚いて、目をぱちくりしていたことを覚えている。その時は、芝居というものがどんなことでも可能にしてくれる魔法のように思われ、舞台で演じられる『十二夜』を想像しながら胸をわくわくさせていた。喜劇の中に、不可能を可能にする魔法を見つけたのである。それ以後、その魔法に魅せられつづけている。

その魔法の秘密は、シェイクスピアの多様で豊かな言語表現の中に散りばめられていた。しかし、学生のわたしにとって、シェイクスピアのことばを読むということに、かなりの忍耐を必要としたのも事実である。修士課程に入って吉岡文夫先生には、作品をテキストに忠実に読むということを徹底して叩き込まれた。先生の授業は、例えば『リア王』を前期の間に読破するという過酷なもので、ついていくだけで精一杯だったが、シェイクスピアの大胆なことば遣いや、多義的な言語表現に翻弄されながらも、すべては作品のことばの中にあるという発見をした。

その発見を確信へと変えたのが梅田倍男先生との出会いであった。博士課程の在籍中、先生とは一対一で、七作品を精読した。本当に一から作品を丁寧に読み返した時間は、わたしにとって何にも替えがたい貴重なものとなっている。その中でことばというものを通じて、ものごとの価値は決して一元的に捉えられるものではないということを学んだ。本書のテーマである「両義性」という視点も、先生とのやり取りの中で見出されたものであった。先生は温厚ながら学問には決して妥協しない頑固さがあり、そのスタイルは作品中のことばに注目し、それを丹念に分析しようとするものである。ことばという部分を窓口にして、そこから作品全体へと世界を広げながら、またことばへと戻り、さらに大きく視野を拡大していくという循環の手法である。先生との出会いは、わたしに基本的な研究姿勢と、ものごとの本質を捉える目を養ってくれたと思っている。梅田先生なくしては、博士論文の執筆は成しえなかった。

また博士課程の間、安藤貞雄先生、藤田實先生に教えていただく幸運にも恵まれた。安藤先生は、

『ヴェニスの商人』を一緒に読んで下さった。その中で、先生のご研究の幅の広さ、類まれなことば感覚にはいつも驚嘆させられていた。藤田先生には集中講義で、二度もお世話になった。その凝縮された講義の内容に、一心不乱に聞き入っていた。先生は特に、ロマンス劇を中心にしながら、劇場は天に続くもの、宇宙と連続するものという壮大な理念を論じられた。小宇宙としての劇場は、大宇宙と照応し合い、つねに大きな調和の中にある。舞台はリアリズムの視点を離れ、非現実的なロマンティシズムの目で見させるための装置であることを学んだ。

多くの先生との出会いは、わたしの視野を広げ、研究に取り組む厳しさと喜びの両面を教えてくれたように思う。このことが本書をまとめるにあたって、重要な礎となっていることは言うまでもない。あらためて先生方に対し、深く感謝の意を表したいと思う。また、博士論文の口頭試問の際に適切な助言をいただいた、植田和文先生、斎木泰孝先生にも感謝申し上げる。

博士論文に取り組んでいる間、思わぬアクシデントに遭遇し、二回の入院を余儀なくされた。病院という「いのちの現場」は、わたしにとっては別世界であった。日々、患者のいのちと向き合っている医師や看護師の姿を見るにつけ、わたしの論文などは、取るに足らない机上の空論に思われ、情けなくなった。明日が心臓の手術というのに、"trans-"を接頭辞に持つ複合語を必死で調べている自分の姿に思わず苦笑していた。しかし同時に、パックの"what fools these mortals be!"ということばが違う意味を持って、わたしの前に現れてきた。"mortals"は「いのちに限りがあるもの」という意味である。いのちというものをどう捉えるのか。シェイクスピアは、わたしたちにそのことを問いたいのではないか。

限りあるいのちを持つものは、たとえ第三者からは愚かに見えたとしても、懸命に生きようとする。時にはつまずき、シェイクスピアの主人公たちのように右往左往したりもする。入院という非日常の中で、ふと思い出したパックのことばは、わたしには優しい響きを持っていた。"fools"は文字どおり「愚者」である。だが、決して「いのちに限りがあるもの」を馬鹿にし、見下しているわけではない。シェイクスピアは、愚かでも情けなくても、いのちを生きるものたちに、慈しみの眼差しを送っているのである。わたしは病床にいてはじめて、シェイクスピアの台詞の一節を机上の空論ではなく、実感を持って受け止めることができた。彼の作品を読むことで、まさにいのちが持つ両義性に気づくことができたように思う。病が克服できたのも、シェイクスピアのことばの魔法のおかげかもしれない。

最後に、本書の出版を快く引き受けてくださった、翰林書房の今井肇氏夫妻に厚くお礼を申し上げたい。

十月十四日

赤羽美鳥

梅田倍男『シェイクスピアのことば遊び』英宝社　1989.
———.「シェイクスピアの矛盾《オクシモロン》語法(2)」『英語英米文学論集』13 (2004): 103-26.
———.『シェイクスピアのレトリック』英宝社　2005.
Vries, Ad De. *Dictionary of Symbols and Imagery*. 1974. Amsterdam: North-Holland, 1984.
Warren, Roger and Stanley Wells., eds. *Twelfth Night*. The Oxford Shakespeare. 1994. Oxford UP, 1995.
Weigle, Luther A., ed. *The New Testament OCTAPLA*. New York: Thomas Nelson & Sons, 1946.
Wells, Stanley., ed. *The Comedy of Errors*. The New Penguin Shakespeare. London: Penguin Books, 1972.
Welsford, Enid. *The Fool: His Social and Literary History*. 1935. London: Faber and Faber, 1966.
Williams, Porter, Jr. "Mistakes in *Twelfth Night* and Their Resolution." *A Casebook Shakespeare: Twelfth Night*. Ed. D.J. Palmer. 1972. London: Macmillan, 1987. 170-87.
Wilson, Edwin., ed. *Shaw on Shakespeare*. London: Cassell, 1961.
Yates, Frances A. *Theatre of the World*. London: Routledge & Kegan Paul, 1969.
———. 藤田實訳『世界劇場』晶文社　1978.
Yoshioka, Fumio. "Hamlet's Miraculous Sea-Change." *Studies in English Literature*. Vol. 64—No.2 (1988): 181-95.
Young, David. *Something of Great Constancy*. New Haven and London: Yale UP, 1966.
———. *The Heart's Forest*. New Haven and London: Yale UP, 1972.

大島久雄「『間違いの喜劇』における祝祭的な言葉遊び」『シェイクスピアを学ぶ人のために』今西雅章，尾崎寄春，齋藤衛編　世界思想社　2000. 317-32.
太田耕人「古典とロマンスの伝統—『間違いの喜劇』における模倣と独創—」『シェイクスピアを学ぶ人のために』今西雅章，尾崎寄春，齋藤衛編　世界思想社　2000. 305-16.
Oliver, H.J., ed. *As You Like It*. The New Penguin Shakespeare. London: The Penguin Books, 1968.
Onions, C.T. *A Shakespeare Glossary*. 1911. Oxford: Oxford UP, 1941.
Palmer, D.J. "Art and Nature in *Twelfth Night*." *A Casebook Shakespeare: Twelfth Night*. Ed. D.J. Palmer. 1972. London: Macmillan, 1987. 204-21.
Phialas, Peter G. *Shakespeare's Romantic Comedies*. Chapel Hill: The Univ. of North Carolina Press, 1966.
Salingar, Leo. *Shakespeare and the Traditions of Comedy*. Cambridge: Cambridge UP, 1974.
Schmidt, Alexander. *Shakespeare Lexicon and Quotation Dictionary*. New York: Dover Publications, 1971.
柴田稔彦編注『お気に召すまま』大修館　1989.
Spevack, Marvin. *A Complete and Systematic Concordance to the Works of Shakespeare*. Vol. 1. Hildesheim: Georg Olms Verlag, 1968.
Sugiura, Yuko. "A Reconsideration of the 'Incomplete' Sly-Framework in *The Taming of the Shrew*." *Shakespeare Studies*. Vol. 40 (2002): 64-92.
高橋康也『道化の文学』中央公論　1977.
———.，河合祥一郎編注『ハムレット』大修館 2001.
玉泉八州男「シェイクスピアの地中海，あるいは古典劇の受容について」『シェイクスピアの喜劇』日本シェイクスピア協会編　研究社　1982. 221-54.
———.「楕円の思想」『ユリイカ』11 (1975): 146-53.
上野美子「なにがアーデンの森で起こったか」『シェイクスピアの喜劇』日本シェイクスピア協会編　研究社　1982. 87-114.
———.「刺繍とペン—エリザベス一世，スコットランド女王メアリ，ハードウィックのベス—」*Shakespeare News*. Vol. 43 (2004): 2-13.

Vol.1. Eds. L.L. Harris and Mark W. Scott. Detroit: Gale Research Comapany, 1984. 570-71.
コット，ヤン『シェイクスピア・カーニヴァル』高山宏訳　平凡社　1989.
楠　明子『英国ルネサンスの女たち』1999；みすず書房　2000.
Leggatt, Alexander. *Shakespeare's Comedy of Love*. London: Methuen, 1974.
————.『シェイクスピア愛の喜劇』川口清泰訳　透土社　1995.
Lothian, J.M. and T.W. Craik., eds. *Twelfth Night*. 1975. The Arden Shakespeare, 1991.
Mahood, M.M. *Shakespeare's Wordplay*. 1957. London and New York: Methuen, 1979.
McFarland, Thomas. *Shakespeare's Pastoral Comedy*. Chapel Hill: The Univ. of North Carolina Press, 1972.
メルロ＝ポンティ，M.『知覚の現象学』1　竹内芳郎，小林貞孝訳　1967；みすず書房　1972.
————.『知覚の現象学』2　竹内芳郎，木田元，宮本忠雄訳　1974；みすず書房　1988.
————.『眼と精神』滝浦静雄，木田元訳　1966；みすず書房　1973.
Morris, Brian., ed. *The Taming of the Shrew*. The Arden Shakespeare, 1981.
村上淑郎「ものみなが二つに見える……—主人公たちに起こること—」『文学』Vol.54 (1986): 179-90.
————.「『夏の夜の夢』—劇を封じこめた劇」『シェイクスピアの全作品論』研究社　1992.
————.『ハムレットの仲間たち』研究社　2002.
中橋一夫『道化の宿命』1959；研究社　1972.
Nevo, Ruth. *Comic Transformations in Shakespeare*. London and New York: Methuen, 1980.
————.『シェイクスピアの新喜劇』川口清訳　ありえす書房　1984.
Newman, Karen. *Fashioning Femininity and Renaissance Drama*. Chicago and London: The Univ. of Chicago, 1991.
大橋洋一「狂気」『シェイクスピアハンドブック』高橋康也編　新書館　1994. 60-61.

Press, 1960.
Foakes, R.A., ed. *The Comedy of Errors*. The Arden Shakespeare, 1962.
Frye, Northrop. *A Natural Perspective*. 1965. New York: Columbia UP, 1967.
藤田　實「ネオ・プラトニズム的想像力」『ユリイカ』11 (1975): 174-79.
————.「喜劇のことばとことばの喜劇」『シェイクスピアの喜劇』日本シェイクスピア協会編　研究社　1982. 67-86.
福島　昇「Romeo の最初の台詞から—オクシモロンを中心に」『英語表現研究』18 (2001): 75-83.
Garber, Marjorie B. *Dream in Shakespeare*. New Haven and London: Yale UP, 1974.
Gardner, Helen. "*As You Like It*" *Twentieth Century Interpretations of As You Like It*. Ed. Jay L. Halio. Englewood Cliffs: Princeton-Hall, 1968. 55-69.
Hattaway, Michael., ed. *As You Like It*. The New Cambridge Shakespeare. Cambridge UP, 2000.
今西雅章「認識の喜劇としてみた『じゃじゃ馬馴らし』」『オベロン』48巻 (1985): 61-79.
Jenkins, Harold. "*As You Like It*" *Twentieth Century Interpretations of As You Like It*. Ed. Jay L. Halio. Englewood Cliffs: Princeton-Hall, 1968. 28-43.
————. Ed. *Hamlet*. The Arden Shakespeare, 1982.
Kahn, Coppélia. *Man's Estate*. Berkley, Los Angels, London, Univ. of California Press, 1981.
蒲池美鶴『シェイクスピアのアナモルフォーズ』研究社　1999.
川地美子『シェイクスピアの時間論』成美堂　1998.
川崎寿彦『森のイングランド』1987；平凡社　1991.
Kermode, Frank. "The Mature Comedies." *Early Shakespeare*. Eds. J.R. Brown and Bernard Harris. *Stratford-upon-Avon Studies* 3 (Edward Arnold, 1961): 211-27.
金城盛紀『シェイクスピアの喜劇—逆転の願い—』英宝社　2003.
Kinney, Arthur F. "Shakespeare's *The Comedy of Errors* and the Nature of Kinds." *Studies in Philology* 85 (1988): 29-52.
Knight, G. Wilson. "The Romantic Comedies." *Shakespearean Criticism*.

ベルグソン，アンリ『ベルグソン全集３』鈴木力衛，仲沢紀雄訳　1965；白水社　1967.

Berry, Edward. *Shakespeare's Comic Rites*. Cambridge: Cambridge UP, 1984.

———.『シェイクスピアの人類学』岩崎宗治，山田耕士，滝川睦訳　名古屋大学出版会　1989.

Bradbrook, M.C. *The Growth and Structure of Elizabethan Comedy*. 1955. London: Chatto & Windus, 1973.

Brooks, Harold. "Themes and Structure in *The Comedy of Errors*." *Early Shakespeare*. Eds. J.R. Brown and Bernard Harris. London: Arnold, 1961. 55-71.

———., ed. *A Midsummer Night's Dream*. 1979. The Arden Shakespeare, 1989.

Brown, J.R. *Shakespeare and his Comedies*. 1957. London: Methuen, 1968.

Bullough, Geoffrey., ed. *Narrative and Dramatic Sources of Shakespeare*. Vol.I. 1957. New York: Columbia UP, 1964.

Bush, Geoffrey. *Shakespeare and the Natural Condition*. Cambridge: Harvard UP, 1956.

Charlton, H.B. *Shakespearian Comedy*. 1938. London: Methuen, 1961.

Colie, Rosalie L. *Shakespeare's Living Art*. Princeton: Princeton UP, 1974.

Creaser John. "Forms of Confusion." *The Cambridge Companion to Shakespearean Comedy*. Ed. Alexander Leggatt. Cambridge: Cambridge UP, 2002. 81-101.

Dent, R.W. "Imagination in *A Midsummer Night's Dream*." *A Midsummer Night's Dream Critical Essays*. Ed. Dorothea Kehler. New York and London: Garland Publishing, 1998. 85-106.

Empson, William. *Seven Types of Ambiguity*. 1930. London: Chatto and Windus, 1963.

———.『曖昧の七つの型』上・下　岩崎宗治訳　岩波文庫　2006.

Elliott, G.R. "Weirdness in *The Comedy of Errors*." *University of Toronto Quarterly* IX. No.1 (1939): 95-106.

Evans, Bertrand. *Shakespeare's Comedies*. Oxford: Oxford at the Clarendon

主要参考文献

シェイクスピア作品からの引用は、すべて *The Riverside Shakespeare* 2nd edition, (Boston: Houghton Mifflin Company, 1997) による。日本語訳は、小田島雄志訳『シェイクスピア全集』全7巻（白水社，1973－80)、村上淑郎『ハムレットの仲間たち』（研究社，2002）を参考にした。

安西徹雄「*The Comedy of Errors* の構造―*A Midsummer Night's Dream* との関連を中心に―」『英文学研究』第54巻1，2合併号 (1977): 19-32.

————.『シェイクスピア―書斎と劇場のあいだ―』大修館　1978.

————.「シェイクスピアの女性像」『英国ルネッサンス文学の女性像』〈ルネッサンス双書13〉石井正之助，ピーター・ミルワード監修　荒竹出版　1982. 25-50.

————. 編注，『十二夜』 大修館　1987.

————.『彼方からの声―演劇・祭祀・宇宙』筑摩書房　2004.

青山誠子「ハムレットと海(1)」*The Rising Generation*. Vol. CXXXI — No.2 (1985): 15-16

————.「ハムレットと海(2)」*The Rising Generation*. Vol. CXXXI — No.3 (1985): 22-23.

Bacon, Francis. *The Advancement of Learning and New Atlantis*. Oxford: Oxford UP, The World's Classics, 1960.

バフチン，ミハイル『フランソワ・ラブレーの作品と中世・ルネッサンスの民衆文化』川端香男里訳　せりか書房　1974.

Barber, C.L. *Shakespeare's Festive Comedy*. 1959. Princetion: Princeton UP, 1972.

Barton, Anne. "The introduction to *The Comedy of Errors, The Taming of the Shrew, Twelfth Night*." *The Riverside Shakespeare* 2nd edition. Ed. G.Blakemore Evans et al. Boston: Houghton Mifflin, 1997.

索　引

【著者略歴】
赤羽美鳥（あかはね・みどり）
ノートルダム清心女子大学，岡山大学大学院修士課程，安田女子大学大学院博士後期課程を経て，2005年3月博士（文学）の学位を取得
現在，岡山理科大学非常勤講師
一級フラワーデザイナー

シェイクスピアの喜劇における両義性

発行日	2006年11月30日　初版第一刷
著　者	赤羽美鳥
発行人	今井　肇
発行所	翰林書房
	〒101-0051　東京都千代田区神田神保町1-14
	電 話　03-3294-0588
	FAX　03-3294-0278
	http://www.kanrin.co.jp/
	Eメール● kanrin@mb.infoweb.ne.jp
印刷·製本	アジプロ

落丁・乱丁本はお取替えいたします

ISBN4-87737-235-0